Just Add Magic
by Cindy Callaghan

まほうのレシピ

シンディ・キャラハン　林 啓恵 訳

Takeshobo

もくじ

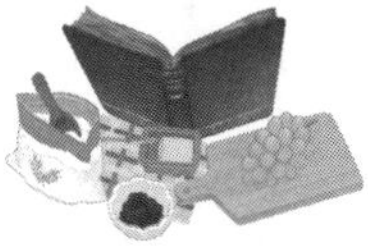

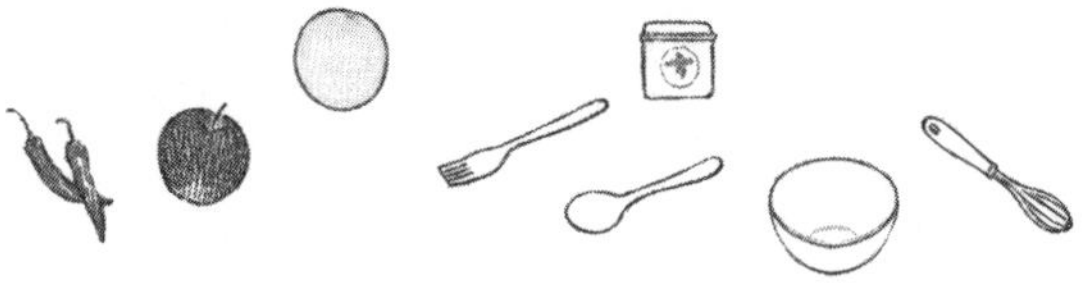

Just Add Magic Contents

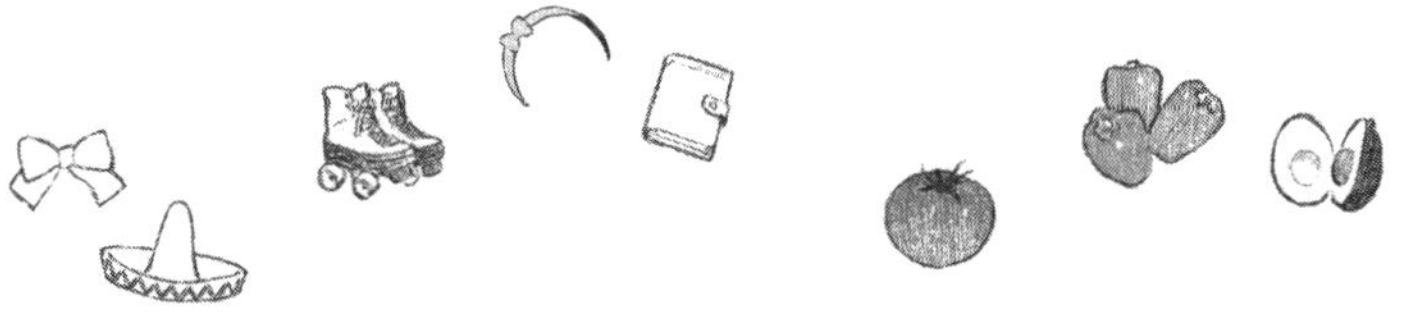

謝辞《しゃじ》

人生の摩訶不思議《まかふしぎ》を感じさせてくれるもの。それはわたしと人生を分かちあってくれる人たちの存在《そんざい》です。とても運のよいことに、わたしはすてきな人たちにかこまれています。

まずは批評《ひひょう》という形でわたしを支《ささ》えてくれるネット上のグループ――クリス、ゲール、シャノン、カレン、ジル、ジェーン、ジョー、ララ、キャロリーへ。あなたたちの存在《そんざい》にどれだけ助けられたかわかりません。

世界一の文芸《ぶんげい》エージェント、グリーンハウス・リテラリー・エージェンシーのサラ・デービーズに感謝《かんしゃ》します。彼女《かのじょ》は忍耐《にんたい》をもって、わたしとケリーを主人公とするこの物語に時間をつぎこんでくれました。彼女《かのじょ》とその助言にはとても助けられました。さらにグリーンハウスでこの本を担当《たんとう》してくれたジュリア・チャーチルにもお礼を申しあげます。

アラジン・ミックス社の社員のみなさんに感謝《かんしゃ》いたします。とくに魔術的《まじゅってき》な能力《のうりょく》を持つ編集《へんしゅう》者《しゃ》のアリソン・ヘラーは、当初《とうしょ》よりこの物語の将来性《しょうらいせい》をかってくれていました。

年月の長さや、住まいの遠近にかかわらず、多くの友人から励《はげ》ましてもらいました。ハイスクールの同窓生《どうそうせい》、ご近所の方々《かたがた》、職場《しょくば》の同僚《どうりょう》。話の内容《ないよう》を聞いてくれた人、わたしのブログを読んでくれた人、ありがとうございました。実際《じっさい》には読んでくれなかった人にも(そうよ、ジュリー、クリス、パム、トリシア、マリア)お礼を申しあげます。

そして、ずばり、わたしの父へ。昔からわたしの原稿《げんこう》を読んでくれた父は、わたしが創造的《そうぞうてき》でありつづけたこの三十数年の生き証人《しょうにん》です。そして、母へ。本気になればなんだってできるという精神《せいしん》をわたしに植えつけてくれてありがとう！　スーとマーク、わたしの生煮《なまに》えのアイディアをうなずきながら機嫌《きげん》よく聞いてくれてありがとう。少なくとも面と向かって笑《わら》い飛《と》ばさないでくれて、助かりました。

義母《ぎぼ》にも感謝《かんしゃ》です。この話を読んで批評《ひひょう》し、似《に》たような文法上《ぶんぽうじょう》のまちがいを何度も指摘《してき》しつつ、わたしがつぎの段階《だんかい》に突入《とつにゅう》するたびにわがことのようによろこんでくれました。また義父《ぎふ》は、小さな勝利《しょうり》をおさめるたびに、力づけてくれました。

わたしのファンクラブ（誰《だれ》しもひとつは持つべき！）別名《べつめい》〝姪《めい》たち〟にも、支《ささ》えてもらったことをここに記しておきます。彼女《かのじょ》たちはこの一生では使いきれないほどの助言をくれました。アンナ、ミケイラ、ニックオリコス、ケルシー、ショーン、ローレン……（ダン、ジョン、クリス、ショーン、ごめんなさい。今回は女の子向けの話なの！）。そしてセント・メアリー・マグダレンに通う若《わか》きファンたちにも感謝《かんしゃ》します。この本に出てくる女の子たちには、あなたたちの姿《すがた》が生かされているのよ、メル、カイリー。

そして人生における最大級《さいだいきゅう》の摩訶不思議《まかふしぎ》といえば……クリエイティブ・コンサルタントのエリー、ひとりで市場調査《ちょうさ》とマーケティングの会社を切りまわすエバン、そしてシンクタンクを率《ひき》いるハッピーです。彼《かれ》ら智天使《ケルビム》は、とかく優先順位《ゆうせんじゅんい》を忘《わす》れがちなわたしの道しるべとなり、この本の一ページ一ページに影響《えいきょう》をあたえてくれました。

そして最後《さいご》にして最大《さいだい》の功労者《こうろうしゃ》、どんなときもわたしを支《ささ》え、願《ねが》いが叶《かな》うよう応援《おうえん》してくれる夫《おっと》のケビンに感謝《かんしゃ》を捧《ささ》げます。

主《おも》な登《とう》場《じょう》人《じん》物《ぶつ》

［ケリー・クイン］
料《りょう》理《り》が大《だい》好《す》きな女の子。
アルフレッド・ノーブル
学院第七学年。
サッカー部に入っている。

［ダービー・オブライエン］
ケリーの親友。
アルフレッド・ノーブル
学院第七学年。
サッカー部に入っている。
ローラースケートが好《す》き。

［ハンナ・エルナンデス］
ケリーの親友。
アルフレッド・ノーブル
学院第七学年。
サッカー部に入っている。
おしゃれと勉強が好《す》き。

［ベッキー・クイン］
ケリーの母親。

［パパ］
ケリーの父親。

［バディ（バッド）・クイン］
ケリーの弟。5歳《さい》。

［シャーロット・バーニー］
アルフレッド・ノーブル
学院第七学年。
サッカー部に入っている。
ケリーの家のお隣《となり》に住んでいる。

［フランキー・ルサマノ］
アルフレッド・ノーブル
学院第七学年。

［トニー・ルサマノ］
フランキーのふたごの兄弟。
アルフレッド・ノーブル
学院第七学年。

［ルシア・ルサマノ］
フランキーとトニーの母親。

［アイダ・ペレス］
（セニョーラ・ペレス）
〈ラ・コシナ〉の店主。

［シルバーズさん］
ケリーの家のお向かいに住む
おばあさん。

Just
Add Magic

まほうのレシピ

I

屋根裏《やねうら》にかくされていた秘密《ひみつ》

質問《しつもん》：お金を欲《ほ》しがってる女の子がふたりいて、掃除《そうじ》という仕事があったとします。さて、どうなったでしょう？

答え：夏休みの最後《さいご》の日、ケリー・クインとダービー・オブライエンは、暗くてクモの巣《す》だらけのほこりっぽい屋根裏《やねうら》にこもることになりました。

訂正《ていせい》：掃除《そうじ》をしていたのはわたし、ケリー・クインで、ダービーのほうは、転んでケガをしないように気をつけながら、あいた場所でローラースケートをしていました。

ドスン！

夏休みのあいだ、ダービーは海辺《うみべ》にあるお父さんの家にいたし、わたしはキャンプに出かけていたので、こんなふうに過《す》ごせるのはひさしぶりだった。「だいじょうぶ？」わたしはダービーに声をかけた。

「へいき」ダービーは屋《や》根《ね》裏《うら》の荷物にかこまれて、頭をさすっていた。「このガタガタのガラクタはどっから来たの？」

「おばあちゃんと、お向かいのシルバーズさんのとこ。前にシルバーズさんのお宅《たく》の地下室が水びたしになったとき、置《お》いてあったガラクタを大急ぎでうちに運んだの」

「いつか返すの？」

「シルバーズさんはもういらないって」わたしは答えた。

ダービーは積《つ》みあげられた古本と雑誌《ざっし》と新聞の山から、ぶ厚《あつ》い本を引っぱりだした。「見て、この本。スタンおじいちゃんより年をくってるかも」ダービーはふっとほこりを吹《ふ》いた。海辺《うみべ》にいたせいで日焼《ひや》けして、汗《あせ》で光る肌《はだ》にはそばかすが目立つ（でも、そばかすのことは言わない。前にうっかり口をすべらせたら、ローラースケートでサンドイッチがひきつぶされたから。ライ麦パンにハニーマスタードを塗《ぬ》り、スモークハムとミュンスター・チーズをはさんだサンドイッチだったのに！）。

ダービーにとって本は〝だるい〟ものだし、わたしも自分の日記帳とお気に入りの料理《りょうり》の本をのぞくと、本には興味《きょうみ》がない。

そうだ、自己紹介《じこしょうかい》をしておかないと。わたしはケリー・クイン、十二歳《さい》。夏休み明けには、第七学年になる。料理《りょうり》をするのが大好《だいす》きで、サッカー選手《せんしゅ》としては二流、勉強はそこそこ。ダービー・オブライエンとハンナ・エルナンデスという親友がいる。

そしてきょうは夏休み最後《さいご》の日。できることなら屋根裏《やねうら》の掃除《そうじ》なんてしたくないけれど、お金は欲《ほ》しいし、親友がいっしょならあきらめもつく。

「ねえ、ケリー」ダービーはなぜか興奮《こうふん》気味に、本についたほこりを払《はら》った。「これ、一九五三年の本だって」ダービーが本に興味《きょうみ》をもつなんてめずらしい。

「へええ、うちのママが生まれる前だよ」わたしはTシャツのすそで残《のこ》っていたほこりをぬぐった。「世界百科事典《じてん》のTの巻《かん》」

「ふーん、百科事典《じてん》か。じゃ、いーらない」ダービーは本を投げ捨《す》てた。焼《や》きたてのタマル——すりつぶしたトウモロコシにラードを入れてこねあわせた生地《きじ》を、トウモロコシの殻《から》かバナナなどの葉に包《つつ》んで蒸《む》した料理《りょうり》——を投げ捨《す》てるみたいに。それでわたしはかえって興味《きょうみ》をひかれて、〝ダマル〟の項目《こうもく》を探《さが》してみることにした。

〝ダマル〟も〝ダーメリック〟も〝タコス〟もなかった。Tではじまる単語《たんご》はひとつもなし。そもそも百科事典《じてん》のページにならんでいるはずの項目《こうもく》がなく、元のページに黄ばんだ便《びん》せんが貼《は》りつけてあった。ばりばりで厚《あつ》ぼったくなった紙はシミだらけ。便《びん》せんの文字は少し雑《ざつ》な感じがする手書きで、スペイン語まじり。わたしにはすぐにその本の正体がわかった。

レシピ集だ。

わたしはトランクにすわって、厚《あつ》ぼったいページを一枚《まい》ずつめくった。おかしな名前のレシピがならんでいる。〝わたしを忘《わす》れないでカップケーキ〟、〝愛《あい》のバグジュース〟、〝正直《しょうじき》に言うのよティー〟。そして、便《びん》せんのふちや百科事典《じてん》の余《よ》白《はく》には、こまごまと書きこみがある。

「ダービー、これ、百科事典《じてん》じゃなくて、百科事典《じてん》の中にかくしたレシピ集だよ。これがなんだかわかる？」わたしはたずねた。

「百科事典《エンサイクロペディア》に見せかけたレシピ集だから、レシペディア」ダービーは言うと、ローラースケートで床《ゆか》をすべって帽子箱《ぼうしばこ》の中にあった大きなサングラスをつかんだ。パールと宝石《ほうせき》のかざりがついている。「料理《りょうり》番組好《ず》きのケリーには、ぴったりだね」

そのとおり、わたしは料理《りょうり》が大好《だいす》きだ。テレビの料理《りょうり》番組で有名なフェリス・フーディーニというシェフに出会ってからというもの料理《りょうり》に夢中《むちゅう》で、ママともしょっちゅう料理《りょうり》をしている。もうひとりの親友ハンナは、わたしの料理《りょうり》本コレクションの一冊《さつ》目となる本をプレゼントしてくれた。六冊《さつ》からなるそのコレクションには、食事からデザート、スナックまで、さまざまなレシピが幅広《はばひろ》くおさめられていて、色とりどりの付箋《ふせん》が貼《は》られた状態《じょうたい》でキッチンの棚《たな》におさまっている。

「ただの料理《りょうり》本じゃないよ。〝眠《ねむ》りを誘《さそ》う〟とか、〝黙《だま》らせる〟とか、〝本物の愛《あい》を引きよせる〟とか、書いてあるもの。この世界にはただの料理《りょうり》本よりいいものがひとつだけある。そう、秘密《ひみつ》のレシピ本だよ！　そしてこの本がそれなの！」

そのとき、屋根裏《やねうら》のドアがガタガタ鳴った。誰《だれ》かが押《お》し入ろうとしているみたい。わたしが逃《に》げだしたくてたまらない場所に入りたがる人がいるとは、びっくりだ。やがていきおいよくドアが開き、その拍子《ひょうし》に朝からガレージの片付《かたづ》けをしていたママが階段《かいだん》の一番上に現《あらわ》れた。顔に汗《あせ》をかいて、赤いバンダナで頭と耳をおおい、黄色いゴム手袋《てぶくろ》をはめている。こんな姿《すがた》をファッショニスタで名高いハンナに見られたら、なにを言われるかわからない。ハンナはふだんからヘアバンドと服とソックスの色をコーディネートしている。

「シルバーズさんから電話よ」ママは大掃除《おおそうじ》のじゃまをされて不機嫌《ふきげん》そうだった。「またロージーがあちらのお庭に入ったんですって。ちょっと行って、ひろってきてくれる?」

シルバーズさんというのは、お向かいに住んでいるおばあちゃんのことだ。とんでもなく年をとっていて、魔女《まじょ》みたいに性格《せいかく》がねじくれている。そしてシルバーズさんはうちのビーグル犬ロージーが、裏庭《うらにわ》の柵《さく》をこえるか地面に穴《あな》を掘《ほ》るかして、シルバーズさんのうちの庭でトイレをしていると信《しん》じこんでいる。ずっと前、ロージーが子犬でまだわが家の庭に柵《さく》がなかったころ、ロージーが向こうの庭でするのを目撃《もくげき》したからだ。ロージーはそれきりうちの庭を出ていないのに、たった一度の失敗《しっぱい》のせいで、わたしはシルバーズさんの庭を専用《せんよう》トイレにしているコヨーテ通り在住《ざいじゅう》のすべての犬のフンをひろうはめになった。

気の進まない用事だけれど、暑い屋根裏《やねうら》から太陽のもとに出られるのなら、悪くないかも。新鮮《しんせん》な空気が吸《す》える。「わかった」わたしが答えると、ママは階段《かいだん》を引きかえしていった。

　ダービーが言った。「ケリーのママ、水ぼうそうの巣《す》に突入《とつにゅう》しにいくみたいな格好《かっこう》だったね」

「あなたとちがって、ママは虫とかクモとかが大っきらいだから、ぜったいにさわらないように注意してるのよ。掃除《そうじ》のときも、虫が髪《かみ》にとまったり、耳に入ったりしないかって、びくびくなの」

　ダービーが黙《だま》りこんだ。虫のことを考えているらしい。

「聞かれる前に言うけど、ここには虫はいないよ。コウモリやネズミはいても」

　屋根裏《やねうら》がだいたい片付《かたづ》くと、わたしとダービーは通りを渡《わた》って、シルバーズさんの庭へ向かった。わたしはフンをすくう道具を持ち、ダービーはローラースケートをはいていた。ダービーはローラースケートでどこへでも行く。笑《わら》ってしまうのは、たいしてスケートがうまくないこと、立っているのがやっとの、なみのスケーターだということだ（もちろん、本人には言わない）。ダービーはローラースケートをはいたまま私道《しどう》を横切り、歩道と道路を渡《わた》って、芝生《しばふ》の庭へと進んだ。

いつ転びそうになるかわからないので、わたしは手を突《つ》きだしてかまえていた。

　そして頭のなかは、秘密《ひみつ》のレシピ本のことでいっぱいだった。「どうして百科事典《じてん》の中にかくしたのかな？」

「え？　レシピ本のこと？」ダービーがたずねた。

「ダービー、ただのレシピ本じゃなくて、秘密《ひみつ》のレシピ本だよ」

「そうか。秘密《ひみつ》だから、かくしてあったのか」

「そうよ、そういうこと」庭まで来ると、ダービーに忠告《ちゅうこく》した。「シルバーズさんの目を見ないようにね。石に変《か》えられるといけないから」

　シルバーズさんが玄関《げんかん》前のポーチから叫《さけ》んだ。「こんど落ちてたら、保健所《ほけんじょ》に連《つ》れて行かせるよ！」シルバーズさんはお年寄《としよ》りにしては大柄《おおがら》だ。たるんでむっつりした顔はしわだらけ、髪《かみ》はまっ白で、遠くからでもすぐにシルバーズさんだとわかる。重力にさからって立つ白い髪《かみ》が、トロール人形みたいだ。脚《あし》があるにちがいないけれど、いつもハワイの人が着るようなだぶだぶのドレスを着ているので、外からは見えない。

「うわあ、シルバーズさんって文句《もんく》モンスターなんだ」ダービーがぼそっと言った。

「百歳《さい》ぐらいになって、いろんなとこが曲がってくると、そうなっちゃうのかもね」シルバーズさんの実際《じっさい》の年齢《ねんれい》は知らないけれど、百歳《さい》はいってそうだ。

「なんでケリーがフンをひろわなきゃなんないの？」ダービーがたずねた。

「ロージーの〝主《しゅ》たる〟飼《か》い主《ぬし》はわたしだから、ロージーに関《かん》してはわたしが責《せき》任《にん》をとるの」パパの受け売りだ。「それに、拒否《きょひ》したらお小遣《こづか》いがもらえなくて、スワリー生活が送れなくなるから」わたしが答えると、ダービーは深々《ふかぶか》とうなずいた。わたしもダービーもハンナもスーパー・スワリーに目がない。

スーパー・スワリーというのは、デラウェア州一、いや世界一かもしれない冷《つめ》たいスイーツのことだ。アイスクリームにいろんなものを組みあわせてあって、一度食べたらやみつきになる。スワリーなしの人生など、考えられない。〈サムのスーパー・アイスクリーム〉というお店で食べられるのだけれど、運のいいことに、うちからは歩いていける場所にあった。

わたしとダービーは外の空気を吸《す》って気分転換《きぶんてんかん》すると、また通りを渡《わた》り、ガレージを抜《ぬ》けて、うちに入った。冷《つめ》たい水が飲みたかったので、キッチンに寄《よ》った。

野菜《やさい》のモチーフがインテリアのアクセントになっているキッチンは、わたしのお気に入りの場所だ。壁《かべ》はアーティーチョークの緑色。ガラス戸のついた背《せ》の高い食器棚《しょっきだな》には、ナスの紫《むらさき》色をしたお皿がきちんと重ねて積《つ》んである。壁紙《かべがみ》のボーダーはジグザグ模様《もよう》になっていて、脚《あし》の生《は》えたニンジンとキュウリとピーマンとラディッシュとマッシュルームが調理に使ういろんな道具を持って踊《おど》っている。

そこへママがやってきた。もう虫から身を守るのためのバンダナやエプロンはなかった。クモの巣《す》のついていない金髪《きんぱつ》をヘアクリップでひとつにまとめ、〝人生はすばらしい《ライフ・イズ・グッド》〟と書かれた清潔《せいけつ》なシャツにグレイのコットン地でできたミニスカートを合わせ、足にはかわいいサンダルをはいている。これなら合格《ごうかく》。「ダービーがローラースケートをはいたままキッチンにいるのを見のがしてあげたら、屋根裏《やねうら》部屋のガラクタをミニバンにのせてくれる？」ママはたずねた。

わたしもダービーも沈黙《ちんもく》を守った。ガラクタの積《つ》みこみなんてやりたくない。

「やってくれたら、よく働《はたら》いてくれてお礼に飲み物をおごってあげてもいいんだけど」

シーン。わりに合わない、とパパなら言うだろう。

「わかった、こうしましょう。屋根裏《やねうら》のガラクタのすべてをグッドウィルまで運べたら、あなたたちには労働《ろうどう》の対価《たいか》を支払《しはら》って、スワリーをごちそうする」わたしもダービーも笑顔《えがお》になった。グッドウィルというのは福祉団体《ふくしだんたい》のことだ。

ダービーがママにたずねた。「練習終わりのハンナ・ハッハ・ホッホに会いたいんで、プールに寄《よ》ってもらえますか？」ダービーはハンナの名前になんだかんだつけたがる。

「いいわよ」ママは答えた。

取引成立《とりひきせいりつ》。ガラクタ運びが終わるまで、わたしたちの体はミニバンを持つこの女性《じょせい》のものだ。

ダービーとわたしは顔を見あわせると、体を左右に振《ふ》り、お尻《しり》で小さな円を描《えが》きながら歌った。「きょうはあなたのバースデー、そしてわたしのバースデー！」

ローラースケートをビーチサンダルにはきかえたダービーとふたりで、ガラクタをミニバンに積《つ》んだ。早くスーパー・スワリーを飲みながら、秘密《ひみつ》のレシピ本を読みたい。ガラクタを運びおわると、斜《なな》めがけしていたキャンバス地のメッセンジャーバッグに本をしまった。

そこへ絶妙《ぜつみょう》のタイミングで弟のバディが現《あらわ》れた。あだ名はさいあく《バッド》。弟はうっとうしいさかりの五歳《さい》児《じ》で、いっしょにいていいことがあるとしたら、その間、わたしの部屋を荒《あ》らされたり、壁《かべ》に鼻くそをなすりつけられたりせずにすむことぐらいだ（実際《じっさい》、やってるところをとっつかまえたことがある）。バッドはミニバンが私道《しどう》を出る前から『バスのうた』をがなり立て、ダービーとわたしは耳をふさいだ。エアコンは効《き》いているけれど、騒音公害《そうおんこうがい》のひどいミニバンが道を走りだした。わたしはシルバーズさんがリビングの窓《まど》からこちらを見ているのに気づいた。

「街《まち》じゅうずっと！」バッドの大声が車の中に響《ひび》きわたった。

2

謎《なぞ》めいた警告《けいこく》

福祉団体《グッドウィル》を出るとすぐに、よく知っている姿《すがた》を見つけた。ひょろりと背《せ》が高《たか》くて長い髪《かみ》をした女の子が、水着の上にゆったりした服をはおり、しずくをぽたぽた垂《た》らしながら歩いていた。仲良《なかよ》し三人組のひとり、ハンナ・エルナンデスだ。ダービーと同じで、ハンナもうちの近くに住んでいる。わたしたち三人は、幼稚園《ようちえん》がはじまる日、しーんと静《しず》まりかえった通園バスのなかで出会って以来《いらい》、ずっと仲《なか》良《よ》くしてきた。

ダービーが窓《まど》から頭を出した。「ヘイ、ハンナ・ヒッヒ・ホッホ、スイミング終わった？」

ハンナはうなずいて、ミニバンに乗ってきた。タオルをしいて、そこにお尻《しり》を置《お》く。「今年はこれでおしまい。なごり惜しいけど」

「わたしたち、これから元気の出る場所に行くんだよ」わたしは言った。

「〈サムの店〉？」ハンナからたずねられて、わたしとダービーはうなずいた。「うれしい！　スワリーを飲みたいと思ってたところなの」

ミニバンはショッピングモールに入った。ここにはお店が三軒《げん》ある。〈サムの店〉と、〈カップ・オ・ジョー〉というママがコーヒーをがぶ飲みしにいく店、それと〈ラ・コシナ〉だ。三軒目《げんめ》はメキシコ料理《りょうり》の食材《しょくざい》といっしょに物品もあつかっていて、メキシコの服だとかキャンドルだとか素朴《そぼく》なアートだとか工芸品《こうげいひん》だとかを置《お》いている。店の前はしょっちゅう行き来しているけれど、中には一度も入ったことがなかった。必要《ひつよう》なものはふだん使っているスーパーで買えるし、理由はよくわからないけれど、どことなく薄気味《うすきみ》の悪いお店だったからだ。

ひょっとすると、濃《こ》い色の窓《まど》ガラスのせいで、窓《まど》から店内をのぞこうとしても自分の姿《すがた》しか見えないからかもしれない。窓《まど》にはハンナとダービーと、ふたりにはさまれて立つわたしが映《うつ》っていた。ハンナよりは背《せ》が低く、ダービーほどは低くない。波打った髪《かみ》は薄《うす》い茶色で、肩《かた》くらいの長さ。ハンナはもっと色の薄《うす》いストレートの髪《かみ》で、それを（ハンナのママと同じように）長く伸《の》ばしていた。ダービーは濃《こ》い茶色の髪《かみ》の、くしゃくしゃっとしたショートだ。

わたしの濃《こ》い栗色《くりいろ》の目はくりっとしていて、よくほめられる。傾《かたむ》いた前歯が一本、隣《となり》の歯にかぶさりぎみだ。歯科矯正《きょうせい》の先生には直せるよと言われているけれど、直したいかどうか、わたしのなかでは微妙《びみょう》。

肌《はだ》はすべすべ。うっすら日焼《ひや》けしてて、夏はこんがりする。たまに鏡《かがみ》に顔や体を映《うつ》してみて、悪くないなと思う。自分に満足できない女の子が多いのは知っている。わたしだってミスコンに出るほどの自信《じしん》はないけれど、自分を見て〝うんざり〟とも思わない。

〈ラ・コシナ〉のドアのガラスには色がついていないので、そこからなら店内が見える。なかは暗くて沈《しず》んだ雰囲気《ふんいき》だった。

バディは相変《あいか》わらずバスの歌を口ずさみながら、のしのしと〈サムの店〉に入っていった。

「うんざり」ダービーが言った。

「バディのいる人生にようこそ」

ママはバディへのいらだちをこらえているようだった。弟にアイスクリームを買ってやり、少しして言った。「あなたたちは歩いて帰ってきて。いいわね？」

わたしはうなずいた。ダービーとわたしはそれぞれ片付《かたづ》けの報酬《ほうしゅう》入りの封筒《ふうとう》（やった、三十二ドルもある！）を受けとった。ママはさらにスワリー代として十ドルくれると、ミニバンに乗るため、バディの手を握《にぎ》ってドアに突進《とっしん》した。

「せいせいしたわ」ハンナが言った。「あの子がいると、頭が痛《いた》くなっちゃう」

店主のサムがやってきた。「ようこそ、レディたち。ところで、ケリー、知ってるかい？　ダービーの提案《ていあん》で、こんどブドウ入りのスワリーにきみの名前をつけることにしてね。〝ピーナツバターとケリー・ジェリー〟っていうんだが」

「やったあ、うれしい！　わたしの写真、ポストカード・コレクションの隣《となり》にかざる？」わたしはカウンターでガラスにはさまれているたくさんのポストカードを指さした。

「いや、そいつは遠慮《えんりょ》しとこう」

いつの間にか、新しいポストカードが一枚《まい》増《ふ》えていた。「あれはどこから来たの？」

「あれか、いいだろ？　友だちがメキシコから送ってくれた」サムはタオルでカウンターをふいた。「さて、きょうはなんにする？」

ダービーはたくさんのフレーバーにトッピングも盛《も》りだくさんの〝ロケット・ランチング・レインボー〟にした。わたしは〝ブラック・アンド・ホワイト〟。バニラとチョコのアイスに、チョコレートシロップがかかったやつだ。

「当ててみようか？」サムはハンナに言った。「〝ボウル・ミー・オーバー・チョコレート・ブラウニー〟にエクストラファッジと〈スニッカーズ〉のトッピングだろ？」ハンナがにっこりした。

わたしはふたりといっしょにテーブル席《せき》に移動《いどう》すると、メッセンジャーバッグをおろして、大きな本を引っぱりだした。

「なんなの？」ハンナがたずねた。

わたしは説明《せつめい》した。「うちの屋根裏《やねうら》を掃除《そうじ》してたら、出てきたの。ぱっと見は一九五三年発行の世界百科事典《じてん》のTの巻《かん》だけど、その中身は……」本を開く。「百科事典《じてん》のページに、手描《てが》きのレシピを書いた古い便《びん》せんが貼《は》りつけてあってね。百科事典《エンサイクロペディア》にかくされたレシピだから……」

ハンナは本を見て、答えた。「レシピペディア？」

「大・大・大正解《せいかい》！」ダービーが言った。

サムがスワリーを運んできて、わたしたちはお礼を言った。わたしはさっそく長いスプーンを突《つ》っこみ、スワリーを口に運んだ。

「ちがうってば。ほら、このレシピ、変《か》わった名前がついてるでしょう？　それに、書きこみも読んでみて。これは秘密《ひみつ》のレシピ本なんだよ」

ハンナはうなずきながらも、なんだかしらっとしていた。「そう、それで？」

わたしはゆっくりとページをめくり、ハンナに中身を見せた。ちゃんと見れば、この本の価値《かち》がわかるかもしれない。

あるページまで来ると、ハンナがページの上のほうを指さした。「薄《うす》れてるけど、このロゴ、見える？　ウィルミントン図書館のロゴじゃないかしら」

ハンナが図書館のロゴを知っているのは、よく図書館で勉強をしているからだ。わたしの好《す》きな場所がキッチンなら、ハンナが愛《あい》しているのは図書館だ。

ハンナはページをばらばらっと最後《さいご》までめくって、裏《うら》表紙の内側《うちがわ》を開いた。「ほら、このスタンプ、〝WL〟と書いてあるでしょう？　ウィルミントン図書館《WILMINGTON LIBRARY》のものにまちがいないわ」

「だから？」ダービーがたずねた。

「つまりね、この百科事典《じてん》はもともとウィルミントン図書館に所蔵《しょぞう》されていたってこと。レシペディアに変《か》えられる前のことでしょうけど」ハンナは言いながら、スワリーのなかのチョコレート成分《せいぶん》をかき混《ま》ぜた。

「レシペディアじゃなくて、秘密《ひみつ》のレシピ本だよ」わたしはもう一度、訂正《ていせい》した。

「わたしがなにを考えてるかわかる?」

ふたりは肩《かた》をすくめた。

「今こそ料理《りょうり》クラブを立ちあげるべきだと思うの」いつかやりたいと思っていた。ママといっしょにクッキング・ネットワーク・テレビのスタジオ見学に行ったのがきっかけだ。フェリス・フーディーニの番組だった。見学者はたくさんいたのに、シェフはわたしをステージに呼《よ》んで、チリビーンズの味見をさせてくれた。じつはわたし、チリビーンズにはうるさい。毎年、ママと組んでアルフレッド・ノーブル学院主催《しゅさい》のチリビーンズ・コンテストに参加《さんか》しているからだ。

フェリス・フーディーニからチリビーンズの味について聞かれたとき、わたしは、クミンに対してカイエンペッパーの味が強すぎるかもしれないと答えた。フェリスはわたしみたいな子どもがスパイスについてすらすらしゃべるのを聞いて、あっけにとられていた。そして観客《かんきゃく》から拍手《はくしゅ》を受けた瞬間《しゅんかん》、わたしの将来は決まった。そう、料理《りょうり》にかかわる仕事につこう、と。

同じころ、第七学年になったら料理《りょうり》クラブをはじめてもいいとママが言ってくれた。ママはもう忘《わす》れているかもしれないけれど、わたしは忘《わす》れていない。

そして、あしたからいよいよその第七学年だ！

ハンナが言った。「ずいぶん前から言ってたものね。もうクラブをはじめるべきよ」

わたしはバッグに入っていたノートから、なにも書いてない紙を一枚破《まいやぶ》りとった。

「あした開始」わたしは言った。「この本からどれか選《えら》んで。足《た》りない材料《ざいりょう》がありそう。聞いたことがないのも、いくつかあるし」

「まじで？」ダービーが言った。「ケリーが聞いたことないんだったら、この世にないのかも」

わたしの肩越《かたご》しに本をのぞきこんでいたハンナが、〝アモール〟という単語《たんご》を指さした。「これはスペイン語で〝愛《あい》〟という意味よ」別《べつ》の単語《たんご》を指さす。「これもスペイン語、〝混《ま》ぜる〟っていう意味。こっちの単語《たんご》は〝パン〟のこと」ハンナはスペイン語がぺらぺらだった。ハンナのパパとママはバルセロナで出会って結婚《けっこん》した。ハンナもしばらくそこで育ってから、デラウェア州に引《ひ》っ越《こ》してきた。ハンナのうちでは、英語《えいご》だけでなくてスペイン語も話されている。

ダービーが言った。「じゃあさ、メキシコ料理《りょうり》のレシペディアじゃない？」

もう、ダービーったら、秘密《ひみつ》のレシピ本だと何度言ったらわかるんだろう？「かもしれないけど、明らかにメキシコ料理《りょうり》でないレシピもあるよ。ほら、このカップケーキとか。でも、ダービーのおかげでどこで材料《ざいりょう》を探《さが》したらいいか、わかっちゃった」

〈ラ・コシナ〉のドアノブには、貝殻《かいがら》をつないだ紐《ひも》がぶらさげてあった。わたしたちが店内に入ると、貝殻《かいがら》が音を立ててドアが閉まり、〈カップ・オ・ジョー〉のコーヒーのにおいや、ウィルミントンのほかのすべてから、切り離《はな》された。剝《はく》製《せい》の大きな熊《くま》が、新世界へようこそ、と出迎《でむか》えてくれる。窓《まど》のガラスの色が濃《こ》いので、外の日差《ひざ》しも入ってこない。きゅうに暗くなったせいで目の前に斑点《はんてん》が浮《う》かび、消えるのにしばらくかかった。冷《つめ》たいスワリーを持っているからなのか、部屋が涼しいからなのかわからないけれど、膝《ひざ》の裏《うら》がぞわぞわした。

わたしはふたりにひそひそ話しかけた。「視《し》線《せん》を感《かん》じない？」たずねるだけで、体に身震《みぶる》いが走った。

ダービーはすり切れた編《あ》みこみのラグを歩いて奥《おく》に進み、ところどころはげているオレンジ色の壁をあおぎ見た。動物の頭の剥製《はくせい》がかざってある。「視《し》線《せん》を感《かん》じるのは、こいつのせいかも」キラキラしたガラスの目でわたしたちを見おろしているヘラジカを指さした。「きもっ」鼻にしわを寄《よ》せる。

わたしはスパイスの棚《たな》を見た。小さなびんが何百とならんでいた。前列にあるびんは新しく、中の粉《こな》や、エキスやシロップなどの液体《えきたい》が透《す》けて見えた。コルクで栓《せん》をした金色とか緑色がかった広口びんや小びんは、奥《おく》のほうに押《お》しこんであり、ガラスがぶ厚《あつ》すぎて中身が見えないのも、ちょこちょこあった。それぞれのびんの底《そこ》に中身と値段《ねだん》を手描《てが》きしたラベルが貼《は》ってあり、いくつかびんを持ちあげて底《そこ》を見たら、アルファベット順《じゅん》になっているのがわかった。わたしは必要《ひつよう》な材料《ざいりょう》を六つ選《えら》んだ。どれも棚《たな》の奥《おく》のほうにあったやつだ。びんはハンナとダービーに渡《わた》して、持っていてもらった。

つぎの棚《たな》には大小いろんなサイズの透明《とうめい》なビニール袋《ぶくろ》が置《お》いてあった。葉っぱや、木の実、茎《くき》や根など、中身はさまざまだ。こちらには、中身と値段《ねだん》を描《か》いた栗色《くりいろ》で星形のタグがつけてある。わたしは買い物リストを見て、必要《ひつよう》な袋《ふくろ》を手に取った。

「いらっしゃい《オーラ》・おじょうちゃんたち《ニーニャス》」その声にわたしたちはぎょっとした。女の人がぬっと現《あらわ》れた。

ハンナが応《おう》じた。「こんにちは《オーラ》・マダム《セニョーラ》──」

「ペレス、セニョーラ・ペレスだよ」女の人は言った。小柄《こがら》な人で、学年で三番目に小さいダービーよりも身長が低かった。頭に積《つ》みあげた白髪《しらが》まじりの黒髪《くろかみ》が、小さなパイナップルみたいだ。

気まずい沈黙《ちんもく》のなか、セニョーラ・ペレスはわたしたち三人をじろじろ見ていた。ダービーの脚《あし》のそばかすを見ていたかと思ったら、ハンナの濡《ぬ》れた髪《かみ》に目をやり、そのあとわたしの茶色の瞳《ひとみ》を見た。

「あら」わたしの顔をしげしげ見る。「セニョーラ・ベッキー・クインの娘《むすめ》だね」

そしてもう一度、ダービーの頭からつま先へと目を走らせた。「で、あなたがローラースケートの子」

わたしたちはうなずいた。悪い人ではなさそうだ。

「それを買うのかい？」セニョーラはわたしたちがかかえている品物を見た。

「はい《シー》」わたしはとっさにスペイン語で答えた。われながらえらい。

セニョーラ・ペレスは短い脚《あし》でよちよち歩いて、カウンターの奥《おく》にまわった。首にかけたチェーンをいじって、たくさん巻《ま》いたスカーフにうもれていたメガネを引っぱりだした。金属製《きんぞくせい》の古いレジのボタンを押《お》しこんで、わたしたちが持っている品物の値段《ねだん》を打ちこむ。そうやって手を動かしながらも、メガネの上からのぞいた目は、取り調べ中の刑事《けいじ》さんみたいに抜《ぬ》け目《め》がなかった。

茶色の紙袋《かみぶくろ》に品物を詰《つ》めるときも、まだわたしたちを見ていた。袋《ふくろ》の底《そこ》にクッションのかわりになるティッシュペーパーをしいてくれた。支払《しはら》いには屋根《やね》裏掃《うらそう》除《じ》でもらったお金を使った。

ようやくセニョーラ・ペレスが口を開いた。「よかったら、手相を見てあげよう」

そしてハンナに向かって、「おじょうちゃんは手相を信《しん》じないね」と言った。ハンナは表情《ひょうじょう》を変《か》えなかった。パパの言うところの、ポーカーフェイスというやつだ。

セニョーラはお腹《なか》に巻《ま》いたエプロンで両手をぬぐうと、手ぶりでわたしにスツールを勧《すす》めた。そして鼻の穴《あな》を広げて深呼吸《しんこきゅう》をひとつして、わたしの手をつかんだ。店内は静《しず》まりかえり、セニョーラは長く伸《の》ばした爪《つめ》でわたしの手のひらをなぞっていた。ダービーが思いきりストローを吸《す》う。ずずっ！　けたたましい音が壁《かべ》に反射《はんしゃ》して大きく響《ひび》いても、セニョーラは知らん顔だった。たるんだ肉に顎《あご》がうまるほどうつむいて、わたしの手のひらに目を凝《こ》らしている。「ああ……」

ダービーはセニョーラの肩越《かたご》しに、わたしの手をのぞいた。

「そうだ《シー》、そう《シー》、見えるよ、おじょうちゃん……」セニョーラ・ペレスの目が細くなった。

「見えるって、なにが？」ダービーがたずねた。

セニョーラは言った。「本が見える」

背中《せなか》がぞぞっとした。ヘビが何匹《びき》かはいのぼってきたみたいに。

セニョーラ・ペレスはメガネをはずして、通路を店の奥《おく》に向かった。ドアはなくて、天井《てんじょう》から床《ゆか》まで、あざやかな色のガラスビーズでできたカーテンがかかっている。彼女《かのじょ》はその手前で立ちどまって、こちらを見た。「せいぜい気をつけるんだね。キエン・シンベラ・ビエントス・レコゲ・テンペスターデス」

それだけ言うと、ビーズのカーテンの奥《おく》に消えた。

3

もうひとつの警告《けいこく》

質問《しつもん》：十五分のあいだに不気味《ぶきみ》な警告《けいこく》をふたつ受ける可能性《かのうせい》はどのくらいでしょう？

答え：そんな可能性《かのうせい》はゼロ……のはず。

びっくりした。わたしはおどろきつつ、ふるえあがった。そんなことが同時にできるなんて、不思議《ふしぎ》だけれど。ダービーが〈ラ・コシナ〉の前の縁石《えんせき》に腰《こし》かけてビーチサンダルからローラースケートにはきかえ、それが終ると、三人でメインストリートをうちに向かって歩きだした。ローラースケートがアスファルトにこすれる音と、たまに通る車の音しかしなかった。

「あんなの口から出まかせだって」ついにダービーが口を開いた。

「でも、あの本のことを知ってたんだよ」わたしは言った。

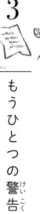

ハンナが言った。「あの人、本を見たとは言ったけど、どんな本とは言わなかったわ。どんな本でもありうるってことよ。それに、興奮《こうふん》しすぎだわ。手相なんて遊びみたいなもんなんだから」

「興奮《こうふん》しすぎ？　秘密《ひみつ》のレシピがかくされた古代の本を見つけた日に、気持ちの悪い占《うらな》い師《し》がわたしの手のひらを見て、本が見えるって言ったんだよ。わたしの未来《みらい》を変《か》えるかもしれない本、人生のあり方を変《か》えるかもしれない本なんだよ。興奮《こうふん》しないほうがおかしいよ」

「あらら、秘密《ひみつ》のレシピがのった古代の本になっちゃった？　あのね、ケリー」ハンナは言った。「あれは便《びん》せんを貼《は》りつけた百科事典《じてん》なの。サンタさんの〝良《よ》い子悪い子リスト〟を見つけたわけじゃないんだから」

ダービーがセニョーラ・ペレスを大げさにまねた。「なにが、せいぜい気をつけるんだね、だ！」悪事をたくらんでいる科学者みたいに、手のひらをこすりあわせた。

でもわたしは、占《うらな》い師《し》からの警告《けいこく》をおもしろがる気分になれなかった。「そうよ。そのあとのスペイン語は、どういう意味なの？」

ハンナが答えた。「正確《せいかく》には訳《やく》せないけど、〝自分に見あったことが起きる〟っていうような意味かな」

「自分に見あったことが起きる、か」わたしは考えこんだ。「わたしたちに見あったことってなにかな？」

「〝わたしたち〟って、なに言ってんの？」ダービーが言った。「あたしまで巻《ま》きこんじゃって。変《か》わり者のメキシコ人占《うらな》い師《し》から、うさんくさい警告《けいこく》を受けたのは、あたしじゃないんだからね。ちゃんと受けとめてよ、ケリー・クイン」

ハンナが言った。「ダービーの言うとおりよ、しっかりして。おかしなおばあちゃんに薄気味《うすきみ》の悪いことを言われただけなんだから、あたふたしないで」

わたしは歩きながらメッセンジャーバッグから本を引っぱりだし、表紙を開いた。風にあおられて、紙が一枚舞《まいま》いあがり、つかもうとしたけれど、風に運ばれて遠ざかった。「それをつかまえて！　本にはさんであったの」

ダービーが速度を上げ、紙をつかんでくれたので、雨水管《かん》に落ちずにすんだ。

ハンナとわたしはダービーに追いついた。「ありがとう。なんて書いてある？」

「インクが薄《うす》れてて、ちゃんと読めないけど」ダービーは言った。「〝忘《わす》れるな。

なんとかの法則《ほうそく》に気をつけろ〟。なんとかの部分は、ええっと……〝ぬくい〟かな」

「ぬくいって、どういうこと？」

ダービーがにやにやしながら、くり返す。「ぬくいって、どういうこと？　ぬくいって、どういう――」

「そうやってふざけてればいいわ。いいから、それをちょうだい」わたしは紙を見た。「ぬくいじゃなくて、むくいよ。〝忘《わす》れるな。むくいの法則《ほうそく》に気をつけろ〟」

ダービーが言った。「うわ、おっかな。あたしはこんなきもい警告《けいこく》、一度も受けたことないよ。それを十五分のうちに二度なんて、あり？」

4

料理《りょう》《うり》クラブ

材料《ざいりょう》：

十二歳《さい》の女子　3人
不気味《ぶきみ》な警告《けいこく》　2回
秘密《ひみつ》のレシピを集めた古い本　1冊《さつ》
〈ラ・コシナ〉で買ったスパイス　7種類《しゅるい》

作り方：

材料《ざいりょう》を混《ま》ぜあわせると、世にもまれなクラブのできあがり。

わたしはベッドに立って、思いきりジャンプした。最初《さいしょ》のジャンプで天井《てんじょう》の板をずらし、二度目で日記帳をつかんで、三度目で板をもどした。日記帳として使っているのは、ピンク色のぶ厚《あつ》い作文帳だ。もう何年もこれに書いてきた。クリス

マスに欲《ほ》しいもののリストとか、将来なりたいものとか、未来《みらい》のペットの名前とか、ぜったいに覚《おぼ》えておきたいこととか。でも、これまで警告《けいこく》は書いたことがなかった。

警告《けいこく》：気をつけろ。

1　キエン・シンベラ・ビエントス・レコゲ・テンペスターデス

（翻訳《ほんやく》）気をつけろ。自分に見あったことが起きる。

2　忘《わす》れるな。むくいの法則《ほうそく》に気をつけろ。

日記帳にはとびきりの思い出も書いてある。フェリス・フーディーニに会った日の日記は、数えきれないぐらい何度も読みかえした。わたしは料理《りょうり》クラブのページを開き、計画の新展開《しんてんかい》を書きくわえた。

料理《りょうり》クラブをはじめるかどうかを悩《なや》む段階《だんかい》は、最終《さいしゅう》局面に入った。

わたしは日記を手に、ニンニクを炒《いた》めるにおいに誘《さそ》われるようにキッチンに向かった。ママが『ウィズ・ア・ウインク・エンド・ア・スマイル』というジャズを歌っていた。本人は名歌手のつもりでいるけど……真実はわたしの日記だけが知っていると言っておこう。

「その歌が好《す》きなの？　ほんと、歌うのがじょうずだね」わたしはおせじを言った。「なに作ってるの？　すごくいいにおい」

「チリビーンズに決まってるでしょ。あと一週間でコンテストなのよ。あなたも参加《さんか》する？」

「もちろん」アルフレッド・ノーブル学院主催《しゅさい》で毎年行われるチリビーンズ・コンテストは、町の主要《しゅよう》な催《もよお》しのひとつだ。料理好《りょうりず》きたちがこれぞという自慢《じまん》のレシピで参加《さんか》する。コンテストが行われるのは、新年度がはじまったすぐあとの週《しゅう》末《まつ》と決まっていて、どの子も加入《かにゅう》しているクラブのユニフォーム姿《すがた》で参加《さんか》するならわしだ。サッカーのチームや、チアリーディングのクラブ、フットボールのチーム、ボウリングのチームなどなど。そこに料理《りょうり》のクラブがないなんて、どう考えてもおかしい。わたしは急いで日記帳にそのことを書き記した。優勝者《ゆうしょうしゃ》にはウィルミントンの〝チリ王《キング》〟もしくは〝チリ女王《クイーン》〟の称号《しょうごう》があたえられ、首には大切に保管《ほかん》されている唐辛子《とうがらし》のネックレス、頭にはそれとおそろいの王冠《おうかん》をかぶせてもらえることになっている。

この四年、フランキーとトニーのお母さんであるルサマノさんの優勝《ゆうしょう》が続《つづ》いている。この一年、ルサマノさんは新学期をひかえた保護者懇親会《ほごしゃこんしんかい》にも、学院主催《しゅさい》のハロウィーンとクリスマスの集まりにも、唐辛子《とうがらし》のネックレスをつけて現《あらわ》れた（ママは少しやっかんだと思う）。イタリア料理《りょうり》を大の得意《とくい》とするルサマノさんなので、チリビーンズも絶品《ぜっぴん》だし、コンテストの審査員《しんさいん》をつとめるジェームズ・G・エーブリー校長の好《この》みにもぴったり合っていた。

ママは続《つづ》けた。「審査員《しんさいん》が変《か》わるそうね。なんでも、あなたの学校に気取った先生が赴任《ふにん》してきたとかで」

今年はエーブリー校長が審査員《しんさいん》じゃないの？「だとしたら、ママ、事情《じじょう》がらっと変《か》わるよ」

「そうなの！　うかうかしてられないわ。来週の予定を見て、準備《じゅんび》を進めなきゃ」

「そうだね、ママ、今年はいけるかも。ミセス・ルサマノなんか、ニンニクみたいにたたきつぶしちゃえ！」わたしはカウンターをこぶしでたたいて、やる気を見せた。

ママはピーマンを切る手を止めると、疑《うたが》わしそうにわたしを見て、首をかしげた。「わたしにはお見とおしよ、ケリー・クイン。あなた、なにか欲《ほ》しいものがあるわね？」

「さすがデラウェア州一の賢人《けんじん》、ううん、世界一だよ」

ママはにっこりした。「言えてるわ。でも、わたしには人に見えないものが見えるのよ、知ってた？」ママはピーマンのスライスをわたしのほうへすべらせた。

「うそばっかり」

「あら、そうよ。知らないはずのことが見えるんだから」

「ありえない」わたしはピーマンをかじった。

「だったら試《ため》してみる？」ママはタオルで手をふくと、冷蔵庫《れいぞうこ》から緑色の大きなメロンを出してきた。さらに引き出しから清潔《せいけつ》な布巾《ふきん》を出してきて、それをショールみたいに頭からかぶり、水晶玉《すいしょうだま》をなでまわすみたいにメロンをなでだした。本人はいけてるつもりでいるけれど、わたしはため息をつきそうになった。

「おお、美しき緑のメロンよ、このわたしに見えないもの、そうだ、ケリーの部屋の床《ゆか》を見せておくれ」ママはメロンをのぞきこんだ。「見えたぞ！　床《ゆか》に転がっているのは、汚《よご》れた靴下《くつした》と、濡《ぬ》れたタオル、そしてM&Mチョコレートの包《つつ》み紙ではないか？　そうなのか、緑のメロンよ？　これはよその娘《むすめ》の部屋ではないのか？　お願《ねが》いだから、もう一度、確《たし》かめておくれ」ママはメロンをにらみつけた。

「いいや。同じ汚《よご》れた部屋の床《ゆか》。ご苦労《くろう》であった、緑のメロンよ」ママは言った。

「つまり、部屋の片付《かたづ》けをさぼって、ピンクの日記帳を書いてたのね」

「大当たりよ、ママ。すごい能力《のうりょく》」パパに教わったのだ。人に物を売りたいとき、第一にすべきは、相手の必要《ひつよう》としているもの、つまりニーズを探《さぐ》ることだ。パパは営業《えいぎょう》の仕事をしているから、そのあたりの勘所《かんどころ》は押《お》さえている。「ママはいつもわたしたち家族のために夕食を作ってくれてるよね。いやにならない？」わたしはたずねた。「誰《だれ》かがかわりに料理《りょうり》してくれたら、うれしくない？」

「いいから、言って。なにをたくらんでるの、ケリー・クイン？」ママは食器棚《しょっきだな》からティーカップを取りだし、フックにかけてあった球形の金属製《きんぞくせい》茶こしを手に取った。

わたしはピンクの日記帳を開き、さっき変更《へんこう》を書きくわえたページを見せた。

秘密《ひみつ》の料理《りょうり》クラブ
メンバー：ケリー・クイン、ダービー・オブライエン、ハンナ・エルナンデス
活動場所と時間：ケリー・クインの家のキッチン、午後三時十五分

「どうして秘密《ひみつ》なの？」

しまった。その部分はママに見せてから書けばよかった。でも、すぐに言い訳《わけ》を思いついた。「そのほうがおもしろいかなと思って」

「で、ダービーとハンナがうちに来て、わたしのキッチンで料理《りょうり》するってことかしら？」ママはいろんな色の葉っぱが入った茶葉を球形の茶こしに入れて閉《と》じると、細い銀色の鎖《くさり》で自分のマグカップの中に垂《た》らした。

わたしは満面《まんめん》の笑《え》みでうなずいた。

ママのほうは、浮《う》かない顔だ。「宿題はどうするの？」

やっぱりそうきたか。「三人でうちでやってもいいし、それで終わらない分はふたりが帰ったあとやるよ」

「サッカーは？」ママがたずねると、ヤカンがピーピー鳴りだした。

「もしチームに入ったら、料理《りょうり》は練習の休みの日か、練習のあとにする」

「それで、作ったものは誰《だれ》に食べさせるの？」ママはお茶をふうっと吹《ふ》いた。

これも予想していた質問《しつもん》だ。「ママとパパ」

「ほかには？」

「それだけ、ママとパパだけだよ。もしママが頭に布巾《ふきん》をかぶってたら、そのときはパパひとりにお願《ねが》いする」ママは〝困《こま》ったママ〟顔になった。「バディはお隣《となり》のバーニーさんに預《あず》かってもらえばいいと思うんだけど」わたしは言った。第七学年の誰《だれ》よりも意地が悪いシャーロット・バーニーがたまたま住んでいるのがうちの隣《となり》で、シャーロットにとって、地球上でもっともむかつく生物がバディなのだ（彼女《かのじょ》がまちがっているとは言えない）。

「なに言ってるの、バディはどこへもやりません。あなたたちも、あの子にやさしくしてもらうわよ」

「ええええ。でも、ママ、バディがいたらめちゃくちゃになっちゃうよ。ママだって知ってるでしょう？」

「めちゃくちゃにしないよう、ママからも言うわ」

わたしはぶすっとした。「そう、わかった」キッチンのスツールから飛《と》びおり、友だちふたりに伝《つた》えるため、走って電話まで行こうとした。

「ちょっと待って、ケリー・クイン」ママに呼《よ》びとめられた。「今わたしの頭の中にある単語《たんご》だけど、なんだかわかる？」

ママはわたしを見て返事を待っていたけれど、答えられないとわかると、言った。「片付《かたづ》け」

ママは部屋がちらかっていることが許《ゆる》せない。だから、いつも、やれベッドメイクをしろ、靴《くつ》を脱《ぬ》ぎ散《ち》らかすな、服をしまえ、壁《かべ》に落書きするな、そのほかなにかとうるさい。

「使ったものは食器洗浄機《しょっきせんじょうき》に入れて、大きな鍋《なべ》はシンクで水につけとく」

「食器洗浄機《しょっきせんじょうき》が食器《しょっき》を棚《たな》にもどしてくれるのかしら？」ママは言いかえした。

出た、片付《かたづ》け魔《ま》。

「こうしましょう」ママは言った。「食器洗浄機《しょっきせんじょうき》のスイッチを入れて、調理器具《きぐ》をちゃんと全部洗《あら》うんなら、あなたが寝《ね》る前に食器《しょっき》をしまうのを手伝《てつだ》ってあげる」

これで決まり。わたしは緑のメロンを持つ女性《じょせい》に魂《たましい》を売った。

ママはわたしと握手《あくしゅ》しようと、手をふいて、差《さ》しだした。「わたしもここであなたたちを監視《かんし》させてもらう」ママは自分の目を指さしてから、わたしの目を指さした。「さあ、上で部屋を片付《かたづ》けてらっしゃい。それがすんだら、ふたりを料《りょう》理《り》クラブに招待《しょうたい》するメールを出していいわ。あら、失礼《しつれい》、ただの料理《りょうり》クラブじゃなくて、〝秘密《ひみつ》の〟だったわね。心配しないで、誰《だれ》にも言わない。でも、パパはべつよ。画鋲《がびょう》の針《はり》みたいに鋭《するど》いパパが、女の子三人がうちのキッチンで料理《りょうり》してるのに気づくといけないから」

「わかった。でも、パパだけだよ」

ママは言った。「それと、もうひとつ。シルバーズさんがきょう、もぎたてのリンゴをくださったの。あしたはランチにひとつ持っていって、ちゃんと食べてね」

シルバーズさんからもらったリンゴ？ 毒《どく》入りだったりして。「わかった」

わたしは自分の部屋にもどって少しだけ片付《かたづ》けをすると、親友ふたりにメールをした。日記帳を天井《てんじょう》にしまい、秘密《ひみつ》のレシピ本をマットレスの下に押《お》しこんで、ベッドの中にもぐりこんだ。すると、三、二、一、ぴょん！ ロージーがベッドに飛《と》び乗って、布団《ふとん》の中に入ってきた（ビーグルはみんなそうなのかな？　ロージーは布団《ふとん》のなかで眠《ねむ》る）。ロージーがいると冬は脚《あし》が暖《あたた》かくていいんだけど、濡《ぬ》れた鼻を押《お》しつけられるときだけはべつ。ロージーが寝付《ねつ》くのに時間はかからない。そのうちいびきをかきだし、それを追いかけるようにわたしも眠《ねむ》りに落ちた。

5

最高《さいこう》の第七学年

質問《しつもん》：女の子ひとりにつき第七学年の初日《しょにち》は何度あるでしょう？
答え：一度だけ。

思い出に残《のこ》る、すてきな朝になるはずだった。実際《じっさい》、はじまりは悪くなかったのだ。幅広《はばひろ》の折《お》りかえしのついた新しいデニムのカプリパンツをはき、ABCDをテーマにした特別《とくべつ》なお弁当《べんとう》を作った。アボカド《A》、ベーコン《B》、チキンサンドイッチ《C》のディル《D》添《ぞ》え。そのときママが窓《まど》から外を見た。ママの視線《しせん》の先にあったものをふたことで表すと、シャーロット・バーニーだ。

「ケリー、シャーロットが出てきたわよ。急げばいっしょにバス停《てい》まで行けるんじゃない？」

わたしは天をあおいだ。「べつにいい。わたしはほかのバス停《てい》に行く」

「なに、ばかなこと言ってるんだ」パパが言い、ママがいらないお節介《せっかい》を焼《や》いた——窓《まど》から叫《さけ》んだのだ。「おはよう、シャーロット。ちょっと待っててね、今ケリーが行くから」

ママとはきっちり話をつける必要《ひつよう》がある。シャーロット・バーニーは隣人《りんじん》だけれど、わたしの天敵《てんてき》でもある。ママには何度も言ってるのに、ぜんぜん通じない(天敵《てんてき》というとなんだか華々《はなばな》しいけれど、ちっともいいものじゃない)。

わたしはうちを出た。おこっているのをママにわからせるため、ドアをたたきつけるように閉《し》め、シャーロットとならんで歩きだした。シャーロットの格好《かっこう》ときたら！　わたしは折《お》りかえしのあるデニムのカプリパンツをはいてきたことを悔《く》やみそうになった。

彼女《かのじょ》は〈アバクロンビー&フィッチ〉のものとわかるチェックのミニスカートをはき、それによく合うTシャツを着て、ベルトをゆるく締《し》めていた。カールしたばかりのブロンドがはずみ、香水《こうすい》のにおいまでする。シャーロットは夏休み中、いとこの結婚式《けっこんしき》に参列《さんれつ》したことを話しだした。「すそにオーガンジーで作ったバラ」が縫《ぬ》いとめられたドレスを着たとかなんとかかんとか。

べちゃくちゃ。わたしはうわの空で聞き流した。

べちゃくちゃべちゃくちゃ。

「……サッカーの選抜《せんばつ》テスト……」

「うちのパパがね、不動産《ふどうさん》の開発業者……」

べちゃ！

わたしたちはバスに乗りこみ、シャーロットのべちゃくちゃは続《つづ》いた。そんなにがんばって話さなくても、彼女《かのじょ》の性格《せいかく》の悪さはわかっている。わたしが一時的《てき》な記憶喪失《きおくそうしつ》を起こして、彼女《かのじょ》の意地の悪さを示《しめ》すあの一件《けん》を忘《わす》れたとでも？　それはわたしの九歳《さい》の誕生日《たんじょうび》のことだった。わたしをおどろかせるため、ないしょでお誕生会《たんじょうかい》が開かれることになっていたのに、なにかつまらないこと（なんだったか忘《わす》れた）でわたしに腹《はら》を立てたシャーロットは、あしたあんたのお誕生会《たんじょうかい》があるのよとぶちまけて、サプライズを台無《だいな》しにしたのだ。そんなひどいこと、ある？

つぎのバス停《てい》でハンナとダービーが乗りこんできたときも、シャーロットのおしゃべりはまだ続《つづ》いていた。わたしはハンナとダービーにはさまれて、一番うしろの席《せき》にすわった。シャーロットは数列前にミスティとならんですわったとたん、たちまちわたしのことなどいないかのようにあつかった。

　ハンナはいつもどおり、その日もカラーコーディネートしていた。パンツとソックスが紫《むらさき》で、ヘアクリップも紫《むらさき》、それによく似合《にあ》うストライプのシャツを着ている。ヘアクリップの色まで合わせるのがハンナ流だけれど、第七学年になってスタイルが変化《へんか》していた。

　髪《かみ》はおろしていた。夏の日差《ひざ》しを浴《あ》びた髪《かみ》はブロンドでとても長く、まっすぐにした髪《かみ》が、磨《みが》きをかけたみたいにつやつやだった。パンツはますます細くて長くなった脚《あし》を引き立たせるスキニーのジーンズ。でも、なんといってもわたしが注目したのはシャツだ。白くて大きい文字で〈LUCKYBRAND〉とある。ハンナはただのおしゃれさんから、流行に敏感《びんかん》な女子になったのだ。

　ハンナに見とれていてもしかたないので、わたしは三人のバックパックを前の座席《ざせき》に積《つ》みあげた。

　そして声をひそめた。「ママがね、きょうからうちではじめていいって」わたしはダービーとこぶしを突《つ》きあわせた。ハンナはにっこりしたけれど、バスに乗りこんできたルサマノ家の男子二人に興味《きようみ》があるらしくて、ちらちらそちらを見ていた。

男の子たちが「フランク、アヤヤーヤヤヤ」と叫《さけ》んだ。フランクという歌手の歌に「アヤヤ」というフレーズがあるからだ。フランクはふだんはみんなからフランキーと呼《よ》ばれている。フランキーはバスに乗りこみ、通路を歩きながらみんなとハイタッチをした。フランキーと弟のトニーは、男子がかたまっているバスのなかほどにすわった。

ほどなくバスは学校に到着《とうちゃく》して、ドアが開いた。外に吐《は》きだされたおしゃべりな生徒《せいと》たちは、校舎《こうしゃ》に入り、トロフィーの棚《たな》の前を通って、ロッカーへ向かった。

ハンナはこの夏大ヒットした『バンパイア・ハイ』に出ていたかっこいい男の子の写真を、ダービーはエクストリームスポーツ――ボルダリングとか、スカイダイビングとか――の雑誌《ざっし》の切《き》り抜《ぬ》きを持ってきていた。わたしのは、フェリス・フーディーニのファンクラブに入ったとき買った、彼女《かのじょ》のサイン入り写真だった。

わたしは家庭科の授業《じゅぎょう》が行われる調理室に入った。べつに占《うらな》い師《し》じゃなくても、

家庭科がわたしの一番好《す》きな教科になるであろうことはわかる。

最前列《さいぜんれつ》にすわって少しすると、新任《しんにん》のダグラス先生が入ってきた。フェリス・フーディーニ以外《いがい》でわたしと同じくらい料理《りょうり》が好《す》きな可能性《かのうせい》がある人がいるとしたら、この先生だろう。

「おはよう！」先生はお芝居《しばい》をしているみたいに、ひと息ついた。「アメリカの未来のシェフたちよ！」手ぶりをつけながら話を続《つづ》けた。「ようこそ、輝《かがや》かしき第七学年の家庭科の授業《じゅぎょう》へ」先生は机《つくえ》に腰《こし》をかけた。脚《あし》が長いから、床《ゆか》まで届《とど》いている。「知ってのとおり、これはアルフレッド・ノーブル学院で行われるぼくの初授業《はつじゅぎょう》でね。じつのところ今回の授業《じゅぎょう》はトライアル、つまりお試《ため》しなんだ。だからぼくとしては、大成功《だいせいこう》させたい」先生が〝大成功《だいせいこう》〟とホワイトボードに書いたので、わたしはそれを家庭科のノートに書き写した。

「さあ、とびきりおいしいものを作ろう。きょうとあと二週は、フリー課題《かだい》とする。つまり、いっさいの制約《せいやく》をもうけない。各自《かくじ》の持ち場にある器具《きぐ》や材料《ざいりょう》を使って、ひらめいたとおりのものを作ってくれ。いいかい、みんな、料理《りょうり》は心だ！」目をつぶって、両手を握《にぎ》りしめる。「そして魂《たましい》だ！」開いた先生の目は、きらきらしていた。「さあ、はじめて」

明るく広々《ひろびろ》とした調理室には、キッチンセットが六つあった。わたしはそのひとつに走って、自分の調理スペースを確保《かくほ》した。カウンターに散《ち》らばっているレシピカードを見てから、食料品《パントリー》だなを開いた。なにを作ろう？　ぱっと頭に浮《う》かんだのは、バタークリームを塗《ぬ》った、超《ちょう》しっとり系《けい》のバターカップケーキだ。

　レシピカードを上から読んで、まず基本《きほん》となる乾燥《かんそう》した材料《ざいりょう》のすべてをボウルに入れた。小麦粉《こ》カップ二杯《はい》をふるいにかけながら気づいたのは、調理室のなかが大騒《おおさわ》ぎになっていることだった。手がにょきにょき上がっているし、ダグラス先生をかこんだ子たちは、人より大きな声を出して自分の質問《しつもん》に答えてもらおうとしていた。

「ＴＢＳＰってなんですか？」

「テーブルスプーン――大さじのことだ」

「どのボウルを使ったらいいんですか？」

「この混《ま》ぜるやつですけど、使い方がよくわかりません」

騒然《そうぜん》とした雰囲気《ふんいき》をおもしろがりながら、わたしは卵《たまご》ひとつを割《わ》り入れて、粉《こな》類《るい》と混《ま》ぜあわせた。すべての材料《ざいりょう》がひとつになってから、指で味見をした。悪くないけれど、まあまあって感じ。わたしがめざすのは最高《さいこう》の生地《きじ》。極上《ごくじょう》の生地《きじ》なくして、極上《ごくじょう》のカップケーキやケーキやマフィンはない、とフェリス・フーディーニも言っている。

そこでレシピカードから脱線《だっせん》することにした。調理室の前にあるパントリーでめぼしい材料《ざいりょう》をあさった。インスタントのバニラプリン。よさそうだけど、まだ足《た》りない。ダグラス先生のまわりにできた人だかりの脇《わき》を通って、大型冷蔵庫《おおがたれいぞうこ》のドアを開けた。なかを探《さぐ》ってみると、風味を足《た》すのにぴったりのものが見つかった。クリームチーズだ。

軽く電子レンジにかけてやわらかくしたクリームチーズを、生地《きじ》に混《ま》ぜあわせた。そこにプリンミックスを投入。ゆっくりとボウルを回転させながら生地《きじ》を混《ま》ぜることに没頭《ぼっとう》していたので、室内が静《しず》かになっているのに気づかなかった。顔を上げると、ダグラス先生がなんともいえない表情《ひょうじょう》でこちらを見ていた。わたしは、自分がなにか悪いことをしたせいで先生がおこっているんだと思った。

ミキサーのスイッチを切った。

先生はレシピカードを手に取り、カウンターの上にまとめてあるゴミを見た。からっぽのプリンミックスの箱とからっぽのクリームチーズの容器《ようき》をじっと見ている。「すみません。なにかを作るためにとってあったんですか？」わたしはたずねた。

先生の表情《ひょうじょう》がだんだんにやわらいで、笑《え》みになった。「いいや、ぜんぜん」先生は生地《きじ》にスプーンを突《つ》っこんで、味見した。「いいねえ。ミス・クイン、きみは創造性《そうぞうせい》が豊《ゆた》かで、実験《じっけん》を恐《おそ》れない、自主性《せい》のあるシェフだね」先生が手をたたいた。手をカップの形にしているので、低《ひく》くて大きな音がした。「そうだな、これはぼくがオーブンに入れておくから、きみは最初《さいしょ》からもう一度やって、みんなに見せてあげてくれ。ぼくの手があけば、たくさんの質問《しつもん》に答えられるからね」

ほんとはせっかくの生地《きじ》を人に任《まか》せたくないし、みんなにはこのすてきな生地《きじ》の材料《ざいりょう》をないしょにしておきたかった。

でも、「わかりました。よろこんで」と、わたしは言った。

6

ランチ

材料《ざいりょう》：
秘密《ひみつ》　1
第七学年のいけてる女子テーブル　1
ルサマノ家の男子　2人
わたしをへこましたがっている意地悪な隣人《りんじん》　1人
〈トゥインキー〉　2個
イエローマスタード　少々《しょうしょう》

作り方：
すべての材料《ざいりょう》を学院の食堂《しょくどう》に詰《つ》めこんで、沸騰《ふっとう》するのを待つ。

アルフレッド・ノーブル学院の食堂《しょくどう》は、いろんな意味で、屋内サッカー場みたいな場所だ。

　天井《てんじょう》が高くて、壁《かべ》はセメント。どんな色を塗《ぬ》ろうと、どんなにたくさんのポスターを貼《は》ろうと、寒々《さむざむ》しくて、固《かた》いセメントの壁《かべ》であることはかくせない。壁《かべ》と天井《てんじょう》に音が反響《はんきょう》するところも、屋内サッカー場と同じだ。誰《だれ》も話していないとしても（ありえないけど）、広い食堂《しょくどう》にはナイフやフォークを使う音や、皿を重ねたり置《お》いたりする音、レジの鳴る音があふれている。騒々《そうぞう》しすぎて、大声を出さないと声が聞こえないこともあるくらいだ。

　レフリーはいないけれど、かわりにモニターが設置《せっち》されているから、似《に》たようなものだ。モニターのおかげで秩序《ちつじょ》が保《たも》たれる。食べものをめぐってケンカしたり、テーブルに落書きしたり、そのへんを走りまわったりする問題児《もんだいじ》は、校長室に送られる（ダービーはこの数年、エーブリー先生と長い時間を過《す》ごしてきた）。

　新学年初日《しょにち》に食堂《しょくどう》でいい席《せき》を確保《かくほ》できるかどうかは、大問題。残《のこ》りの一年、それが自分の席《せき》になるからだ。ハンナはわたしに耳打ちした。「いい？　壁際《かべぎわ》のテーブルを取ってよ」

「わかった」わたしが走って席《せき》を確保《かくほ》しに行っているあいだに、ハンナとダービーはランチの列にならんだ。いつもお弁当《べんとう》を持ってきているわたしは、ランチを買ったことがない。

わたしは赤いギンガムチェックの布巾《ふきん》をランチョンマットのように広げて、ABCDサンドイッチと、水のボトルと、手作りのブラウニー（クルミとペカンナッツとヘーゼルナッツ入り。パパからは、アメリカ北東部一のブラウニーだとのお墨付《すみつ》きをもらってる）をならべ、最後《さいご》にシルバーズさんからもらったリンゴを取りだした。おそるおそるかじってみると、果肉《かにく》がまっ白のみずみずしいリンゴで、信《しん》じられないくらい甘《あま》かった。ひょっとしたら、これまで食べたなかで一番おいしいリンゴかもしれない。

テーブルにやってきたハンナのトレーには、バナナとヨーグルトとソフト・プレッツェル、それにイエローマスタードがのっていた。わたしはそのトレーを見て、マスタードを手に取った。「おいしいものをがまんしなくても、ヘルシーでいられるよ」

「どういうこと？」ハンナがたずねた。

わたしは調味料《ちょうみりょう》のテーブルに行って小さな紙コップを手に取ると、辛《から》みの強いブラウンマスタードとハチミツを搾《しぼ》り入れた。それを小指でかき混《ま》ぜて、味見した。完璧《パーフェクトウ》！

「つけてみて」

ハンナはプレッツェルを少し折《お》り、ハチミツマスタードをつけて、口に運んだ。

「へえ、すごくおいしいわ。ありがとう」

わたしは肩《かた》をすくめた。「どういたしまして」

「見て」ハンナは第七学年の男子が集まっているテーブルを指さした。「フランキーだけど、夏のあいだにずいぶん日焼《ひや》けしたわね。前よりうんといけてる」ハンナはジーンズのポケットからブドウ色のリップグロスを取りだして、唇《くちびる》に塗《ぬ》りつけた。きらめきとつやがすてきだ。わたしもそろそろリップグロスを塗《ぬ》ろうかな。

「フランキー・ルサマノがいけてる？」ダービーは疑問《ぎもん》を呈《てい》すると、頭をかしげて、男子のテーブルを見た。「あたしはフランキーとトニーを見ても、ふたりが幼稚園《ようちえん》の初日《しょにち》に大泣《おおな》きしてたことしか思い浮《う》かばないけどね。ほら、ママ、ママって、ルサマノさんにしがみついちゃって、バスに乗ろうとしなかったの、忘《わす》れ

ちゃった？　それでルサマノさんは車で送るはめになってさ。ルサマノさんが幼《よう》稚《ち》園《えん》でやっとふたりを引き離《はな》して、帰っちゃうと、ふたりとも泣《な》き崩《くず》れちゃったんだよね」

　ルサマノ家のフランキーとトニーもうちの近所に住んでいるけれど、ハンナとダービーの家よりは少し遠い。母親たちはみんな、知りあいだった。

　わたしはルサマノ家のフランキーとトニーを見た。このふたりは二卵性《にらんせい》のふたごなので、似《に》ているところもあるのだけれど、ハンナとダービーぐらいちがってもいる。フランキーは第七学年の男子のリーダー格《かく》で、みんなが友だちになりたがる。「ねえ、ダービー、もうそろそろ泣《な》き虫《むし》だったことは忘《わす》れて、ルサマノ家のふたりを別《べつ》の目で見てあげたらどう？」わたしは言った。

「ふたり？　わたしは片方《かたほう》のこと、フランキーのことしか言ってないわよ。あなたにはトニーがいけてるように見えるの？」こんどはハンナが疑問《ぎもん》を呈《てい》した。

　簡単《かんたん》には答えられない質問《しつもん》だ。外見も人柄《ひとがら》もわかりやすいフランキーに対して、トニーのほうはつかみどころがない。「どうかな。髪《かみ》で顔がかくれてるし、着てるものもぶかぶかだし。実際《じっさい》がどうなのか、わからないから」トニーは脂《あぶら》でぎとぎとした山盛《やまも》りのフレンチフライにケチャップをたっぷりかけた皿を前にして、食事を開始した。表面のフレンチフライを食べてしまうと、さらに追加《ついか》でケチャップをかけた。

「ケリーはトニー・ルサマノがいけてると思ってんだ！」ダービーが大きな声を出した。

わたしは男子たちに向けていた視線《しせん》を大急ぎでリンゴにもどした。「やめてよ！」ダービーに抗議《こうぎ》して、水を飲んだ。顔の赤みが引きますように。「大きな声を出さないで」食堂《しょくどう》がうるさいおかげで助かったけれど、学院じゅうに広まるところだった。

ダービーは手で口をおおって、きょろきょろした。「誰《だれ》も見てない」

ハンナが食堂《しょくどう》内に目を走らせる。「だいじょうぶみたいね」

わたしはフォークの先をダービーに向けた。「運がよかったね、ダービー・オブライエン」わたしは息を吐《は》きだした。危機一髪《ききいっぱつ》。わたしは話題をもどすことなく、黙《だま》ってトニーのすてきさを味わっていた。またケチャップをかけている。味《み》覚《かく》に関《かん》しては改善《かいぜん》したほうがいいけれど。

シャーロットがお気に入りのミスティを引き連《つ》れて食堂《しょくどう》に入ってきた。何人かがふたりをふり返って見ている。「三百ドル賭《か》けよっか？　あいつらあそこにすわるよ」ダービーは食堂《しょくどう》のど真ん中に置《お》かれたテーブルを指さした。

「三百ドルなんて、持ってないでしょう？」ハンナが言った。「払《はら》えない金額《きんがく》を賭《か》けるなんて、なしよ」

「まあね。でも、あいつらがあそこにすわるのはまちがいない」ダービーは切り分けたハンバーグにフォークを突《つ》き立てると、マッシュドポテトをつけて口に押《お》しこみ、「うーん」と、ため息をついた。

それを見ていたハンナとわたしは、おどろくやら、気持ち悪くなるやら。

「なに？」ダービーは口をいっぱいにしたまま言った。「ケリーが名料理人《めいりょうりにん》なのはわかってるよ。でも、一回は試《ため》してみなって」

ハンナが小さく「うえっ」っと言った。

わたしは演説《えんぜつ》をぶった。「わたしはいつかこの学校にもどって、食堂《しょくどう》を大改革《だいかいかく》する。メニューは毎日変《か》えて、週ごとにテーマを決める。メキシカンとか、朝食っぽいメニューとか、ベジタリアンとか、夏のバーベキューとか、シチューとスープとか。今あなたが食べてるのよりずっとおいしくて、健康《けんこう》にいいものを出すつもり」わたしはダービーの口に運ばれようとしている、甘《あま》いクリーム入りのケーキ、〈トゥインキー〉を指さした。今はそれがマッシュドポテトまみれになっている。

ハンナが言った。「この先、あなたは大都会の有名シェフになるのよ、ケリー。ロサンゼルスとか、ロンドンとか、ローマとかで。フェリス・フーディーニみたいに、あなたの名前で雑誌《ざっし》が出たり、テレビ番組ができたりするし、フェリスが引退《いんたい》したら、そのファンが残《のこ》らずあなたにまわってくるかもしれない。アルフレッド・ノーブル学院の食堂《しょくどう》にかかわってる時間なんか、あるもんですか」

ハンナが描《えが》いてくれた華々《はなばな》しい未来《みらい》を思ったら、ため息が出た。「料理《りょうり》で思い出したけど、これからなぞなぞを出すから、答えて。一九五三年発刊《はっかん》の百科事典《じてん》にかくされた古い秘密《ひみつ》のレシピ本一冊《さつ》と、謎《なぞ》めいた警告《けいこく》ふたつと、変人《へんじん》が店主をつとめる薄気味《うすきみ》の悪いお店で買ったためずらしい材料《ざいりょう》があって、仲良《なかよ》し三人組がいました。すべてを混《ま》ぜあわせると、なにができるでしょう?」

ふたりにはわからなかった。

わたしは答えを告《つ》げた。「秘《ひ》密《みつ》の料理《りょうり》クラブだよ」

「秘《ひ》密《みつ》の料理《りょうり》クラブ！」ダービーは裏返《うらがえ》った声を上げて〈トゥインキー〉のかけらを吹《ふ》きだした。そのときたまたまシャーロット・バーニーがランチのトレーを持って脇《わき》を歩いていた。

シャーロットが足をとめ、ものすごい大声で言った。わざとだ。「秘《ひ》密《みつ》の料理《りょうり》クラブ？　ねえ、みんな、ケリー・クインとその仲間《なかま》たちは秘《ひ》密《みつ》の料理《りょうり》クラブをやってるんだって！　笑《わら》っちゃうわよね！」シャーロットはげらげら笑《わら》いながら男子のテーブルに向かい、ミスティはそのすぐあとに続《つづ》いた。

ふたりは笑《わら》いっぱなしで、フランキーとトニーの隣《となり》に割《わ》りこみ、トレーを置《お》くと、テーブルをはさんでハイタッチした。

ダービーは背中《せなか》を丸めて小さくなり、わたしは手にしたフォークをぎゅっと握《にぎ》りしめた。「ごめん」ダービーは言い、〈トゥインキー〉の残《のこ》りを頬《ほお》に押《お》しこんだ。

わたしの頬《ほお》はかっかして、目には濃《こ》い霧《きり》がかかっていた。目をぱちぱちすると、少し霧《きり》が晴れて、フランキーとトニーがこちらを見ているのがわかった。ふたりは笑《わら》っていなかった。

7 シューベ・ドゥーベ・ドゥーワップ

わたしがバスを降《お》りるなり走りだすと、シャーロットが背後《はいご》から言った。「なにあせってんのよ、ケリー・クイン？」

わたしは返事をせずに、家に急いだ。

シャーロットと仲良《なかよ》くしたがる子は多い。誰《だれ》よりもおしゃれだし、おもちゃもいいのを持っているからだ。でも、みんなにはわかっていない。シャーロットとつきあうのは、想像《そうぞう》のなかだけにしたほうがいいことを。

すべては第三学年のときにはじまった。その日、シャーロットとわたしは縄跳《なわと》びをすることにした。縄《なわ》の片方《かたほう》の端《はし》を木に結《むす》びつけて、わたしが縄《なわ》をまわした。シャーロットのために、腕《うで》がだるくなって、肩《かた》から抜《ぬ》け落《お》ちそうになるまでまわした。

わたしも跳《と》びたかったけれど、シャーロットは一度もゆずってくれなかった。

そこへダービーがやってきて、仲間《なかま》に入れてと言った。「いやよ、ソバカスだらけ。しっし」泣《な》きだしたダービーに、シャーロットはさらに追い打ちをかけた。「幼稚《ようち》園児《えんじ》と遊んだらどうなの、赤ちゃん？」

そのときハンナがやってきて、いっしょに遊びたいと言った。

シャーロット（そのあいだもずっと縄跳《なわと》びをしていた）は大笑《おおわら》いすると、「あんたは背《せ》が高すぎ。縄《なわ》が頭に引っかかっちゃう」とハンナに言った。

「みんなでやったほうが、楽しいよ」わたしは言った。

「うるさいわね、ケリー・クイン。あんたは隣《となり》に住んでるから、いいお友だちになりなさいって、ママに言われてるの。でも、そっちの負け犬ふたりについては、ママからなんにも言われてないもの」

その瞬間《しゅんかん》から、シャーロットはわたしの敵《てき》になった。

以来《いらい》、彼女《かのじょ》は敵《てき》でありつづけ、関係《かんけい》はさらに悪化している（九歳《さい》の誕生日《たんじょうび》のことを思い出してほしい）。彼女《かのじょ》との関係《かんけい》によって、わたしは人格《じんかく》を磨《みが》いているのだと思うようにしている。やりたくないことをするとき、パパがそう言っているからだ。ママからしょっちゅうやりたくないことをやらされているパパの言うことだから、まちがいない。

「あんたに言ってるんだけど、ケリー・クイン」シャーロットは毎度、名字《みょうじ》つきでわたしの名を呼《よ》ぶ。ケリーだけだと、わたしが呼《よ》びかけられていることに気づかないとでも思っているらしい。わたしは料理《りょうり》クラブの初会合《はつかいごう》の準備《じゅんび》があるので、早足になっていた。

「秘密《ひみつ》クラブがはじまるわけ？」

頬《ほお》が熱《あつ》くなるのを感じながら、手を握《にぎ》りしめた。なんて意地が悪いんだろう。言いかえしたかったけれど、ぐっとこらえて、シャーロットを無視《むし》した。

ダービーとハンナは時間どおりにやってきた。ハンナは歩き、ダービーはローラースケートだった。

「どうだった？」ママがたずねた。

ダービーは腕《うで》時計を見ると、ローラースケートを脱《ぬ》ぎ、「七分五十八秒」と言った。ダービーのうちからわたしのうちまで、八分くらい。毎回それを少しでも縮《ちぢ》めようとがんばっている。

ダービーとハンナとわたしは、ママを残《のこ》してわたしの部屋にこもった。ダービーは花柄《はながら》の上掛《うわが》けのうえに寝《ね》っ転《ころ》がって、壁《かべ》のポスターを見はじめた。「ここにあるの全部、どこで手に入れたの？」

「フェリス・フーディーニのファンクラブに入って十ドル送ったら、写真の入った大きな封筒《ふうとう》が届《とど》いたの。この写真、大好《だいす》き」わたしはフェリスがデザインしたレイヤーケーキのポスターを指さした。層《そう》ごとにフレーバーがちがうらしく、一《いっ》層《そう》ずつ色がちがう。「想像《そうぞう》するだけでわくわくしちゃう。ひと口で全部の層《そう》を食べられたら、どんな味がするんだろう？」わたしは言った。「ほら、この薄茶色《うすちゃいろ》の層《そう》。これはカプチーノじゃないかな。こげ茶はスイス・チョコレート、クリーム色の層《そう》はフレンチ・バニラで、この金色はどこまでもしっとりしたキャロット・ケーキよ。そして一番上の層《そう》がたっぷり塗《ぬ》ったホイップクリーム」

ダービーがたずねた。「それ、みんな、ケリーの想像《そうぞう》？」

「そう。ベッドに寝《ね》そべってあのポスターを見ながら、そんな想像《そうぞう》をしてたの」

ハンナが言った。「話を聞いてるだけで、体重が二キロぐらい増《ふ》えそう」

ダービーがぐるっと目をまわした。「はいはい、体重がね」

そのとき弟のバッドが部屋にかけこんできた。パパの作業靴《さぎょうぐつ》をはき、自転車用のヘルメットをかぶって、バットマンのマントをはおり、口にはシュノーケルをくわえている。その状態《じょうたい》で思いきり『バスのうた』をがなり立てていた。

「ママ！　バッドにわたしの部屋から出るように言って！」

「弟を消すレシピがあったりして」ダービーがこそっと言った。

「それができたら最高《さいこう》ね」と、ハンナ。

バッドがわたしのベッドで飛《と》びはねだした。「マーマ！」

ママが紙袋《かみぶくろ》を腕《うで》にかけて走ってきた。「ケリー・クイン、頼《たの》むからそんなに叫《さけ》ばないで。誰《だれ》かがケガしたかと思うでしょう」紙袋《かみぶくろ》を揺《ゆ》すりながら、バッドに言った。「ほら、いいかげんにして、下で遊びなさい」

これでバッドは出ていった——なおも大声で歌いながら。

「もどってこないでよ！」わたしがどなると、弟はくるっとふり返って、べーっと舌《した》を突《つ》きだした。

ママがまだ残《のこ》っていた。出ていってもらいたかったので、咳払《せきばら》いをした。

「あら」ママはその合図に気づいて、そそくさとわたしの部屋のドアから外に出たかと思うと、なにかに気づいて、引きかえしてきた。ママが手にしていたのは、ショッピングモールでおしゃれな台所用品をあつかっている〈キッチン・シンク〉の紙袋《かみぶくろ》だった。「秘密《ひみつ》だろうとなかろうと、料理《りょうり》クラブのメンバーならおそろいのエプロンがなくちゃ！」紙袋《かみぶくろ》からエプロン四枚《まい》を取りだした。全体にトマトの柄《がら》がちりばめられている、丈《たけ》の長いエプロンだ。

「どうして一枚《まい》よぶんにあるんですか？」ハンナがほつれた髪《かみ》をヘアクリップにおさめながらたずねた。

「わたし用にと思って」ママが答えた。

「ママ、わたしたちだけでやらせてくれるって言ったじゃない」またそんなことを言わなければならないなんて、信《しん》じられない。

「あら、ただの冗談《じょうだん》よ。あなたたちがクラブに誰《だれ》か呼《よ》ぶかもしれないから、食品庫のフックにかけておこうと思って」ママがエプロンをもどすと、紙袋《かみぶくろ》ががさがさ鳴った。「そうそう。シャーロットがバス停《てい》からもどってくるのを見たわ。呼《よ》んであげたら、よろこぶんじゃないの？」

わたしはママを横目でぎろっとにらんだ。わたしがシャーロットをどう思っているか忘《わす》れたの？

「ああ、そうだったわね。困《こま》ったときは呼《よ》んで。オーブンを使うときは肘《ひじ》の上までの長いミトンを使ってね。生肉や生卵《なまたまご》をあつかったスプーンはなめちゃだめよ。それと、刃物《はもの》を使うときはともかく慎重《しんちょう》にね。あなたたちを指が一本ない状態《じょうたい》で、自宅《じたく》に送りかえしたくないから。それと――」

「ママ」わたしはさえぎった。「わかってるから」

「はい、はい、はい」ママは外に出て、ドアを閉《し》めた。

「永遠《えいえん》に出てかないかと思った」わたしは言った。

ハンナはつくづくエプロンを見ていた。「でもね、ケリー、このエプロンはテレビの人気番組で使ってそうなやつよ」

ダービーがたずねた。「シャーロットを誘《さそ》う気なんか、ないよね？」

「ありえない！」わたしは言った。「秘密《ひみつ》の料理《りょうり》クラブの初会合《はつかいごう》として、規則《きそく》の厳守《げんしゅ》を求《もと》めます。このクラブでのことは外部にもらさないこと」

「どうして秘密《ひみつ》にするの？」ハンナがたずねた。「わたしたち、もう第七学年よ。少し子どもっぽいと思わない？」

わたしはとてもおどろいたし、ハンナにそんなことを言われて、傷《きず》つきもした。

ハンナは続《つづ》けた。「法律《ほうりつ》に反することをするわけじゃないのよね？」

「もちろん」わたしは言った。「理由のひとつは、シャーロットには知られないほうがいいってこと」

「あら、きょう食堂《しょくどう》であんなことがあったのよ」ハンナが反論《はんろん》した。「みんな知ってるわ！」

「でも、これ以上《いじょう》は知られたくない。とくにシャーロットには！　シャーロットにかかると、なんだって台無《だいな》しになる。誕生日《たんじょうび》のサプライズパーティを台無《だいな》しにされたこと、忘《わす》れたわけじゃないよね？」あえてそのときのぐちはくり返さなかった。

「それに……」わたしはマットレスの下から秘密《ひみつ》のレシピ本を引っぱりだした。

「クラブが秘密《ひみつ》なのは、この本のレシピを使うから」

「でも、その本は呪《のろ》われてんだよ。忘《わす》れたの？」ダービーが言った。

「そんなことほんとにあると思う？」わたしはたずねかえした。

ハンナはグロスを唇《くちびる》に塗《ぬ》った。「ありえないわね」

ダービーが言った。「でも、あの警告《けいこく》。なんだっけ？」

わたしは答えた。「〝忘《わす》れるな。むくいの法則《ほうそく》に気をつけろ〟。それと、セニョーラ・ペレスが言ったのは、〝自分に見あったことが起きる〟」

ダービーが言った。「あのさ、ふつう、〝気をつけろ〟がつく言葉は、注意しなきゃいけないって意味だよ。たとえば〝猛犬《もうけん》に気をつけろ〟とあったら、その場所に入ったら、犬に食べられるかもしれないってこと」

「深刻《しんこく》に考えすぎよ」ハンナが言った。「本にはさまっていた紙は、たいした意味がないと思うの。わたしもしょっちゅう本に紙をはさんでる。それにセニョーラ・ペレスは変《か》わり者のお年寄《としよ》りよ。なにを言われたって、わたしなら気にしないけど」

「ダービーは？」わたしはたずねた。

「うん、だいじょうぶだと思うけど。なんかあったらあったで、冒険《ぼうけん》話ができる——ま、命があればだけどさ。それより、早いところ料理《りょうり》をはじめてくれないと、あたしが猛犬《もうけん》になるかも」ダービーは言った。「〝腹《はら》ぺこマーヴィン〟みたいに、お腹《なか》がぺっこぺこ」。〝腹《はら》ぺこマーヴィン〟というのは『サウスパーク』というアニメに出てくるキャラクターだ。

「まずは」わたしは言った。「秘密《ひみつ》のハンドシェイクを決める必要《ひつよう》があるよね。こんなふうに」わたしはふたりにわたしが考えた手の握《にぎ》り方をやって見せた。最《さい》後《ご》はハイタッチで終わる。ふたりも試《ため》してくれたけれど、ハンナは前髪《まえがみ》を吹《ふ》きあげた。退屈《たいくつ》なり、とまどいなり、なにか不満《ふまん》があることをわたしに伝《つた》えるためだ。両方だったのかもしれない。

「いいね」ダービーは言って、ハンナともう一度、くり返した。

ハンナが言った。「いいわよ、やり方はわかった。それで、今からなにを作るか決められるの？　それとも、合言葉もいる？」

「いいね」わたしは言った。

「冗談《じょうだん》で言ったんだけど」ハンナはまた前髪《まえがみ》を吹《ふ》いた。

ダービーがたずねた。「シューベ・ドゥーベ・ドゥーワップは？」

ハンナにもいやがっているようすはなかった。

「いいね。シューベ・ドゥーベ・ドゥーワップにしよう」わたしは言った。

「でね」わたしは本のページをめくった。「この本をながめてたんだけど、ふたりの話を聞いて、いいアイディアが浮《う》かんじゃった」あるページを開き、〝お黙《だま》りコブラー〟を指さした。コブラーというのはフルーツの上に生地《きじ》をのせて焼《や》くおいしいお菓子《かし》だ。ページの下の余白《よはく》に〝早朝からうるさいガッロを黙《だま》らせる――ip〟という書きこみがある。

「〝ガッロ〟ってなに？」ダービーがたずねた。

ハンナが答えた。「スペイン語で〝おんどり〟のことよ」

わたしも質問《しつもん》した。「ipっていうのは？」

「さあ。でも、たいした意味はないんじゃないかしら」ハンナは言った。「書きこみの意味はわかるもの。〝おんどりが鳴くのをやめさせる〟。くだらないたわごとよ、ケリー」

「そうかな。うるさくて、うっとうしい誰《だれ》かさんのことを考えたら」わたしの言いたいことが伝《つた》わったらしく、ダービーの眉《まゆ》がつりあがった。「その誰《だれ》かさんを黙《だま》らせる方法《ほうほう》があるとしたら？　わたしがなに考えてるかわかる？」

ダービーがたずねた。「このコブラーを作ってバッドに食べさせたら、おとなしくさせられるってこと？」

わたしは〝わかんないけど、やってみる価値《かち》はあるよね〟と言うように、肩《かた》をすくめた。

「いいね」ダービーが言った。

わたしはページにのっている風変《ふうが》わりな材料《ざいりょう》を指さした。〝古いベチバーの茎《くき》〟。

「ここにそれがあるんだけど」〈ラ・コシナ〉で買った品物が入っている袋《ふくろ》から取りだした。

わたしたちは、しげしげとびんを見た。ガラスが厚《あつ》すぎて中身がぼんやりとしか見えず、水中を漂《ただよ》っているみたいに波打って見えた。蓋《ふた》のコルクを思いきり引っぱると、ポンという音をたてて、コルクが抜《ぬ》けた。茎《くき》を何本か取りだして鼻に近づけてみたけれど、これといったにおいはなかった。

「なんだと思う？」ダービーがたずねた。

「植物の茎《くき》みたいね」ハンナが言った。

「弟に食べさせる前に、調べないと。うっとうしいやつだけど、殺したくはないから」

グーグル女王のダービーがわたしのパソコンを使って、〝ベチバー〟なるものを見つけた。「背《せ》の高い草で、その根や葉はしばしば代替療法《だいたいりょうほう》に用いられるって書いてあるけど。代替療法《だいたいりょうほう》ってなに？」

わたしが答えた。「お医者さんに診《み》せなかったり、ふつうの薬を使わなかったりするときのやつ。かわりにビタミン剤《ざい》を飲んだり、自然《しぜん》なものを使ったりして、気分の悪さをやわらげたり、病気を防《ふせ》いだりするんだよ」

ハンナが不思議《ふしぎ》そうな顔でわたしを見た。「そんなこと、どうして知ってるの？」

「おばさんがその手のことにはまってるから」わたしは説明《せつめい》した。「おばさんはベジタリアンで、毎日ヨーガをしてて、脚《あし》のむだ毛をそらないの。おばさんのところへ遊びに行くと、うちの家族まで瞑想《めいそう》させられるの。パパは寝《ね》ちゃうけど。耐《た》えられないのは、テレビがないこと。『ペーストリー・カルテット』や『お宅《たく》のキッチンはだいじょうぶ？』や、『フェリス・フーディーニのごちそうの時間』がない生活なんて、考えられる？」

「いいから、現実《げんじつ》にもどるわよ」ハンナが言った。「その説明《せつめい》によると、このスパイスであなたの弟が死ぬことはなさそうね。でも、もしそんなことになって、わたしたちが殺人罪《さつじんざい》に問われたら、わたしはここにいなかったことにして。いいわね？」

「わかった」わたしは言った。

「わかった」ダービーも言った。「ケリー、少年院に入ることになったら、ルームメートになってくれる？」

「もちろん！」

「いいね」

「じゃあ、これで決まり」わたしは言った。「作るのはコブラーにしよう。ちょうどシルバーズさんからもらったリンゴがあるから。ランチにひとつ食べたけど、すごくおいしかった」

「シルバーズさんからもらったって、あの魔女《まじょ》の？」ダービーがたずねた。

「ええ。でも、ものすごくおいしいんだよ。これでいつでもはじめられるわ」わたしは部屋を出るべくドアに向かった。「さあ、シューベ・ドゥーベ・ドゥーワップ。料理《りょうり》開始」

8

コブラー

質問《しつもん》：うっとうしい弟を秘密《ひみつ》の料理《りょうり》クラブに入れるとしたら、なにをさせる？
答え：毒見《どくみ》係。

わたしたちは新品のエプロンを身につけ、調理器具《きぐ》をならべると、リンゴの皮をむきはじめた。

バン！　ガシャン！　ガチャン！　キッチンの外から、鍋《なべ》やフライパンがぶつかる音がする。バッドが鍋《なべ》やフライパンを太鼓《たいこ》みたいにたたきながら、キッチンを出たり入ったり、行進してまわっている。しかも声をかぎりに叫《さけ》んでいた。「ケリーはくっさい、友だちもくっさい！」

ガシャン！　ガチャン！　バタン！

ダービーがバナナの皮をむいて、ひと口食べた。「ケリー・クイン、あいつが

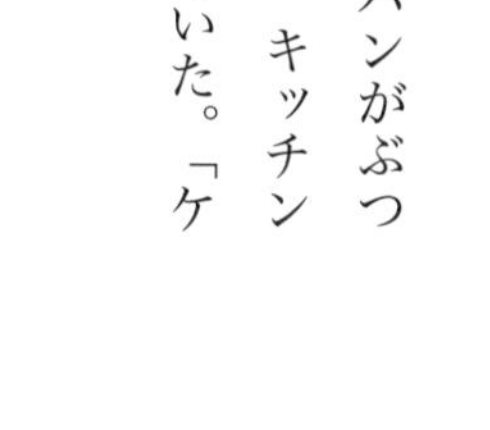

いつまでも口を閉《と》じないと、あたしがこいつを鼻に突《つ》っこんじゃうかも」

ガシャン！　「ケリーはくっさい！　友だちもくっさい！」

「さっさと料理《りょうり》をはじめて、コブラーで黙《だま》らせられるかどうか、試《ため》してみなきゃ」

わたしはダービーに言ったあと、「ママ――――！」と叫《さけ》んだ。

ママがキッチンにやってきた。「そこの男性《だんせい》、ここでいったんタイムアウトよ！」

バッドが堅《かた》い木の床《ゆか》に鍋《なべ》やフライパンを引きずって、反省《はんせい》用の椅子《いす》に向かう音がした。

ハンナが耳から手を離《はな》した。「ああ、助かった」

わたしはオーブンの余熱《よねつ》ボタンを押《お》し、世界百科事典《じてん》のTの巻《かん》を開いた。傷《いた》んだページをそうっとめくって、コブラーのページまで行き、手書きのレシピを指でなぞった。「誰《だれ》が書いたのかな」

どちらからも返事がなく、レシピ本の書き手のことを考える時間ができた。キッチンが熱《あつ》くなって窓《まど》が蒸気《じょうき》でくもってきたので、窓《まど》のひとつを少しだけ開けた。涼《すず》しいそよ風が入ってくる。同時に黒っぽい雲が忍《しの》びこんできて、ふいになにかの気配を感じた。ダービーとハンナとわたし以外《いがい》のなにかがキッチンにいる。誰《だれ》がこの本を書いたか知らないけれど、その書き手がここにいるのだ――そんな奇《き》妙《みょう》な感《かん》覚《かく》が湧《わ》いてきて、背《せ》筋《すじ》がぞくりとした。

「材料《ざいりょう》はなにがいるの、ケリー？」ダービーがたずねた。

ピンクのマニキュアを塗《ぬ》ったハンナの人さし指が材料《ざいりょう》一覧《いちらん》をたどっている。ハンナが材料《ざいりょう》を読みあげ、ダービーがそれを食品庫から出してきて、カウンターにならべた。最後《さいご》にハンナが言った。「古いベチバーの茎《くき》」

わたしはエプロンのポケットからハーブの入った小さなびんを出して、カウンターに置《お》いた。

三人でリンゴをスライスして、重さを量《はか》り、火にかけた。わたしは小麦粉《こ》と砂《さ》糖《とう》とやわらかくしたバターをフォークでざっくりと合わせた。

ベチバーを加《くわ》えたのはダービーだった。泡立《あわだ》ったり、爆発《ばくはつ》したり、サイケデリックな色に変《か》わるのかと思っていたけれど、ベチバーを入れても、ごくふつうのリンゴのつめものの《フィリング》ままだった。いや、すばらしくおいしそうなリンゴのフィリングだ。シナモンの色をしていて、小麦粉《こ》と砂《さ》糖《とう》とバターでできたクリーム色のクランブルの生地《きじ》とならんでいるのを見ていると、つばが湧《わ》いてくる。オーブンから出した直後の、熱々《あつあつ》のコブラーが目に浮《う》かぶようだ。

ダービーがリンゴのフィリングを浅《あさ》い器《うつわ》に入れた。

ハンナが小麦粉《こ》と砂糖《さとう》とバターで作ったクランブルの生地《きじ》をリンゴの上に振《ふ》りかけた。「おそろしいくらい、おいしそうね」ハンナは言った。

わたしは巨大《きょだい》な耐熱《たいねつ》ミトンをはめて、その器《うつわ》をオーブンに入れた。ほどなくキッチンにリンゴのいいにおいが広がった。同じころ、空を背景《はいけい》にした建物《たてもの》の輪郭《りんかく》に黒っぽい雲がかかってきたので、オーブン内の明かりをつけて、テレビでも観《み》るみたいに、コブラーが焼《や》けるのをながめた。

「サッカーの選抜《せんばつ》テストのことだけどさ、今年はちょっとびびってる」ダービーはオーブンを見つめながら、言った。

「だいじょうぶよ」ハンナが請《う》け合った。

「そりゃ、ハンナはね。夏のあいだずっと泳いでたから体調ばっちりだし、去年はチームの最優秀《さいゆうしゅう》選手《せんしゅ》に選《えら》ばれてるし」ダービーはぐちった。「気づいてないといけないから言うけど、あたし、運動神経《しんけい》がいいとは言えなくてさ」

「最善《さいぜん》を尽《つ》くして、必死《ひっし》にやればいいのよ。リチャーズ・コーチはそういう姿勢《しせい》を評価《ひょうか》してくれる人だもの」ハンナが助言した。

わたしの気持ちは熱《あつ》いオーブンと、なかでじゅうじゅういっている浅《あさ》い器《うつわ》と、縁《ふち》までふくれあがってオーブンの底《そこ》に一部、こぼれ落ちている砂糖《さとう》入りのクランブルに向けられていた。「誰《だれ》が書いたんだと思う？」わたしはたずねた。

「なんのこと？」ハンナだった。

「本のこと」

ふたりには答えようがなかった。勝手口のドアをノックする音がしたとき、わたしは物思いにふけっていた。外に目をやると、ブロンド頭が見えた。もう少しじっくり見たら、巻《ま》き毛の下に小さな赤い角があるのがわかったかもしれない。

「げっ」ダービーはシャーロットを見てうめいた。わたしたちが動かずにいると、ハンナがドアを開けてくれた。シャーロットはハンナを押《お》しのけてキッチンに入ってきた。わたしはすかさず布巾《ふきん》をつかんで、百科事典《じてん》の上にほうり投げた。

「なんの用？」わたしはたずねた。

シャーロットはキッチンを見まわした。鼻が少し上を向く。「ひょっとして、これがあんたのくだらない秘密《ひみつ》クラブ？」シャーロットはたずねつつ、ふふんと

笑《わら》った。

「なんの用?」わたしはむしゃくしゃしながら、もう一度重ねてたずねた。

「手紙を持ってきてあげたのよ。まちがってうちに届《とど》いてたから。マサチューセッツの同窓会《どうそうかい》委員から、あなたのママ宛《あ》て。たぶんハイスクールの同窓会《どうそうかい》のお知らせね」

「わざわざありがとう」わたしはお礼を言いながら、シャーロットを勝手口に導《みちび》いた。「ママに渡《わた》しておくわ」そして、彼女《かのじょ》を押《お》すようにして、私道《しどう》に出した。

「あなたって失礼な人ね、ケリー・クイン」

ダービーが皮肉たっぷりに言った。「来てくださって、ありがとう。あなたに会えて、うれしいわ。すてきな夜を送ってくださいませ。お話できて楽しゅうございました」

シャーロットが言いかえした。「なによ、こんなくだらないクラブ。なにを作ってるか知らないけど、ひどいにおい。さすが二流の料理人《りょうりにん》ね、ケリー・クイン。あなたとあなたのママが今年もコンテストで負けることを祈《いの》ってる」

わたしは乱暴《らんぼう》にドアを閉《し》めた。

「もう、ほんと、やなやつ」わたしは言った。

「相手にしないの」ハンナは言った。「たぶん誘《さそ》ってもらえなくて、やきもきしてるだけだから」

「なんで――」ピー、ピー、ピー！　オーブンのタイマーが切れた。

「やった、やった！　シューベ・ドゥーベ・ドゥーワップ！」ダービーが叫《さけ》んだ。「お腹《なか》ぺこぺこで肋骨《ろっこつ》が浮《う》かんできちゃったよ」

わたしはオーブンから浅《あさ》い器《うつわ》を取りだし、三脚台《さんきゃくだい》の上に置《お》いた。三人でデザートをかこんで、息を吸《す》いこんだ。なんていいにおいなんだろう。

山にした落ち葉がかさこそ鳴ったので、外を見ると、軽く雨の降《ふ》るなかシャーロットが立ってこちらを見ていた。のぞき見していたことがばれたとわかると、うちに帰っていった。

「なにあれ、信《しん》じられない」わたしは言った。

ダービーがブラインドをおろした。「もうがまんできない。フォーク貸して」

「あのね」わたしは言った。「わたしだって味見したいよ。でも、これは〝黙《だま》らせる〟ためのものだから、食べていいかどうか、微妙《びみょう》なの。食べたら、どうなるかわからないってこと」

ダービーが言った。「だったら、もっと早く言ってよ。お腹《なか》がすきすぎて、〈トゥインキー〉のパッケージも開けられない」

そのときとつぜん、雷《かみなり》がとどろいて、家が揺《ゆ》れた。ドーン！

わたしはたずねた。「あれはなに？」

「ただの雷《かみなり》よ」ハンナが言った。

ダービーが言った。「警告《けいこく》だね。あたしが言ったとおり、あの本は呪《のろ》われてる。だから、さっきのはあたしたちに対する警告《けいこく》ってわけ！」

ドカーン！

わたしたちの悲鳴を聞きつけて、ママがやってきた。「だいじょうぶ？」ママはたずねながら、オーブンのドアを閉めた。

「うん。雷《かみなり》が怖《こわ》くって」わたしは答えた。

「わたしもよ」ママはコブラーを見た。「まあ、あなたたち、いいできじゃないの」

そのとき、車のヘッドライトがうちの私道《しどう》を照《て》らした。「たぶんうちのママの車だ」ダービーが言った。ダービーの家はうちからわずか一ブロックだけれど、日が落ちたあとと雨の日は、スケートで家に帰るのを禁《きん》じられている。「あたし、帰るね。今夜はバーブがスタッフド・ミートローフを作ってくれてるんだ」（自分の母親のことを名前で呼《よ》ぶのは、ダービーぐらいなものだ）。

「あなたたちは荷物を持ってらっしゃい。この見るからにおいしそうなコブラーを持って帰れるように、容器《ようき》を出しておいてあげる」ママが気をきかせて言った。

「ええっと」ダービーはわたしとハンナを見た。「いいえ、いいです、ミセス・クイン。あたし、お腹《なか》がいっぱいなんで」

「そうなの？」ママは納得《なっとく》のいかない顔でたずねた。

「いりません」ダービーは言った。「あたしたち、これは……あの……その……ええっと……」

「お宅《たく》で今夜の夕食に出してもらおうと思ってたんです」ハンナが助けに入った。

「すてきなアイディアね」ママが言った。「ありがとう、あなたたち」

また別《べつ》の車のヘッドライトが私道《しどう》に入ってきた。「うちのパパの車みたいです」

ハンナはダービーに続《つづ》いて荷物を取りに行き、もどってくると、雨のなかに走りだした。

ママとわたしだけが残《のこ》された。ママは言った。「シルバーズさんから電話で、あなたに――」

「はい、わかった、行きます、行けばいいんでしょう」わたしは傘《かさ》といつもの道具を持って、通りを渡《わた》った。

その夜、クイン家の夕食はふだんどおりだったけれど、秘密《ひみつ》のレシピ本を見て作った、弟を黙《だま》らせるためのデザートがそこに加《くわ》わった。

ロージーが床《ゆか》に置《お》いたえさ入れからドライフードを食べているのを横目に、ママはテーブルでデザートをよそいだした。まずは弟からだ。ところが弟は大きく息を吸《す》いこむと、派手《はで》にくしゃみをして、コブラーの残《のこ》り全体につばをまき散《ち》らした。

これじゃ、コブラー鼻水風味《コブラー・ア・ラ・スノット》だ！

「バッド！　口を閉《と》じなさい！」ママはどなり、バッドは袖《そで》で鼻水をふいた。

わたしは細菌感染《さいきんかんせん》したコブラーに手をつける気になれなかった。ママもだ。パパは皿に山盛《やまも》りにした。

「ねえ、パパ、ほんとに食べるの？　病気になるかもしれないんだよ」

「ばかばかしい」パパは言った。「パパは病気にならない」コブラーをたっぷりスプーンにすくって、口に運んだ。

「うーん、うまい。おまえと友だちとで作ったのかい？」パパがたずねた。

「そうだよ」

「シルバーズさんにいただいたリンゴでね」ママがつけ足《た》した。

パパは中空でフォークを止めた。「毒見《どくみ》はしたんだろうな？」

9

ローラーダービー

リチャーズ・コーチはサッカーのコーチであると同時に、わたしの科学の先生でもある。まだ若《わか》くて、ビニー・ルサマノとたいして年が変《か》わらない。ビニー・ルサマノというのは、フランキーとトニーのお兄さんで、今大学の二年生だ。

コーチはわたしたちをアルファベット順《じゅん》にすわらせた。シャーロットは一列目で先生の真正面になり、そのいくつかあとがハンナだった。二列目にはダービーとわたしとフランキーとトニーがいて、いいのはどう考えてもこの二列目だ。ハンナの名字〝エルナンデス〟のHがアルファベットの後半だったら、文句《もんく》なしだったんだけれど。

わたしたちは、ニンジンジュースをちびちび飲みながら、科学的《てき》方法《ほうほう》について説明《せつめい》する先生を見つめていた。「ある仮説《かせつ》を思いついたとする。そうしたら実験《じっけん》室に場所を移《うつ》して、その理論《りろん》が証明《しょうめい》できるかどうか試《ため》してみる。なにか質問《しつもん》がある人は？」

誰《だれ》も手を挙《あ》げない。

「じゃあ、三十三ページを開いて」先生は言った。「これからニュートンの第三法則《ほうそく》について学ぶ。第三法則《ほうそく》について、知ってる人は？」

反応《はんのう》なし。

「ニュートンは言った……」リチャーズ先生はホワイトボードに書き、静《しず》かな教室にペンのこすれる音だけが響《ひび》いた。

ダービーがわたしに体を近づけた。「あたしが興味《きょうみ》あるニュートンは、お菓子《かし》の〈ニュートン・フィグ〉だけ」

わたしはくすくす笑《わら》った。

先生は板書を読みあげた。「すべての動きについて、ある作用には、それと同じだけの力の反作用がある」先生には、わたしたちがニュートンの説《せつ》に感心していないのがわかったのかもしれない。「ダービー、そのページの最初《さいしょ》から読んでくれないか」

ダービーは読みあげたけれど、ちゃんと聞いていたのは、ハンナぐらいなものだ。ハンナは熱心《ねっしん》にノートを取っていた。

　リチャーズ先生は授業《じゅぎょう》の最後《さいご》に、放課後《ほうかご》に行われるサッカーの選抜《せんばつ》テストに興《きょう》味《み》のある女子をつのり、同時に科学の先生から運動部の鬼《おに》コーチへと変《か》わった。


　短パンにスニーカー姿《すがた》のリチャーズ・コーチは、ジョギングで学校の裏手《うらて》を通ってサッカー場までやってきた。わたしたちのほうが先に集まって、待っていた。「すわって、話を聞いてくれ！」コーチはクリップボードを小脇《こわき》にはさんだ。コーチは女子全員が認《みと》めるすてきな男性《だんせい》なので、なんとなくそわそわした気分になった。

「選抜《せんばつ》テストをはじめるにあたって、新しく入った者たちのためにいくつかルールを確認《かくにん》しておく。ひとつ目。練習におくれたときは、おくれた分数《ふんすう》だけ腕立《うでた》て伏《ふ》せをやってもらう」コーチはダービーを見た。「ふたつ目。平均《へいきん》でBの成績《せいせき》を維持《いじ》できていない者は、練習にも試合《しあい》にも参加《さんか》できない。三つ目。ケガをしているときも、動ける服装《ふくそう》で練習や試合《しあい》に来ること。いっしょにストレッチを行い、あとはみんなを応援《おうえん》するんだ」

「ほかにもまだあるが、きょうのところはこの程度《ていど》にしておこう」コーチはクリップボードを草地に投げると、かがんでつま先に触《ふ》れた。わたしたちもそれをまねた。「きょうはたっぷり準備体操《じゅんびたいそう》を行う。夏のあいだ〈スーパー・スワリー〉を食べてばかりいた子には、きついかもしれない。だとしても、楽しむぞ！……きょうは無理《むり》だとしても」ふくらはぎをつかんで、さらに深くふたつ折《お》りになる。夏のあいだじゅう、重いものを持ちあげていたみたいに、コーチの前腕《ぜんわん》の筋肉《きんにく》がふくらんでいた。ひょっとすると、コーチは生まれてから一度もスワリーを口にしたことがないのかもしれない。見た感じからして、全粒粉《ぜんりゅうこ》のパンを好《この》むタイプだ。

「よし、いいだろう。ウォームアップとして、まずはトラックを六周《しゅう》する。最後《さいご》の五人はもう一周《しゅう》追加《ついか》だ」コーチは先頭を切って、走りだした。「さあ、ぐずぐずしないで！」

わたしたちは親鳥に――Y染色体《せんしょくたい》を持つめんどりに――ついてまわるひよこのように、リチャーズ・コーチのあとを走りだした。コーチはわたしたちに話しかけるためふり返り、うしろ向きに走ってきた。「ウォームアップがすんだら、スプリント、そのあと観客席《かんきゃくせき》のあいだを走って、つぎがスローイングの練習、最後《さい》後《ご》は腹筋運動《ふっきん》でしめる」

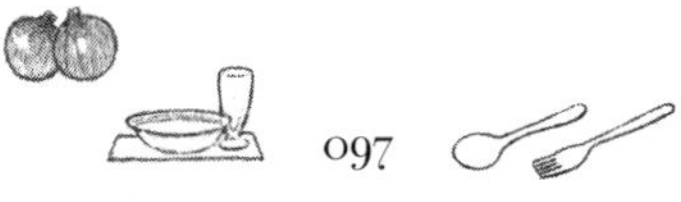

わたしは早くも息があがっていた。ふり返ると、ダービーが最後尾《さいこうび》を走っていた。みんなコーチの背後《はいご》につこうと必死《ひっし》だが、先頭にいるのはハンナで、そのつぎがシャーロットだった。

質問《しつもん》：ケリー・クインが吐《は》くまでに、コーチは彼女《かのじょ》に何周《なんしゅう》させられるでしょう？

答えはそのうち出るとして、わたしがお弁当《べんとう》を吐《は》くよりも先に、ダービーが食《しょく》堂《どう》で食べたフライドチキンとクリームコーンとクリームをサンドしたデビル・ドッグを吐《は》きそうだった。

「がんばれ！」コーチが叫《さけ》んだ。サイドラインに置《お》いてあったオレンジ色のプラスチック製拡声器《せいかくせいき》をつかみ、それを通して叫《さけ》んだ。「みんな、がんばれ！　苦痛《くつう》なくして、成果《せいか》なし！　しっかりしないか、ダービー・オブライエン！」

ハンナが下がってきて、わたしに話しかけた。「調子はどう、ケリー？」ハンナはサッカーの練習着までおしゃれだった。ローウエストのナイロン地のショートパンツにナイキのマークが入ったシャツを着ている。

「今にも死にそう、シューベドゥー。CPRって知ってる？」わたしは話すのもやっとだった。CPRというのは、心肺蘇生法《しんぱいそせいほう》のことだ。

シャーロットは涼《すず》しい顔で最初《さいしょ》の一周《しゅう》を終えた。「調子よさそうね、ケリー」例《れい》によって皮肉たっぷりに鼻を鳴らした。ハンナは彼女《かのじょ》に追いつき、練習のあいだじゅう、いっしょに走っていた。永遠《えいえん》に続《つづ》くかと思うほど長かったのに、終わってみたら、まだ四時だったので、びっくりした。

練習のあとは、ダービーのママがわたしたち三人を送ってくれて、料理《りょうり》クラブの活動のため五時にうちで再結集《さいけっしゅう》することになった。

材料《ざいりょう》：

　のどの痛《いた》み　1

　ハチミツ　1滴《てき》

　凍《こお》った豆　1袋《ふくろ》

　いやがらせ用のレーダーシステム　1

作り方：

こねる。時間をかけてふくらませる。

わたしは学校の荷物を置《お》いて、空気をかいだ。なんだかいやなにおいがする。「ママ、このにおい、なんなの？」

「チリビーンズを作るのに、新しい組みあわせを試《ため》してたのよ」ママはひそひそ言った。「はっきり言って、うまくいかなくて」

「だろうね」

「シーッ」ママが言った。「バディがのどが痛《いた》いからって、早引けしてきたのよ。声まで出なくなっちゃって、今休んでるから、静《しず》かにしてやって」

「声が出ないの？」わたしは大声でたずねた。

「シーッ！　そうよ。だから、静《しず》かにしてちょうだい」

わたしは声を落とした。「声が出ないのね？」

「さっきからそう言ってるでしょう。それで、ふたりはいつ来るの？」

わたしは腕《うで》時計を見た。「そろそろ」

ダービーが玄関《げんかん》のドアを押《お》し開けた。ローラースケートでやってきて、タイルの床《ゆか》に乗りあげた。

「家のなかではスケートを脱《ぬ》いで」ママは小声で言うと、ダービーの顔をあらためてしげしげと見た。顔にもスウェットシャツにも血がついている。「あら、大変《たいへん》」かけよって、ダービーの顔を両手ではさんだ。「シンクまで来て」

ママはダービーの顔を洗《あら》ってあげた。「いったいどうしちゃったの?」

「速くすべろうとしてたんです。でも、脚《あし》がくたくただったんで、珊瑚礁《さんごしょう》をサーフィンしようとするカウボーイみたいにすっころんじゃった」

「その唇《くちびる》、しばらくしたら腫《は》れてくるよ」わたしが言った。

「ケリー、目を冷やしたいから、冷凍庫《れいとうこ》から野菜《やさい》の袋《ふくろ》を出して」ママはダービーの脚《あし》にできた擦《す》り傷《きず》をふいた。どこが青痣《あおあざ》になるか、見ただけでわかる。

「すごく強いサッカー選手《せんしゅ》に見えるね」わたしは言ったけれど、ダービーの気分は晴れないようだった。冷凍《れいとう》豆の袋《ふくろ》をダービーに手渡《てわた》しながら、励《はげ》ます材料《ざいりょう》を探《さが》した。「のどが痛《いた》いからって、バディがきょう早引けしたんだって。ほとんど話せないみたい」

ダービーは冷凍《れいとう》豆の袋《ふくろ》を顔から離《はな》して、腫《は》れぼったい目を輝《かがや》かせた。「声が出

なくなった？」

わたしはうなずいた。

「すごい！」

「だよね」わたしが言うと、ダービーはママの目を盗《ぬす》んで、親指を立てて見せた。

「ダービー、わたしがうちまで送りましょうか？」ママがたずねた。

「あの、できたら、いさせてもらえませんか？　ほんと、あたしはぜんぜんだいじょうぶ、きょうの料理《りょうり》はすっごく大事なんです」

「そう、そんなにきょうの料理《りょうり》が大事なら、しかたがないわね」ママはダービーをからかった。「あなたのお母さんに電話して、相談してみるわ」

ママのポケットから着信音《ちゃくしん》がした。ママは携帯《けいたい》電話を取りだして、メールを読んだ。「いやだ、パパまで声が出ないって。今帰宅途中《きたくとちゅう》だそうよ」ママは冷蔵庫《れいぞうこ》を開けて、残《のこ》ったアップル・コブラーを入れた容器《ようき》ふたつを取りだした。「あなたたちには悪いけど捨《す》てさせてもらうわね。つばのかかってない方をとっておいたんだけど、食べないほうがよさそう」ママは容器《ようき》の中身を生ゴミ処理機《しょりき》に捨《す》てて、スイッチを入れた。「バディを見てくるわ。心配しないで、細菌《さいきん》は下の階に持ちこまないように気をつけるから」オーブンの上の小さな戸棚《とだな》を開き、つま先立ちになると、マルハナバチのロゴのついた小さな金色の缶《かん》を取りだした。

「それなに？」わたしはラベルを見ながらたずねた。おもしろいロゴだ。ハチがメキシコの山高帽子《やまたかぼうし》をかぶっている。

「月蜜《ムーンハニー》よ。こういうときのために、ひと缶《かん》、常備《じょうび》してるの。わたしの母親は、この小さなドロップでなんでも治《なお》ると言ってたわ」ママが缶《かん》を振《ふ》ると、小さな音がした。ママはなかをのぞいた。「ふた粒《つぶ》しかないわね」ママが出ていくのと交替《こうたい》にハンナが勝手口から入ってきた。格子《こうし》柄《がら》のラウンジパンツに、はじめて見る〈ギャップ〉のパーカーを着ている。

新品の服ばかり、いつ買ったんだろう？

髪《かみ》は洗《あら》いたて。濡《ぬ》れた髪《かみ》をねじり、アップにし、クリップで留《と》めている。それに引《ひ》き替《か》えダービーとわたしはサッカーをしたときの服装《ふくそう》のまま、汗《あせ》まみれだった。

「いやだ、どうしちゃったの？」ハンナはダービーを見て、たずねた。

ダービーは上向いた顔に冷凍《れいとう》豆の袋《ふくろ》を押《お》しあてたまま、転んだのだと簡単《かんたん》に伝《つた》えた。それよりもわたしのパパとバッドのことを話すときのほうが興奮《こうふん》していた。

「バッドはコブラーを食べたの？」

「そう」わたしは答えた。

「ワオ」ハンナは言った。「不気味《ぶきみ》よね。レシピの書きこみにあったとおり」

「それ、あたしの口が言いたかったとおりの言葉だよ」と、ダービー。「ところで、その口がからっぽで困ってるんだけど。胃《い》のほうから、〝食べものを入れてくれ、プリーズ《ポルファボール》〟ってテキストメッセージが届《とど》いててさ」ダービーはお腹《なか》を指さした。

わたしはストリングチーズの包装《ほうそう》をほどき、冷凍《れいとう》豆の袋《ふくろ》の下からダービーの口に押《お》しこんだ。ダービーは大きくひとかじりすると、残《のこ》りをマイクのように掲《かか》げたまま、「ありがと、シューベ・ドゥーベ・ドゥーワップ」と言った。

ハンナはなにかに集中しているみたいに、目を細くした。「あなたのお父さんも声が出なくなったのよね。どうしてあなたは話せるの？」

わたしはコブラーにつばがかかったことを話した。

「なんか、異常《いじょう》じゃない？」ダービーがストリングチーズで口をいっぱいにしながらたずねた。「おんどりを黙《だま》らせるみたいに、声を出せなくしちゃうなんてさ」

ハンナが言った。「たしかに、ちょっとした偶然《ぐうぜん》よね」

「うちのママはテレビの犯罪《はんざい》番組が好《す》きなんだけど、捜査官《そうさかん》たちがよく言ってるよ。偶然《ぐうぜん》なんてものは存在《そんざい》しないって」わたしが言った。

「いい機会《きかい》だから言わせてもらうけど、わたしたちはテレビの犯罪《はんざい》番組に登場する人たちとはちがうのよ」ハンナは言った。「バッドとあなたのお父さんが病気になる理由なんて、無数《むすう》にあるわ。そうよ、風邪《かぜ》かもしれないんだから。風邪《かぜ》はよくある病気よ。だから、みんなもふつうの風邪《かぜ》って言い方をして、しょっちゅうかかってるわ」

「でも、それは理由のひとつだよ」ダービーが言った。「無数《むすう》じゃなくて」

「そりゃそうだけど」ハンナがブロンドの前髪《まえがみ》を吹《ふ》いた。早くもダービーにいらだちはじめている。

ケンカを避《さ》けたかったので、わたしは話題を変《か》えた。「準備《じゅんび》はいい？」

「なんの？」ハンナがたずねた。

「わたしたち、料理《りょうり》クラブのメンバーじゃないの？」わたしはエプロンをかけた。

「わたしなりに考えてみたんだけど――」

勝手口のドアをノックする音がした。ドアの窓《まど》から巻《ま》き毛が見える。「悪い冗《じょう》談《だん》みたい。シャーロットにはいやがらせ用のレーダーシステムでもついてるのかな？」わたしはドアまで行き、今回はシャーロットの正面に立って、勝手に入ってこないようにした。「なんの用？」

「お願《ねが》いがあるの。透明《とうめい》なマニキュアを貸《か》してくれない？」

「マニキュア？」

「そうよ。爪《つめ》の手入れの最中《さいちゅう》に足《た》りなくなっちゃって」シャーロットはなにげなく首を左右に伸ばした。わたしたちがキッチンでなにをしているか偵察《ていさつ》に来たのは明らかだ。

わたしはシャーロットの手を見た。「塗《ぬ》ってないみたいだけど」

「ええ、足の指だから」

わたしは視線《しせん》を下げた。彼女《かのじょ》はサンダルをはいていた。マニキュアは塗《ぬ》っているけれど、それも乾《かわ》いているようだった。

「悪いけど、透明《とうめい》のマニキュアは持ってないの」

「これ、なんのにおい？」シャーロットがたずねた。「ひょっとして、チリビーンズ?」わたしは答えなかった。「鼻が曲がりそう。今年は参加《さんか》を取りやめたら?

だいたい、なんでそのへんで買えるものをわざわざ作るわけ? 時間のむだよ。

それに、負けると決まってるコンテストに参加《さんか》するなんて、ばっかみたい」

わたしが立ちはだかっているおかげで、シャーロットにはダービーが見えていなかった。けれど、ダービーは声を上げた。「じゃあ、賭《か》ける?」

挑《いど》んだのはダービーなのに、シャーロットはわたしにたずねた。「あんたがチリビーンズ・コンテストに勝つかどうか、わたしに賭《か》けさせたいの?」

「そう」ダービーがどなった。

「へえ、いいじゃない。なにを賭《か》けるの?」シャーロットはこんどもわたしにたずねた。

わたしが答えようとしたのに、ダービーのほうが早かった。キッチンの椅子《いす》に腰《こし》かけたまま、どなった。「ケリーが勝ったら、あんたがこのうちの庭を掃除《そうじ》する。ケリーが負けたら、ケリーがあんたのうちの庭を掃除《そうじ》する」

シャーロットはわたしの手を取って、握手《あくしゅ》し、「賭《か》けは成立《せいりつ》よ、ケリー・クイン」と言い捨《す》てて、踏《ふ》み固《かた》められた小道を自宅《じたく》にもどっていった。

わたしはドアをたたき閉《し》めると、ダービーに近づいた。両目とも冷凍《れいとう》豆の袋《ふくろ》にかくれている。わたしは腰《こし》に手をあてた。「なんであんなこと言ったの？」

ダービーが顔を起こしたので、冷凍《れいとう》豆の袋《ふくろ》が膝《ひざ》に落ちた。「え？」

「賭《か》けのこと。頭がおかしいんじゃないの？」

ハンナが割《わ》って入った。「この四年間、ルサマノさんの圧勝《あっしょう》だものね。あなたとあなたのママは料理《りょうり》上手よ。でも、ミセス・ルサマノは料理《りょうり》の達人《たつじん》だわ」そのとおりだけれど、少しはわたしにも勝ち目があると思わせてくれないかな。

ダービーはバンドエイドを貼った手で百科事典《じてん》を持ちあげた。「古い秘密《ひみつ》のレシペディアがあること、忘《わす》れてんじゃないの？」

わたしの口元がゆるみ、ダービーへの怒《いか》りもみるみる冷《さ》めていった。

10

呪《のろ》いのベリータルト

「この本にバッドの声をうばう力があるんなら、チリビーンズ・コンテストに勝つのだって、手伝《てつだ》ってもらえるはずだよ」ダービーは言った。

わたしは笑顔《えがお》になりつつ、同時に別《べつ》の考えも浮《う》かんできた。「そうだね。そんな本なら、意地悪で巻《ま》き毛でサッカー選手《せんしゅ》でチリビーンズ・コンテストの賭《か》けをしてて透明《とうめい》なマニキュアが必要《ひつよう》で勝手口からのぞき見してる女子をどうにかしてくれるかもしれない」

ダービーはまっ向からわたしを見た。「ケリーとあたし」わたしを指さし、自分を指さし、またわたしを指さした。「意見が合いすぎて、びびりそう。あたしはそう簡単《かんたん》にびびるたちじゃない。びびるとしたら、吸血鬼《きゅうけつき》と人狼《じんろう》とゾンビとツナミと地震《じしん》と――」

「わかったから」ハンナが口をはさんだ。「よかったわね。実際《じっさい》にはそんなモンスターはいないし、わたしたちが住んでるデラウェア州にはその手の自然災害《しぜんさいがい》がなくて」

「でも、謎《なぞ》めいた警告《けいこく》のことは、気になってる」ダービーは言った。「ほら、〝自分に見あったことが起きる〟だっけ？　バッドに毒《どく》を盛《も》ったから、それに見あったことが起きるとか？」

「警告《けいこく》、警告《けいこく》って、深刻《しんこく》に考えすぎよ、ダービー」ハンナは言った。

「いてくれてよかったよ、ハンナ・ハッピー・怖《こわ》い物なし。現実《げんじつ》に引きもどしてくれてありがと」ダービーはふたたび天井に顔を向けて、冷凍《れいとう》豆の袋《ふくろ》を顔の上に置《お》いた。「ハンナが心配してないんだから、あたしもしない」

ハンナは本を手に取り、指先で傷《いた》んだ表紙に触《ふ》れた。「で、シャーロットのためになにを料理《りょうり》するの？」

「ハンナは全部が偶然《ぐうぜん》だと思ってるんだと思ってた」わたしは言った。

「ええ、そうよ。でも、わたしは科学的《てき》な実験手法《じっけんしゅほう》は信頼《しんらい》してる。それに、コンテストへの参加《さんか》をやめろなんて、シャーロットはあまりに意地悪だもの、実験対《じっけんたい》象《しょう》にするにはもってこいよ。このレシペディアになにかいいのがある？」

「秘密《ひみつ》のレシピ本だよ」わたしは訂正《ていせい》して、ふたりといっしょに本を見た。わたしはハンナ・ハッピー・怖《こわ》い物なしが前髪《まえがみ》を吹《ふ》きあげてなくて、天をあおいでもいないことに感謝《かんしゃ》した。三人が団結《だんけつ》している手ごたえがある。

ハンナが言った。「ラベンダー・ビスコッチョ・デ・チョコラテ。ラベンダー風味のチョコレート・ブラウニーね。これを食べた人はムイ・リラハード——ip。ムイ・リハラードは〝とってもリラックス〟できるという意味だわ」

「ipっていうのは?」わたしはたずねた。

「これがまだわからないのよね。言葉かどうかもはっきりしない」ハンナは言った。「濃縮《のうしゅく》カモミール茶。ムイ・ラピッドに眠《ねむ》りにつきたいとき。ムイ・ラピッドは〝すぐに〟っていう意味」ハンナはページをくった。「呪《のろ》いのベリータルト。エンブルハール——ip。またip。意味が気になるから、調べてみなきゃ」

わたしはたずねた。「エンブルハールの意味は?」

ハンナは言った。「エンブルハールは動詞《どうし》で、呪《のろ》いをかけるという意味よ」

「B・I・N・G・O《それだ》」ダービーが言った。「その子の名前はシャーロット、必《ひっ》要《よう》なのはそれ、の・ろ・い」

「材料《ざいりょう》は？　全部あるかどうか、見てみる」わたしは言った。

冷凍庫《れいとうこ》を引っかきまわしたら、できあいのパイシートがあった。その袋《ふくろ》を掲《かか》げた。「いいもの見つけちゃった。既製品《きせいひん》よ」

「じゃあ、読みあげるわよ」ハンナが言った。「お砂糖《さとう》」

「ある」

「レモン汁《じる》、小麦粉《こ》、シナモン、無塩《むえん》バター」

「ある、ある、ある、ある」

「くだいたヘーゼルナッツ」

「ある」

「ある？」ハンナがたずねた。「くだいたヘーゼルナッツがいつもあるの？」

「あたしはきらいなヘーゼルナッツに会ったがことないよ」ダービーが言った。

冷凍《れいとう》豆の袋《ふくろ》が溶《と》けだして、水滴《すいてき》が頬《ほお》を伝《つた》っている。ダービーはシャツで水気をふいた。

「ヘーゼルナッツは買い置《お》きしてあるの。油で揚《あ》げておいて、ニンニクとカイエンペッパーといっしょに野菜《やさい》と交ぜると、おいしいんだよ」

「そう、それじゃあ――」ハンナは言った。「ヘンルーダのシードは？」

ダービーがたずねた。「なんの種《シード》？」

「ヘンルーダのシードよ」ハンナはくり返した。「そう書いてある」

わたしはバックパックまで行き、〈ラ・コシナ〉で受けとった茶色の紙袋《かみぶくろ》を取りだした。黄色と緑色と茶色のびんと、ビニール袋《ぶくろ》がある。そのひとつに〝ヘンルーダ〟とあった。まん丸の形をした極小《ごくしょう》の黒い種《たね》だ。「ある」

「すばらしい。最後《さいご》はベリーよ。種類《しゅるい》は書いてないわ」

わたしはこんどは冷蔵庫《れいぞうこ》に頭を突《つ》っこんだ。「たしかきのう、ここにブルーベリーがあったんだけど」言いながら、探《さが》した。「ママ！」二階にいるママに聞こえるように、声を張《は》りあげた。ママがカナダにいても聞こえるくらいの大声だ。

「ここよ」ママはキッチンのドアのすぐ外で、首のくぼみに電話をはさんで立っていた。「大きな声を出さないで」わたしは丸い目でハンナを見ると、小首をかしげた。ハンナはわたしの合図に気づいて、レシピ本をお尻《しり》の下にかくしてくれた。ママはダービーを見た。「ダービー、あなたのお母さんがまだうちにいてもいいって。でも、六時には迎《むか》えにいらっしゃるそうよ」

「ママ、ブルーベリーはどこ？」

「パパが食べたけど」ママは電話にもどり、ダービーのママとの会話を再開《さいかい》した。

「すばらしい。肝心《かんじん》のベリーがないとは」わたしは言った。

ママが横から言った。「それとね、ダービー、あなたのママが記録《きろく》は短縮《たんしゅく》できたかって」

ダービーは首を振《ふ》った。「ぜんっぜん、だめ。サッカーの練習で脚《あし》がゼリーになっちゃって」

「かわりになるものがあるかもしれない」わたしは考えていることを口に出した。

「フェリスもしょっちゅうそうしてる」

「ダービー、それとね、あなたを〝ローラーダービー〟と呼《よ》んでいいという許可《きょか》をあなたのママからもらったわよ」ママが言った。「ほら、ローラースケートをはいて行うスポーツ、ローラーゲームのこと、ローラーダービーって言うでしょう？」おもしろくもなんともない。「あなたたちには笑《わら》いのセンスってものがないんだから」ママはダービーのお母さんにさよならを言って、電話を切ると、テーブルにならんだ材料《ざいりょう》を見て、ヘンルーダのシードが入った褐色《かっしょく》の小《こ》びんに目を留めた。「あれはなに？」

やけに目立つアンティークのびんは、科学の催《もよお》しにダービーがいるみたいに場ちがいだった。「これから作るパイに使うスパイス。〈ラ・コシナ〉で買ったんだよ」

ママはうなずいた。「ブラックベリーを使ったら？」

窓《まど》からバーニー家の裏庭《うらにわ》を見た。「敵《てき》のねぐらに入らなきゃならないんだけど」

「大げさね」ママは言った。「それに、シャーロットならさっき出かけたみたいよ。新しいスパイクを買いに行くって、今朝《けさ》、彼女《かのじょ》のお父さんが言ってらしたし」

「だったらブラックベリーにする」わたしは言った。「摘《つ》みに行ける？」

ダービーは言った。「ふたりで行って。あたしは冷凍《れいとう》豆を顔にのっけて、ここで留守番《るすばん》してる」


思ったとおり、シャーロットのお母さんは好《す》きなだけベリーを摘《つ》んでいいと言ってくれた。わたしたちは大あわてでベリーを摘《つ》んだ。悪魔《あくま》の少女がもどる前にうちに帰りたかったからだ。

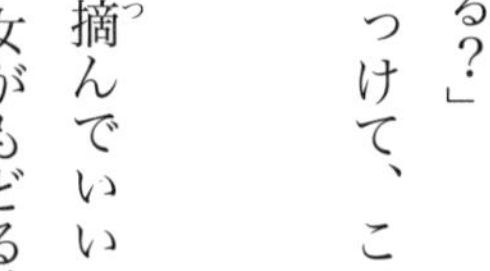

わたしには予知能力《のうりょく》はないけれど、つぎに起きることは予測《よそく》がついていた。新品ぴかぴかのスパイクをはいたシャーロット・バーニーが家の裏手《うらて》をまわって現《あらわ》れた。

シャーロットは手を腰《こし》にあてて、言った。「うちの裏庭《うらにわ》でなにしてんの？」

そのときわが家の勝手口が開いて、ダービーが現《あらわ》れた。「もう終わる？　顔がしもやけになりそう」

シャーロットは息をのみ、手を口にあてた。ダービーの唇《くちびる》は腫《は》れあがり、目は青紫《あおむらさき》、頰《ほお》には擦《す》り傷《きず》があった。「どうしたら、そんなになるの？」

ダービーがなにか言うより先に、わたしがうそをついた。「シルバーズさんよ。ダービーが彼女《かのじょ》の家をローラースケートで突《つ》っ切ったんで、呪《のろ》いをかけられちゃったの！」わたしはハンナを押《お》しつつ、じわっと勝手口に近づいた。「あの魔女《まじょ》が外に出てきて、両腕《りょううで》を振《ふ》りまわしたら、木にとまってたコウモリがダービーにおそいかかったのよ」

シャーロットは腕組《うでぐ》みをした。「ケリー・クイン、あなたって大うそつきなのね。サッカー選手《せんしゅ》としても料理人《りょうりにん》としても二流なうえに、ひどいうそつき。あしたのサッカーのとき、あんたたちとは口をきかないから、そのつもりでいて」

「どうぞ、どうぞ」ダービーは言い、ベリーを持ったわたしとハンナがうちに入るなり、乱暴《らんぼう》にドアを閉めた。

「シャーロットにはいやがらせのタイミングがわかってる。意地悪女の第六感ってやつ」わたしは言った。

ブラックベリーをシンクに置《お》いて、水で洗《あら》った。パイのフィリングを混《ま》ぜあわせ、きれいになったベリーを加《くわ》えた。

「新しいスパイク、見た？」ハンナがたずねた。見落とせるわけがない。濃《こ》いピンク色の靴紐《くつひも》の輝《かがや》きの目立つことと言ったら。

わたしたちは材料《ざいりょう》を加《くわ》えて、混《ま》ぜて、なじませた。「ばっかじゃないの、新しいスパイクぐらいで」ダービーは頭の横で指をくるくるまわした。

ハンナがたずねた。「シャーロットが外で練習してるの、見たことある？」ハンナはアルフレッド・ノーブル学院のサッカー・チーム〈アンツ〉のなかで一番うまい選手《せんしゅ》で、二番目がシャーロットだった。

「ううん。今も見る気ないけど、ほら、走ってるよ。新しいスパイクをならして

るんじゃない？」わたしは家の表側《おもてがわ》に面した窓《まど》にうなずきかけた。シャーロットがポニーテールをはずませて通りを走っている。ピンク色の靴紐《くつひも》がまぶしかった。

「しばらくかかるのよ」ハンナが補足《ほそく》した。「サッカーの合宿に合わせて新しいスパイクを買った子がいたんだけど、ひどい靴擦《くつず》れになったわ。ならすには少しずつ、最初《さいしょ》の二、三週間はよぶんに靴下《くつした》をはいたほうがいいの」

「あんなごてごてのスパイクで足を痛《いた》くしたら、恥《はじ》だよ」ダービーが言った。

わたしはくすくす笑《わら》った。「ほんと」

「もっと悲惨《ひさん》なのは、かっこいい新品のスパイクをはいてて、雨に降《ふ》られること。輝《かがや》きなんかふっ飛《と》んじゃう」ダービーは視界《しかい》に流れこんでくる黒い雲を見ていた。

パイのフィリングがよく混《ま》ざった。わたしは琥珀《こはく》色のびんを持った。引っぱると、ポンと音を立ててコルクの栓《せん》が抜《ぬ》けた。「ヘンルーダのシードの分量《ぶんりょう》は？」わたしはハンナにたずねた。

「少々《しょうしょう》」ハンナが答えた。「はっきりしないわね」

わたしは親指と中指でシードをつまみ、フィリングのボウルの上で指をこすりあわせて数粒《つぶ》ずつ落とした。ブラックベリー色の流砂《りゅうさ》の中に極小《ごくしょう》の小石を落とすみたいだ。ハンナがかき混《ま》ぜると、生地《きじ》にまぎれて、消えてしまった。

「あとは焼《や》くだけ」わたしは言った。

ハンナが表に面した窓《まど》から外を見ると、合図したみたいに、通りを走るピンク色の靴紐《くつひも》が見えた。「あの子が来るわよ」シャーロットは自宅《じたく》前の階段《かいだん》までもどった。「なんとかうちまで帰り着けたみたいね」

キッチンの窓《まど》に雨粒《あまつぶ》があたりだした。

オーブンが温《あたた》まるのを待ちながら、わたしたちは使った皿を食洗機《しょくせんき》にセットした。

とつぜん、キッチンがまぶしい光に包《つつ》まれ、すぐ近くに雷《かみなり》が落ちた。わたしたちは息を呑《の》んだ。

外で音がしている。ギシギシ、ミシミシ、バターン！ 見ると、わが家の堂々《どうどう》たるオークの古木がバーニー家の裏庭《うらにわ》に倒《たお》れていた。つぎの瞬間《しゅんかん》、いっせいに家の明かりが消えた。

「あーあ」薄暗《うすぐら》いキッチンでわたしは言った。「この子を焼《や》けなくなっちゃった。うちのオーブンは電気だから」

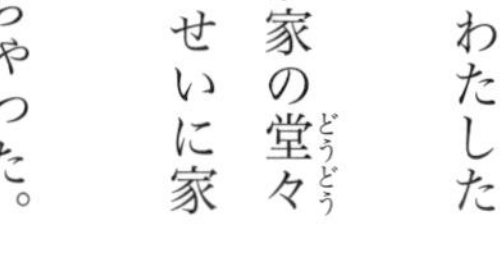

ふたりが帰ったあと、わたしは片付《かたづ》けをして、ベッドに入った。月明かりと懐《かい》中電灯《ちゅうでんとう》の明かりを使って日記を書いた。ロージーは上掛《うわが》けのあいだ、わたしの足元にいる。わたしは好《す》きなウサギのぬいぐるみのうさちゃんを枕《まくら》にしていた。胃《い》がきりきりした。原因《げんいん》は明らかだけれど、われながら信《しん》じられない。バッドの声のことで、ほんのちょっぴり、罪悪感《ざいあくかん》を覚《おぼ》えているらしい。

わたしは日記を閉《と》じ、懐中電灯《かいちゅうでんとう》とうさちゃんを持った。足元に気をつけながらバッドの部屋まで行き、ベッドに光を向けると、弟はすやすや眠《ねむ》っていた。わたしはその隣《となり》にウサギのぬいぐるみを寝《ね》かせた。

11

靴《くつ》擦《ず》れ

材料《ざいりょう》：

まほう　1

体を鍛《きた》えるのを趣味《しゅみ》とするサッカーのコーチ　1人

新品のスパイク　1足

腹筋《ふっきん》　11回

痣《あざ》になった目　1

作り方：

すべてを水の入ったボトルに突《つ》っこんだら、よくシェイクする。すると、最《さい》後《ご》には爆発《ばくはつ》し、あまりの屈辱《くつじょく》に死にたくなる。

役立たずな目覚《めざ》まし時計め！

停電《ていでん》のせいで、リスみたいにかけずりまわって荷物を詰《つ》めるはめになった。まだ始業式から三日目なのに、バスに乗りおくれるなんて最低《さいてい》だ。

「ケリー、待って」ママが言った。

わたしは鼻をひくつかせた。「なんのにおい？」

「悪く思わないでくれるとありがたいんだけど、あなたたちがきのう作ったパイを焼かせてもらったの。バーニーさんに差《さ》しあげたいと思って。ほら、きのうの夜、あそこの裏庭《うらにわ》にうちの木が倒《たお》れちゃたでしょう？」

そうきたか。でも、考えようによっては完璧《かんぺき》な展開《てんかい》だ。どうせシャーロットにパイを届《とど》けなければならない。

「いいよ。今から届《とど》けてくる」

布巾《ふきん》ごとパイを持ちあげ、隣家《りんか》への道を歩いた。そのとき、ふとあることに気づいた。

呪《のろ》いをかけたいのはシャーロットだけで、バーニーさん一家全員じゃない。どうしたらいいんだろう？

さあ、考えて。

ダービーならどうするだろう？

わかった！

裏庭《うらにわ》に面した窓《まど》から家のなかをのぞくと、シャーロットのお母さんがキッチンを行ったり来たりしていた。『デスパレートな妻《つま》たち』という人気ドラマに出てくる女の人たちみたいな服を着ている。わたしは悲しそうな顔を作り、勝手口のドアの外で悲惨《ひさん》な音を立てた。

バーニーさんがドアを開けた。「なにごと？」彼女《かのじょ》はわたしを見てから、地面に落ちている呪《のろ》いのベリーパイの四分の三を見た。「ケリー・クイン、どうしたの？ケガはない？」

「はい、わたしはだいじょうぶです、バーニーさん」ちょっぴりの涙《なみだ》で目をうるませながら答えた。「でも、ママに殺《ころ》されちゃう。木が倒《たお》れて悪いことをしたから、このおいしいパイをお宅《たく》に届《とど》けてと言われてたんです」

「そうね」バーニーさんは言った。「あの木はもっと早くに切り倒《たお》しておくべきだったわね。倒《たお》れるのは時間の問題だったわ」

「はい、おばさん」さも悲しそうに言った。「それにわたしがばかなんです。パイを落としちゃって、ひと切れしか残《のこ》ってないなんて。これ、どうしてもシャーロットに食べてほしいんです。ほんとにごめんなさい。ママには言わないでもらえますか？」

「だいじょうぶよ、わたしは黙《だま》ってる」バーニーさんはお皿を受けとった。「いただくわね。シャーロットのお弁当《べんとう》を詰《つ》めていたところなの。このパイも入れておくわ」

わたしは手の甲《こう》でうその涙《なみだ》をぬぐった。「ありがとうございます、バーニーさん。やさしいんですね」

そしてバス停《てい》へと向かった。

呪《のろ》いのベリーパイ作戦《さくせん》、大成功《だいせいこう》。


わたしより先にバスに乗ったシャーロットが、こちらをふり返った。「そうそう。パイをどうも。うちの庭から盗《ぬす》んだブラックベリーを使って、作ったやつよね」

「どういたしまして。気に入ってもらえるといいけど」

シャーロットは一番前の席《せき》にすわった。後部座席《ざせき》に向かうわたしに向かって、シャーロットが背後《はいご》から言った。「ついでだから言うけど、あんな木はうんと前に処分《しょぶん》しとくべきだったのよ」

「そうかもね」わたしは小首をかしげて、心からの笑《え》みを浮《う》かべた。

「それと、来週の週末《しゅうまつ》、猫《ねこ》のエサやりを頼《たの》みたいって、ママが言ってたわ」シャーロットは言った。シャーロットの家族が週末《しゅうまつ》、海辺《うみべ》の別荘《べっそう》に行くときは、わたしが彼女《かのじょ》の家の猫《ねこ》にエサをやっていた。考えてみると、コヨーテ通りのペットたちの世話を一手に引き受けているようなものだ。

「よろこんで。パイがおいしいといいけど」


「さあ、みんな、ならんで。きょうも走る前のストレッチから」わたしたちに背《せ》を向けて立つリチャーズ・コーチは、お尻《しり》のうしろで足の甲《こう》を持って、上体を前に倒《たお》した。わたしは片足《かたあし》で前に跳《は》ねていって、コーチのシャツの背中《せなか》に書いてある文字を読んだ。〝デラウェア大学体育局〟とあった。

「続《つづ》いて腕《うで》のストレッチ」コーチは足を離《はな》してこちらを向き、わたしがやけに接《せっ》近《きん》しているのに気づいた。「クイン？」

「すいません、コーチ。あの、ストレッチに夢中で、つい……」

「いいから、少し下がって」

「はい」わたしがみんなとともにうしろに下がると、靴紐《くつひも》も結《むす》ばずに傾斜地《けいしゃち》を走ってくるダービーが見えた。途中《とちゅう》つまづいて転び、起きあがって、また走った。その背後《はいご》にシャーロット・バーニーが続《つづ》いているが、今も授業《じゅぎょう》のときの服装《ふくそう》のままで、足を片方《かたほう》引きずっていた。

「遅刻《ちこく》だぞ」コーチはダービーに言って、腕《うで》時計を見た。「ルール一、おくれた分数だけ腕立《うでた》て伏《ふ》せをすること。さあ、地面に手をついて十一回」そしてシャーロットに向かって言った。「どうしたんだ、バーニー？　なんで練習着じゃないんだ？」

シャーロットはかがんで、足に触れた。「ひどい靴擦《くつず》れなんです、コーチ。立ってられないくらい痛《いた》くて」

靴擦《くつず》れ？

「ルールの三つ目はなんだ、みんな？」

やった！　呪《のろ》いだ、呪《のろ》い！

みんなが唱和《しょうわ》した。「ケガをしているときも、動ける服装《ふくそう》で練習や試合《しあい》に来ること。いっしょにストレッチを行い、あとはみんなを応援《おうえん》する」

「すばらしい」コーチは言った。「荷物をベンチに置《お》いて、ぼくがやめていいと言うまで腹筋《ふっきん》運動をするんだ。それなら靴擦《くつず》れも痛《いた》くない」

わたしは下唇《したくちびる》を内側《うちがわ》に巻《ま》きこみ、両手を握《にぎ》りしめて、小さくガッツポーズをした。そして頭のなかで叫《さけ》んだ。呪《のろ》いだ、呪《のろ》い！　シャーロットなんかうんと腹《ふっ》筋《きん》運動をやらされればいいんだ！

コーチが言った。「クイン、なにをしてるんだ？」

わたしはガッツポーズをやめた。「なんでもありません、コーチ。これから走ると思ったら、興奮《こうふん》してきちゃって」

「やる気があっていいね。やる気は大切だぞ、クイン」そして必死《ひっし》に腕立《うでた》て伏《ふ》せを行うダービーを見た。「きゅううう」また顎《あご》を地面に近づける。「じゅううう」もう一度。「じゅううぃち」ダービーは地面に腹這《はらば》いになると、転がってあお向けになった。

コーチはダービーに近づいた。「なんだったらまた遅刻《ちこく》していいぞ。同じことをやってもらう」サングラスをはずして、Ｔシャツの襟《えり》にかけ、ダービーの顔を見た。「青痣《あおあざ》も悪くないな。強そうに見える」コーチは腰《こし》に手をあてて一同を見まわし、ｉＰｏｄのイヤフォンを耳にさした。「さあ、走ろう！」

わたしたちはコーチを先頭にして走りだした。

わたしはダービーとならんで走った。通学時の服装《ふくそう》のまま腹筋《ふっきん》運動を続《つづ》けるシャーロットのかたわらを通りすぎた。「さっきの聞いた？」わたしはたずねた。

「聞いたよ。走ると興奮《こうふん》するって、どういうこと？」ダービーが平らなところで転びそうになったので、わたしは腕《うで》をつかんで支《ささ》えた。

「それじゃなくて。靴擦《くつず》れのこと」

「ああ、そっち」

シャーロットの友だちのミスティが会話に割《わ》りこんできた。「靴擦《くつず》れしたのは、シャーロットのお父さんがものすごく高級なスパイクを買ってくれたからなのよ。百ドルぐらいするんだから。ちょっときゅうくつだったかもしれないけど、新品のスパイクなら、はきなれるまでは靴擦《くつず》れぐらいするわよ。それを笑《わら》いものにするなんて、ひどい人。めちゃくちゃ痛《いた》いのよ。清潔《せいけつ》にしてないと、感染症《かんせんしょう》を起こすことだってあるんだから」ミスティはわたしたちを追い抜《ぬ》いて、前の一団《いちだん》に追いついた。

「今わたしと同じこと、考えてる?」わたしはダービーにたずねた。

「ケリーがなにを考えてるかによるけど」ダービーの右足の前に左足が出た。またもやバランスを崩《くず》したので、わたしは手を差《さ》し伸《の》べた。

「どうしちゃったの?」

「わかんない。自分の体をうまくあやつれない感じ」

わたしは首を振《ふ》った。「そうじゃなくて、わたしが言ってるのは呪《のろ》いのこと」

ダービーは考える顔になった。なにを言われているかわかっていない顔だ。

「呪《のろ》い」わたしは言った。「呪《のろ》いのベリーパイのこと。あのパイで靴擦《くつず》れができたんだよ」

「感染症《かんせんしょう》を起こすことだってあるんだから」ダービーはさっきのミスティをまねた。「呪《のろ》い、呪《のろ》い、呪《のろ》いは、怖《こわ》い」

「呪《のろ》われた側《がわ》わね。呪《のろ》った側《がわ》からしたら、やったって感じ!」

ダービーは言った。「で、それに見あったむくいを受ける心配はしないの?」

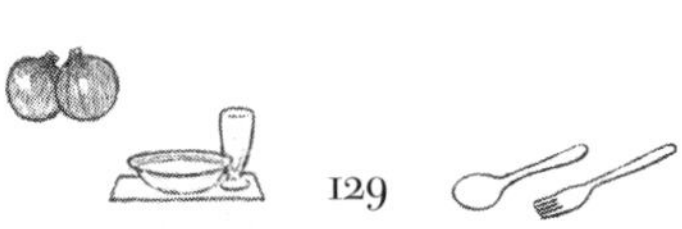

「心配しすぎだよ」

がぜん元気が出てきたわたしは、速度を上げてハンナに追いつき、いいことがあったと伝《つた》えた。


九周《しゅう》したところでコーチが声を張《は》りあげた。「みんな、集まって！」わたしたちは草地に倒《たお》れこんだ。「水を飲もう」コーチの合図でそれぞれ自分のボトルからたっぷりと水を飲み、顔にもかけた。「きょうはみんな、よくやったな。最初《さいしょ》の何日かはきついんだ。今夜は栄養《えいよう》のある食事をして、しっかり睡眠《すいみん》をとろう」

もう一度、水を飲んだ。「親御《おやご》さんたちが迎《むか》えにくるまで紅白戦の練習をするから、メッシュベスト《ビブス》を手に取って」

「吐《は》きそう」ダービーが言った。

「私語厳禁《しごげんきん》！　ポジションについて」

わたしたちはフィールドに散った。みんなくたくただったが、ハンナだけはちがった。ドリブルで楽々《らくらく》とボールを運び、ゴールを決めた。

ダービーはぴりぴりしていた。正直なところ、きょうのダービーは不調《ふちょう》だった。

このままだとチームを追いだされそうで、心配になる。そんなことになったら最《さい》悪《あく》だ。これまでダービーとはいっしょにやってきた。そのダービーの身に、わけのわからない異変《いへん》が起きていた。もともと不器用《ぶきよう》ではあるけれど、きょうは特別《とくべつ》ひどい。きのうだって、ローラースケートで転んでいる。

ハンナも同じことを考えていたらしい。サイドラインからのスローインをとったハンナは、サイドラインに向かいながらダービーを白いゴールポストの前に押《お》しやり、「ここで構《かま》えてて」と、ささやいた。

ハンナはうめき声とともに、ダービーの額《ひたい》をめがけてボールを放《はな》った。ダービーは首をひねってボールに額《ひたい》をあて、ヘディングで完璧《かんぺき》なゴールを決めた。秘密《ひみつ》のレシピ本の威力《いりょく》は信《しん》じてくれなくても、ハンナには篤《あつ》い友情《ゆうじょう》があって、親友をスター選手《せんしゅ》に見せようとしている――さすがにスター選手《せんしゅ》は無理《むり》だけど。

「いいぞ、オブライエン！　そうだ、それでいい。よくやったな！」コーチは拍《はく》手《しゅ》した。

そのときママの姿《すがた》が見えた。サイドラインに立って、バーニーさんと話をしている。なんだか悪い予感がした。

練習が終わると、わたしたちはベンチの荷物を集めた。「腹筋《ふっきん》の具合は？」ダービーがシャーロットにたずねた。

「お腹《なか》が岩みたい」シャーロットはお腹《なか》をたたいた。「あんたとは大ちがい。ねえ、このまま行くと、あんたがコーチから切られる最速記録《さいそくきろく》を更新《こうしん》するんじゃない？　覚悟《かくご》しとくのね、ダービー。あなたは真っ先にチームから追いだされて、ケリーはチリビーンズ・コンテストに負けるわ」

「まさか」ダービーはシャーロットにずけずけ言った。「なんなら賭《か》け金を上げる？」

「上等じゃない」シャーロットが言いかえした。

「それじゃ、もしケリーがチリビーンズ・コンテストに負けたら、ケリーはあんたに指示《しじ》された格好《かっこう》であんたのところの庭を掃除《そうじ》する。もしケリーが勝ったら、あんたはケリーに指示《しじ》されたとおりの格好《かっこう》でケリーのとこの庭を掃除《そうじ》する」

「やけに自信《じしん》があるのね」シャーロットはくすくす笑《わら》いながら、ミスティといっしょに立ち去った。

わたしは一歩も動けなかった。口も動かせなかった。そして運のいいことに、腕《うで》も動かせなかった。もし動けていたら、シャーロットのあとを追って、賭《か》けを撤回《てっかい》していたし、勝手に賭《か》け金を上げたダービーの頭を殴《なぐ》っていたからだ。

こんなのどうかしている。

わたしはどうにか立ちあがり、全部の荷物をミニバンにのせた。ダービーとハンナもそうした。

ママが言った。「あなたたち、なんだか疲《つか》れた顔をしてるわね」

わたしたちはあいまいにうめいた。

「夕食をちゃんと食べると約束《やくそく》するんなら、サムのところでいいものを買ってあげてもいいんだけど」ママの思わせぶりなしゃべり方がうっとうしかったけれど、疲《つか》れていたし、ママがほのめかしているスワリーをとにかく必要《ひつよう》としていた（しかも、特別《とくべつ》に濃《こ》いスワリーを）。

わたしたちはうなずいた。ふだんなら三人とも歓声《かんせい》を上げているのに、この日はその元気がなかった。

ママはギアをドライブに入れて、〈サムの店〉に向かった。「話は変《か》わるけど、ケリー、パパとバディの声がもどったわよ。とっておきのハチミツを入れたお茶がきいたらしくて。バーニーさんが言ってたけど、ウイルス性《せい》の風邪《かぜ》がはやってるんですってね。それでね、ケリー、その話のときに……」

やめて。その先は聞きたくない。

「シャーロットがひどい足の痛《いた》みだって聞いて」

ほらきた！

「だからあしたはあなたが彼女《かのじょ》の荷物を運ぶと言っておいたわ」

とんでもないことになった。パパなら、腹《はら》に一発食らった、と言うだろう。ボクシングの試合《しあい》をたくさん見てきたパパには、その打撃《だげき》の大きさがよくわかっている。

「うそだよね？　なんで？　なんで、なんでそんなことしなきゃならないの？」

「大げさね。数日のことだし、行き先は同じなんだし。そうたいしたことじゃないでしょう？」

わたしは呪《のろ》いのせいで一時間ずっと腹筋《ふっきん》運動をするシャーロットを見て、いい気味だと思った。ところが、その天敵《てんてき》をわたしが助ける？　これも呪《のろ》いかもしれない。いや、彼女《かのじょ》の足を呪《のろ》いで痛《いた》めつけ、それをおもしろがったむくいかもしれない。死にたくなるほどの屈辱《くつじょく》だ。

三人とも疲《つか》れていて、カウンターまで取りに行く元気がなかったので、サムにテーブルまで運んでもらった。サムはダービーのためにストローの袋《ふくろ》を開けて、唇《くちびる》にくわえさせるサービスぶりだった。ダービーはスワリーを吸《す》ってごくりと飲み、ため息をついた。「ああ、おいしい。ありがと、サム」

ママが〈カップ・オ・ジョー〉に行くと、わたしは言った。「シャーロットの荷物を運ぶのはしゃくにさわるけど、靴擦《くつず》れとか腹筋《ふっきん》とかは、おもしろかったよね？」

ダービーはどんよりしたままだった。「見て、これがきょうのあたしのおもしろがってる顔だよ」

ハンナが言った。「あなたがなにを考えてるか、わかってるわよ。あの本のせいでバッドは声が出なくなり、シャーロットはひどい靴擦《くつず》れになったと思ってるんでしょう？　でも、合理的《てき》な説明《せつめい》も可能《かのう》なのよ。わたしにはシャーロットの件《けん》でなにかが証明《しょうめい》されたとは思えない。やっぱり偶然《ぐうぜん》かもしれないわ」

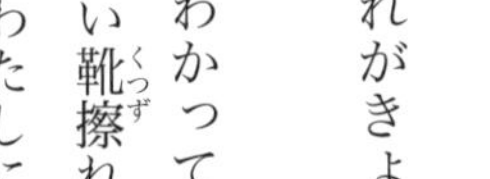

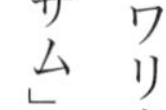

「わたしに言わせれば、偶然《ぐうぜん》もふたつ重なったら、偶然《ぐうぜん》というには多すぎだよ」

「でも、まだデータが足《た》りない」ハンナは言った。

「その点は同感」わたしは言った。

ストローから口を離《はな》せなくなったダービーは、そうだね、と無言《むごん》でうなずいた。

わたしのスワリーはストローで吸《す》えないくらい濃厚《のうこう》だったので、スプーンですくわなければならなかった。でも、そのときの気分にはぴったりだった。

ハンナのスワリーはほぼなくなっていた。十本の指が真っ白になるくらい力を込《こ》めて、額《ひたい》を押《お》していた。

「またやったんだね」わたしは言った。

ハンナがうなずいた。「頭がキーンとするの。おいしすぎて、ついやっちゃう」

12

もめごと

その日の夜、二階で宿題を片付《かたづ》けていると、ママがやってきた。「シルバーズさんから留守電が入ってて、あなたに――」

「わたしがあてる。いつもの片付《かたづ》け？」わたしは秘密《ひみつ》のレシピ本を開いた。このままおとなしく言うことを聞いていたら、向いに住む犬《いぬ》ぎらいの意地悪な魔女《まじょ》に人生を台無《だいな》しにされてしまう。

「そうよ。それとね、ケリー、お向かいに行くときに――」

「わかってる、郵便物《ゆうびんぶつ》を持ってくんだよね。すぐに行く」今の状況《じょうきょう》にぴったりのレシピを本のなかで見た記憶《きおく》がある。あった、これだ。〝もめごと起こしの搾《しぼ》ってシトラス〟。材料《ざいりょう》はたった四つだから、さっと作ってすぐに届《とど》けられる。必要《ひつよう》なもののなかに、つぶしたメンタとある。ミントのことだ。ミントの葉はスパイス棚《だな》に常備《じょうび》してあって、ママもわたしもいろんなレシピに使っている。

下におりると、ママはキッチンの隣《となり》にある洗濯室《せんたくしつ》で、ジャズを口ずさみながら洗いたてのシーツをたたんでいた。「オレンジを搾《しぼ》ろうと思って。まじょ――えっと、シルバーズさんのために」

戸口からわたしを見るママの顔に笑《え》みが広がった。「シルバーズさんにオレンジジュースを作ってあげるの？」信《しん》じられないものだから、確認《かくにん》している。

「そう。わたしが親切にしたら、少しは遠慮《えんりょ》してくれるかもしれないから。ひょっとしたら庭の片付《かたづ》けにシャーロットを呼《よ》ぶかも」

ママは言った。「シャーロットが犬を飼《か》ってれば、ありうるけど」

わたしはキッチンでオレンジを搾《しぼ》り、グラスに入れた。「そうともかぎらないよ。シルバーズさんの庭に粗相《そそう》をしてるのがロージーじゃないのは、どっちともわかってるんだから。ロージーがやったのは一度だけだし、うんと昔のことだよ。でも、そのせいでたまたま通りかかった犬がしゃがむと、わたしひとりがその後《あと》始末《しまつ》をすることになっちゃった。シャーロットにも同じように分担《ぶんたん》してもらわなきゃ」

「シャーロットと言えば、寛大《かんだい》な気分になってるみたいだから、彼女《かのじょ》ともキスして仲直《なかなお》りしたらどう？」

ありえない。「ママ、それに対する答えはひとつ……ノーよ！」

ママは枕《まくら》カバーをはたいて広げ、スナップを留《と》めた。

わたしは金属製《きんぞくせい》のスプーンの丸い部分でミントの葉をつぶした。

ママは乾燥機《かんそうき》に半分、頭を突《つ》っこんでいる。「今あなたがしてることは、いいことよ。あなたが年をとったとき、きっと親切な人が手を貸《か》してくれるわ」

繊維《せんい》質《しつ》の多いジュースにつぶしたミントの葉を半つまみ入れて、中身をかきまわした。

フレッシュなオレンジ・ミント・ジュースに氷のキューブをいくつか入れると、後始《あとし》末《まつ》用の道具を持って、お向かいの家に向かった。

トントン。

「こんばんは」ほがらかにあいさつして、少しだけドアを開けた。「お宅《たく》の庭をきれいにしますね。それと、郵便物《ゆうびんぶつ》とフレッシュジュースを持ってきました」

しわだらけの手がぬっと出てきてグラスをつかみ、わたしの顔の前でドアがばたんと閉《し》まった。もう！　お礼ぐらい言えばいいのに。

任務完了《にんむかんりょう》、とパパなら言うだろう。

これが最後《さいご》になることを祈《いの》りながらフンをひろっていると、ダービーの声が頭の奥《おく》から聞こえてきた。「気をつけるんだよ、ハーッハッハッハッ！」

熱《あつ》いシャワーを浴《あ》びながら、バッドの声のこと、シャーロットの靴擦《くつず》れのこと、そしてハンナがもっと実験《じっけん》しないとわからないと言っていることを考えた。自分の部屋にもどって、レシピ本を開いた。気になるレシピがひとつある。わたしはダービーにメールした。

To: ダービー・オブライエン
From: ケリー・クイン
≫ダービー、試《ため》してみたいレシピがあるの
……ほれ薬なんだけど。

To: ケリー・クイン

From: ダービー・オブライエン
≫ケリー、誰《だれ》を誰《だれ》に？

To: ダービー・オブライエン
From: ケリー・クイン
≫ダービー、ＨＨをＦＲに。

To: ケリー・クイン
From: ダービー・オブライエン
≫ケリー、いいね！

To: ダービー・オブライエン
From: ケリー・クイン
≫ダービー、了解《りょうかい》。あしたね。

わたしはベッドに入ろうとして、鼻をひくつかせた。信《しん》じられない。夜の九時半にチリビーンズのにおいがする。キッチンにおりた。「ママ、なにしてるの？」

ママのかたわらには〝マンモス〟があった。マンモスというのは、〈カップ・オ・ジョー〉で売っている、一番濃《こ》いコーヒーの特大《とくだい》カップのことだ。「来てくれてよかった」ママは浮《う》かれているようだった。「スパイスの組みあわせを変《か》えて、味見用のチリビーンズをいくつか作ったから、ひとつずつ試《ため》して、感想を聞かせて。わたしのお気に入りはあるけど、まずはあなたの意見を教えてもらいたいわ」

ママはわたしの前にスプーンを突《つ》きだした。「これを試《ため》して」

わたしは味見するなり、「水！」と、叫《さけ》んだ。かんべんして、スパイスのききすぎ！

ママがグラスを差《さ》しだした。「からすぎる？　からすぎよね？　そうじゃないかと思った」

わたしはうなずいた。

「こんどはこれ」ママはつぎのスプーンをわたしの鼻の下に突《つ》きだした。

前の印象《いんしょう》が残《のこ》っているので、よろこんでという気分にはなれなかった。おそるおそるなめた。スモークのにおいが強くて咳《せ》きこみ、また水を飲んだ。のどに詰《つ》まって、なかなかおりていかない。

「バーベキューソースが多すぎた？　多すぎるんじゃないかと思ってたんだけど」

わたしはうなずいて、さらに水を飲んだ。

続《つづ》いて三つめのスプーンが差《さ》しだされた。ママはわたしを見つめていた。意見を聞くのが待ち遠しくてたまらないようだ。わたしはしぶしぶ味見した。

よかった、いきなりいやな感じはない。肉と豆の塊《かたまり》が入っている。レッドペッパーのからみとクミンのバランスがいい。かすかな甘《あま》みがおもしろい。そして、その奥《おく》にわたしには特定《とくてい》できない刺激《しげき》があった。正体不明《ふめい》だけれど、とても好《この》ましくて、なぜか感謝祭《かんしゃさい》やクリスマスを思い出させる味、しあわせな気分にしてくれる味だった。わたしは首をかしげて考えた。まだなんだかわからない。「ママ、これ、すごーくいいよ。なにを風味付《づ》けに使ったの？」

「ほらね！」ママは叫《さけ》んだ。「やっぱり、あなたが気に入ると思った。わかってたのよ、そう、やっぱりね」

「なにが入ってるの？」

ママは昔からうちの棚《たな》に常備《じょうび》されていた、ごくふつうのスパイスのびんを持ちあげた。自家製《せい》のアップルソースやパンプキンパイに使うスパイスがチリビーンズに合うなんて、誰《だれ》が考えただろう？

アルフレッド・ノーブル学院主催《しゅさい》で行われる、年に一度のチリビーンズ・コンテストの秘密兵器《ひみつへいき》――それはナツメグだった。

13

日《ひ》陰《かげ》育ちのヤクヨウニンジン

質問《しつもん》：百キロの小麦粉《こ》と、百キロのナツメグがありました。どちらが重いでしょう？

答え：一番重いのは、わたしがその日学校まで運んだ〈L・L・ビーン〉の赤いキャンバス地のバックパックです。持ち主はシャーロットです。

つぎの日の朝、勝手口をノックする音がして、ブロンド頭が見えた。

さあ、屈辱《くつじょく》の時間がはじまった。わたしはシャーロットのバックパックをしょい、自分のを体の前にかけた。

バスに乗りこんだシャーロットは、フランキーやトニーやみんなの前で、わたしが彼女《かのじょ》のバックパックを運ぶことになったことを得意《とくい》そうに語った。

「いいわよ、ケリー、それをそこに置《お》いてくれる？」シャーロットはミスティを

ふり返った。「執事《しつじ》みたいなもんよ」

「チップを渡《わた》すの？」ミスティがたずねた。

「執事《しつじ》にチップがいる？」シャーロットがたずねかえした。

わたしはそれ以上《いじょう》、くすくす笑《わら》い混《ま》じりのふたりの会話を聞かないようにした。

強い屈辱感《くつじょくかん》のせいで、その日は一日、スワリーのなかのチョコレートファッジみたいに、どんよりくもっていた。どの授業《じゅぎょう》も耳に入らず、お弁当《べんとう》も食べなかった。そんな状態《じょうたい》だったけれど、ダービーの動きがぎこちないことには気づいていた。ダービーは足がもつれたり、鉛筆《えんぴつ》を握《にぎ》りにくそうだったり、本をじょうずに持てなかったりした。壊《こわ》れたおもちゃみたいに不器用《ぶきよう》だった。

バックパックの件《けん》で青ざめるほどおこっていたので、ダービーとハンナには、シルバーズさんに〝対処《たいしょ》した〟ことと、放課後《ほうかご》うちに来てほしいことだけ伝《つた》えた。でも、すぐにじゃないよ——ちょっとした用事があるから。ふたりはうなずき、七時間目が終わるころには、わたしを力づけるのをあきらめていた。

セメントの詰《つ》まったバックパックを勝手口まで運んだのに、シャーロットからは〝ありがとう〟のひとこともなかった。「いい？ 庭掃除《そうじ》のときはこんなもんじゃすまないから、覚《おぼ》えときなさいよ」わたしは意地悪そのものの声に送られて、ぷりぷりしながら歩き去った。

うちに帰ると、ママがダイニングテーブルでジグソーパズルをしていた。わたしの表情《ひょうじょう》を見て、たずねた。「よくない日だったの？」

わたしはうなずいた。

「なにがあったの？」

「シャーロットのこと」

「悪いことしたわね、ハニー」

わたしは答えなかった。〝ほんとだよ〟としか、言いようがなかったからだ。

「ママ、クラブのメンバーが来ることになってるんだけど、きょう使う材料《ざいりょう》を買いに行かなきゃならないの。〈ラ・コシナ〉まで歩く気分じゃないから、送ってくれる？」

ママは腕《うで》時計を見た。「もちろんよ、ハニー。そうだ、よかったら今夜は夜更《よふ》かしして、チリビーンズをたっぷり作らない？」

夜更《よふ》かししてママと料理《りょうり》？　そのひとことで気分が浮《う》きたってきて、顔がゆるんだ。料理《りょうり》が好《す》きな理由を思い出したのだ。ママとふたりキッチンにこもり、おしゃべりしながら手を動かす時間だからだった。

「わたしは〝マンモス〟を手に入れてくるわ」ママは財布《さいふ》を持った。「チリビーンズが早く作りだせるように、夕食はピザにしましょう」

「いいね」


〈カップ・オ・ジョー〉は混《こ》んでいて騒々《そうぞう》しかった。「ホットチョコレートでもどう？」ママはわたしの髪《かみ》をふわふわさせながら言った。

「やった」わたしは〈アンツ〉のスエットシャツを脱《ぬ》いだ。「クラブで使う材料《ざいりょう》を隣《となり》で買ってくるね」

「秘密《ひみつ》の料理《りょうり》クラブのこと？」

わたしは天をあおいだ。「そう、それのこと」ママに背《せ》を向けたわたしの口元には、笑《え》みが浮《う》かんでいた。ママにはないしょだけど、ママのこと、たまにおもしろい人だと思う。

〈カップ・オ・ジョー〉のドアを押《お》し開けると、ドアの向こうにほれ薬を飲ませようとしている相手がいた。

フランキー・ルサマノが店に入ってきた。「あれ、そんなに急いでどこ行くの？」石鹸《せっけん》のにおいがするくらい、フランキーの顔が近くにあった。

「あ、ごめんね、フランキー」

「自分が力持ちだって、気づいてないの？　フットボールチームに入ったほうがいいね」彼《かれ》はわたしの腕《うで》をこづいた。

ママがフランキーに手を振《ふ》った。「あら、フランキー、みなさんお元気？」列がじりっと前に進んだ。

「はい、みんな元気にしてます。今、トニーと父さんはロッシー家の造園中《ぞうえんちゅう》で、ぼくもこれから行きます。母さんはうちでソースを作ってます」フランキーは騒々《そうぞう》しさに負けないよう、声を張《は》りあげた。

ママがたずねた。「彼女《かのじょ》はチリビーンズ・コンテストに参加《さんか》するの？」

「もちろん」フランキーは答えた。「今年も唐辛子《とうがらし》のネックレスを狙《ねら》ってます」

「そう。お母さんによろしくね。そのうちまた会いましょうって」

「わかりました、ミセス・クイン」

ママはあと少しでレジの番だった。「フランキー、あなたもホットチョコレートをどう？」

「ありがとうございます、ミセス・クイン」フランキーがにこりとして、えくぼができた。

フランキーはわたしを見た。「やったね！　ホットチョコレートを飲みに来たんだ」

「わたしは隣《となり》に行くところだったの」

フランキーはドアを押《お》さえてわたしを行かせ、おどろいたことに、〈ラ・コシナ〉までついてきた。

ドアにぶら下がっている貝殻《かいがら》がぶつかりあって音を立てる。わたしたちはメキシコ料理《りょうり》の食材《しょくざい》を売っている店内に入った。閉《し》まっている夜の博物館《はくぶつかん》、そうでなければ何年も放置《ほうち》されている博物館《はくぶつかん》のようだ。互《たが》いを見つめあう動物たち。日はほとんど差《さ》さず、トウモロコシでできたトルティーヤ・チップスのしけたにおいが漂《ただよ》っている。テーブルやスツールのうえに、カラフルなジグザグ模様《もよう》がついた麻袋《あさぶくろ》のような形の服が積《つ》みあげてあった。

フランキーはすり切れた編《あ》みこみのラグの上に突《つ》っ立って、「気持ち悪いな」とつぶやき、剝製《はくせい》をひとつずつ見ている。「〈サムの店〉と〈カップ・オ・ジョー〉には数えきれないぐらい来たけど、正直、ここには来たことなかったんだ。今その理由がわかったよ」

わたしはスパイス棚《だな》に近づいた。コルクで栓《せん》をした大小さまざまな形のびんがアルファベット順《じゅん》にならべてある。わたしが欲《ほ》しいスパイスは棚《たな》の奥《おく》のほうにあった。日陰《ひかげ》育ちのメキシコ産《さん》ヤクヨウニンジン。値札《ねふだ》にはかすれた黒い文字で十ドル九十五セントとある。

フランキーがわたしの肩越《かたご》しに値札《ねふだ》を見た。「たっか。ほこりみたいな粉《こな》なのに、そんなにするんだ」

「ほこりじゃなくて、めずらしいスパイスなんだよ。でも、高い。お金が足《た》りないかも」

「ぼくが持ってるよ。よかったら使って、ホットチョコレートを買うつもりで持ってきたお金だから」フランキーはカーゴパンツのポケットに手を突《つ》っこみ、しわくちゃの五ドル札《さつ》を引っぱりだした。

「ありがと。あとで返すね」ありがたく受けとった。

フランキーはいい子だ。その子に飲ませるほれ薬の材料《ざいりょう》を買うため、本人からお金を借《か》りることに、胸《むね》がちくりとした。

「やらせてもらえる仕事があるって、いいね」わたしは手のなかの現金《げんきん》を数えた。顔を上げると、いつのまにか、セニョーラ・ペレスの顔がすぐそこにあった。

「こんにちは《ブエノス・ディアス》」彼女《かのじょ》は間延《まの》びした調子で言うと、腕組《うでぐ》みをした。薄《うす》いバスローブにスリッパをはいていて、ベッドから出たばかりみたいだった。同じ表情《ひょうじょう》のまま、フランキーのことを頭のてっぺんから足の先までじろじろ見た。

わたしは沈黙《ちんもく》に耐《た》えられなくなった。「あの……わたし……これを買いたくて」

セニョーラ・ペレスはフランキーの点検《てんけん》を終えると、見もせずにびんを受けとり、店の奥《おく》に向かった。色あざやかな——赤と金と緑の——ビーズのカーテンの奥《おく》に消え、わたしは古めかしいレジのところで待った。

フランキーが近づいてきた。「あの人について奥《おく》まで行ったほうがいいとか?」ビーズのカーテンを顎《あご》で指し示《しめ》した。

「それはしたくないんだけど」わたしはおずおず言った。

「どうしたんだよ、おびえちゃって。ケリー・クインは年取った女の人が怖いの？　ぼくの八歳《さい》のいとこより背《せ》の低い女の人が？」

「シーッ。怖《こわ》くないわよ」

待ちながら店内にかざってあるものを見た。ほこりっぽい額《がく》に入った写真がたくさんあった。海岸線を撮《と》った写真で、ごつごつとして濃《こ》い緑におおわれた山々《やまやま》が遠くにかすんで見える。目を凝《こ》らすと、山々《やまやま》のいただきに、小屋のような小さな家があるのがわかる。

セニョーラ・ペレスがきらきらしたビーズの滝《たき》の奥《おく》から、宝石《ほうせき》がちりばめられたメガネストラップを持って現《あらわ》れた。それを、〝ブラック・アンド・ホワイト〟というスワリーみたいなお団子《だんご》頭の上に持ちあげた。その髪型《かみがた》のせいで、実際《じっさい》よりも背《せ》が高く見える。

鼻先にメガネをのせた。「十《ディエス》ドルだよ、ニーニャ」手のなかでびんをひっくり返して、スパイスの名前を確認《かくにん》した。メガネの上からぎろっと見て、問いただすような顔になった。そのあとフランキー・ルサマノを見て、ふたたびわたしを見た。なんでこの人は、にやついてるの？

「へえ、日陰《ひかげ》育ちのヤクヨウニンジンかい？」

わたしはうなずいて、お札《さつ》と小銭《こぜに》をカウンターに置《お》いて、押《お》しやった。「そうです……あの……レモンスムージーに入れようと思って」じとっと汗《あせ》ばんできたような気がした。

彼女《かのじょ》はゆっくりとお金を手元に引きよせた。「スムージーねえ」心を見透《みす》かすように、わたしを見た。その表情《ひょうじょう》にはまちがいなく、〝今隣《となり》にいる子に飲ませるほれ薬を作るんだろ、お見とおしだよ。ほんとにそんなことするのかい？〟と書いてあった。

わたしの思いこみかもしれないけれど、店内が暑くなってきているのは確《たし》かだった。

セニョーラ・ペレスは古びたレジのボタンを押《お》した。ボタンが押《お》される金属音《きんぞくおん》が合図だったように、くちばしの長い、神話に出てきそうな黒い鳥がビーズのカーテンの向こうから飛《と》んできて、セニョーラの肩《かた》にとまった。

怖《こわ》いのとおどろいたのの両方で、わたしは息を呑《の》んだ。けれど、なにかがおかしいのに気づいて、小首をかしげた。セニョーラ・ペレスの鼻は幅広《はばひろ》でずんぐりしていた。黒い鳥のくちばしも幅広《はばひろ》でずんぐりしていた。セニョーラの髪《かみ》は乱《みだ》れていた。鳥も羽が乱《みだ》れて、薄汚《うすぎたな》かった。鳥とセニョーラを見ていたら、みょうな考えが浮《う》かんできた。このふたつは似《に》ている。鳥と人間ではあるけれど。

フランキーも目の前の人と鳥の異様《いよう》さに恐《おそ》れをなし、ショックを受けている。血の気の引いた顔がその証拠《しょうこ》だ。

セニョーラ・ペレスはお金を受けとり、びんを小さな紙袋《かみぶくろ》に入れた。わたしは一刻《いっこく》も早く、袋《ふくろ》を持って店から逃《に》げだしたくなっていた。ふり返ったとたんに店のドアの前にドラゴンが立ちはだかりそうで怖かった。壁《かべ》の動物たちが命を吹《ふ》きかえして、おそいかかってくるかもしれない。このおかしな女の人の手で鳥とともに檻《おり》に閉《と》じこめられ、地下で飼《か》われているかもしれないイグアナのエサにされたりして？

セニョーラ・ペレスは鳥など見ようともせず、ただただわたしたちを見つめていた。

「ありがとう《グラシアス》」わたしは店の外を見た。ママが新聞をめくっている。ドラゴンもイグアナもいないし、壁《かべ》の動物も剝製《はくせい》のままだ。

ドアまであと二歩まで来たとき、セニョーラ・ペレスの声がした。「わたしが言ったことを覚《おぼ》えておくんだよ。キエン・シンベラ・ビエントス・レコゲ・テンペスターデス」

またもやあの警告《けいこく》だった。

うちに帰ると、ダービーとハンナがキッチンでくつろいでいた。

「スニーカーなんかはいて、どうしたの？」わたしはローラースケートをはいていないダービーにたずねた。

「取りあげられた。落ち着きがもどるまで、スケートをはくなってさ」

「何年もかかるわね」ハンナがからかった。

「はいはい、そうですよ、ハンナ・ハッハ」ダービーが言いかえした。「それで、きょうはなに作んの？」

「バグジュースのレシピを見つけたの」

「よしてよ」ハンナが言った。「それに対する答えはひとつ……ぜったいにいや！　調子にのりすぎよ、ケリー・クイン。わたしは虫《バグ》は飲まないし食べない」

「あたしは虫《バグ》は平気だけど、ほんとに飲むわけじゃないよね、ケリー？」ダービーがたずねた。「その点はハンナと同じ。あたしも虫《バグ》を口に入れるのはいや」

「ううん、飲むんだよ。きのうの夜中すぎに虫《バグ》を集めておいたから、その血を絞《しぼ》りだすの。ブレンダーにそのまま入れてもいいけど」

ハンナが言った。「まじめな話、どんな形でも虫《バグ》は食べないし飲まない。その一線はゆずれない」

わたしは舌打《したう》ちをした。「あのさあ、ただの冗談《じょうだん》なんだけど。わたしが虫《バグ》入りのジュースを飲むなんて、ほんとに思ったわけ？」

三人そろってくすくす笑《わら》った。

「それで、ほんとはなにを作るの？」ハンナがあらためてたずねた。

わたしは言った。「わたしはこの本にのってるレシピがほんとに特殊《とくしゅ》なのかどうか、知りたい。今こそ、この本の真価《しんか》を知るため、これぞというレシピで実験《じっけん》してみないと」

「どんな実験《じっけん》？」ハンナがたずねた。

「言いなよ、ケリー・ベリー」ダービーが言った。

わたしはためらっていた。実験対象《じっけんたいしょう》にされることをハンナがどう受けとめるか、わからなかったからだ。

「どんな実験《じっけん》なの？」ハンナがもう一度、たずねた。

「ハンナ、すぐには断《ことわ》らないでね」わたしは両腕《りょううで》を左右に開いた。「しばらくでいいから、広い心で秘密《ひみつ》のレシピで実現《じつげん》できるかもしれないことを想像《そうぞう》してみて」

「わかった、やってみる」ハンナは言いつつも、前髪《まえがみ》を吹《ふ》きあげた。

わたしはダービーをちらっと見て、計画の共謀者《きょうぼうしゃ》であることを示《しめ》した。「ハンナ、今でもフランキー・ルサマノのこと好《す》き？」

「やだ、もちろんよ」ハンナの顔がぽっと赤くなった。

わたしは口元をゆるませた。「そっか。それで、思いついたんだけど……」

「なにを？」

わたしは思い切って発言した。「ほれ薬」

「ふざけないでよ」ハンナが言った。

ダービーが、わたし同様の熱意《ねつい》で口を出した。「これぞ、シューベ・ドゥーベ・ドゥーワップだよね」

ハンナが言った。「呪《のろ》いが心配だったんじゃないの？」

「こいつは試《ため》す価値《かち》がある」ダービーが答えた。

「賛成《さんせい》」わたしは言った。「このバグジュース——実際《じっさい》は〝愛《あい》のバグジュース〟っていうレシピなんだけど——を作って、フランキーが働《はたら》いてるところへ持っていくのはどうかな？　きょうはロッシー家で作業してるって」

ハンナは小首をかしげて、考えていた。

「考えうる最悪《さいあく》の事態《じたい》は？」わたしはたずねた。「ほれ薬に効《き》き目がなかったとき、なんか失うものがある？」

ハンナはもう一拍《いっぱく》考えて、たずねた。「この実験《じっけん》で特殊《とくしゅ》なレシピでないことが証明《しょうめい》できたら、ふつうの料理《りょうり》を作れるようになるの？」

ダービーとわたしはうなずいた。

「だったらいいわ。科学的《てき》な実験《じっけん》に対する偏見《へんけん》はないの。試《ため》してみましょう」と、ハンナは言った。

14

ヒューヒュー

ダービーとハンナとわたしは、フランキー・ルサマノに飲ませるほれ薬を作った。

秘密《ひみつ》の料理《りようり》クラブが正式に発足《ほっそく》してまだ数日だというのに、わたしたちは経験《けいけん》豊富《ほうふ》な料理《りようり》番組のスタッフのようにてきぱきと働《はたら》いた。食器棚《しよつきだな》から背《せ》の高いピッチャーを出してきて、よく冷《ひ》えたクランベリージュースをついだ。

ハンナは緑のブドウの皮をむいて刻《きざ》み、ダービーはキウイをスライスして、わたしはマラスキノ酒漬《しゆづ》けのサクランボをつぶした。それを全部ピッチャーに入れてかき混《ま》ぜると、液体《えきたい》の色の深みが増《ま》していった。

わたしは日陰《ひかげ》育ちのメキシコ産《さん》ヤクヨウニンジンをポケットから取りだし、小さな緑色のびんをハンナに手渡《てわた》した。ハンナがピッチャーの中にスパイスを振《ふ》った。

そこに氷のキューブをたっぷり入れたら、できあがりだ。

「きれいだね」ダービーは渦《うず》を巻《ま》くジュースを見つめていた。

「ロッシー家に行く？」わたしが提案《ていあん》した。

「髪《かみ》をきれいにしてくる」ハンナは言った。

ダービーは言った。「あたしはケリーんちのガレージで借《か》りたいものがある」

「わかった。わたしは水筒《すいとう》を探《さが》しとく」それぞれが自分の目的《もくてき》のために動いた。

水筒《すいとう》を持ってキッチンにもどると、キッチンのカウンターと床《ゆか》に〝愛《あい》のバグジュース〟が少しこぼれていた。

バッドだ！

ありがたいことに量《りょう》はたっぷりあるので、フランキーに飲ませるには困《こま》らない。それどころか、水筒《すいとう》に入りきらないぐらいだったので、バッドをアリみたいにたたきつぶしてやりたいという衝動《しょうどう》を抑《おさ》えることができた。

すぐに、ハンナの声がした。「もう行ける？」

表に面した窓《まど》から、私道《しどう》の端《はし》に立つダービーが見えた。ガレージから持ちだしたわたしのスケートボードにのっている。いやな予感がする。わたしの目の前でダービーがケガをするのは見たくないけれど、歩いていこうと言ったら、ダービーを傷《きず》つける。だから、そのまま受け入れることにして、「行けるよ」と答えた。ダービーはスケートボードから転がり落ちることはなかったけれど、途中《とちゅう》、何度もボードから降《お》りた。水筒《すいとう》をかかえたわたしは、こちらに倒《たお》れないでと念《ねん》を押《お》しておいたので、ダービーはバランスを崩《くず》しかけるとハンナにつかまった。

そのうち、うちから数ブロック先に停《と》まっていた〝ルサマノ造園《ぞうえん》〟のトラックが見えてきた。フランキーは植物の根元をおおうマルチング材《ざい》を広げていて、そのシャツの背中《せなか》が汗《あせ》で濡《ぬ》れている。

フランキーは顔を上げると、体を揺《ゆ》らしてわたしたちのほうに歩いてきた。「ハイ、ガイズ。いや、ガールズだね。どうしたの？」

いざとなったら、ハンナは口がきけなかった。

わたしが言った。「ちょっと散歩《さんぽ》」

「きょうは暑いよね？」ダービーはスケートボードから片足《かたあし》をおろして、たずねた。

「だね」フランキーは不思議《ふしぎ》そうにダービーを見た。「サッカーの選抜《せんばつ》テストは？」

フランキーの顔は赤らんでいた。日焼《ひや》けのせいかもしれない。

わたしが答えた。「きょうはないの」肘《ひじ》でこそっとハンナをつついた。

ハンナがどうにかたずねた。「あの……のど、渇《かわ》いてない？」

フランキーは額《ひたい》の汗をぬぐった。「のど、渇《かわ》いてそうに見える？」

「ええ……」まだハンナの口はなめらかに動かない。

「バグジュースを作ったんだけど」わたしが言った。

フランキーがひるんだ。「いや、いくらのどが渇《かわ》いてても、虫《バグ》を飲むほどじゃないよ」

これでハンナも笑顔《えがお》になったが、まだそわそわして、うまく話せずにいる。

ダービーが割《わ》りこんだ。「虫なんか使ってないよ。冷《つめ》たくて、甘《あま》くて、すっごくおいしいジュース」

「だったら、飲んでみてもいいけど」

ハンナは水筒《すいとう》をかかえていたので、わたしは腕《うで》をそっと押《お》して、水筒《すいとう》をフランキーのほうに近づけた。そのとき、ふたごの片割《かたわ》れトニーが耳にｉＰｏｄのイヤフォンを突《つ》っこんだままやってきた。

フランキーとトニーはびっくりするぐらいそっくりで、でも、ぜんぜんちがう。トニーは、はっきり言って、だらしない。髪《かみ》はぼさぼさで、長すぎた。フランキーより頭ひとつ分背《せ》が高いのに、前かがみのせいで、それがわからなかった。いつも先生たちから、ズボンをちゃんと引きあげなさいと言われている。一方フランキーのほうは、髪《かみ》を短く刈《か》りこんで、今みたいに外で肉体労働《ろうどう》をしているときでも、汚《よご》れたTシャツの裾をズボンにしまおうとする。

フランキーはみんなの輪《わ》の中にいて、トニーはひとりでいる。だからトニーのことはよく知らない。でもそのトニーが近づいてきた。フランキーの肩《かた》の上から手を伸ばして水筒《すいとう》をうばい、ごくごく飲んだ。フランキーがおどけたしぐさでトニーのお腹《なか》に肘鉄砲《ひじでっぽう》をくらわせた。「勝手に飲むなよ」

トニーは脇の下でおならみたいな音を立ててフランキーにおかえしをすると、トラックのほうへ走り去った。

「どんだけガキなんだよ！」フランキーは大声で言ったが、トニーには聞こえていなさそうだった。

トラックまで行くと、トニーは冷水器《れいすいき》の蛇口《じゃぐち》の下に頭を差《さ》し入《い》れ、顔や頭が水で濡《ぬ》れるのもかまわず、口で水を受けた。

そうこうするうちに、フランキーはわたしのパパがキャンプに使っている水筒《すいとう》に口をつけて、中身を飲みだした。「へえ、ほんと、甘《あま》いね」ハンナを見て、もうひと口飲んだ。「なんでこれをバグジュースっていうの？」

ようやくハンナの口が動きだした。「ええっと、そうね、逆《ぎゃく》って言うのかしら。ほら、すごくいいこと、いけてることを、〝やばい〟と言ったり、おくれてきた人に〝早かったね〟って言ったり――」

こんどは少ししゃべりすぎかも。わたしがそっと足を踏《ふ》むと、ハンナが口を閉《と》じた。

フランキーが最後《さいご》をしめくくった。「それで、甘《あま》くておいしいジュースのことをわざと〝バグジュース〟なんて呼《よ》び方をするのか。変《へん》だけど、理屈《りくつ》はわかった」

「フランキー！」チェーンソーの轟音《ごうおん》に負けじと、ルサマノ家のお父さんが大声で呼《よ》んだ。「休憩《きゅうけい》は終わりだ、もどってきて働《はたら》け！」

「ボスが呼《よ》んでる」フランキーはうなずいた。「行かなきゃ」ハンナに水筒《すいとう》を返した。「ありがと、ガイズ、いや、ガールズ」

「あなた！　夕食が冷《さ》めるわよ！」ママが勝手口から叫《さけ》んだ。パパはバーニー家の庭で倒《たお》れた木を見ていた。

「気持ちのいい夜だな」パパは帰ってくると言った。

わたしはバッドの隣《となり》の席《せき》につき、膝《ひざ》にナプキンを広げた。ふと見ると、パパが水筒《すいとう》に残《のこ》っていたバグジュースをグラスについでいた。そしてひと口飲んだ。

うそでしょ。

ママはピザを皿に移《うつ》した。パパがママをハグした。「このジュース、すばらしくうまいよ」

「あら、わたしじゃなくて、ケリーとお友だちが作ったのよ」ママもジュースを飲んだ。

またもや、うそでしょ。

「ダービーなら、〝ばかうま〟とか言うんだろう」パパは椅子《いす》にかけ、唇《くちびる》で音を立てた。「料理《りょうり》クラブは順調《じゅんちょう》に動きだしたみたいだな」

ママが笑《わら》って、訂正《ていせい》した。「ひ、み、つ、の料理《りょうり》クラブよ」

わたしはそれを無視《むし》して、答えた。「うまくいってる」言葉を選《えら》んで答えながら、ほれ薬を飲んだ両親の反応《はんのう》をうかがっていた。じつは、バッドも飲んでいたのに、そのことは忘《わす》れていた。テーブルをかこむなかで、〝愛《あい》のバグジュース〟を試《ため》していないのは、わたしだけだった。

わたしは三人をつぶさに観察《かんさつ》した。いつもと変《か》わらない。いつもどおりの、ふつうの家族だった。

「クラブのメンバーは誰《だれ》だったかな？」パパがたずねた。

「ダービーとハンナだよ」

バッドが眉《まゆ》を上げ下げした。「ハンナ、ヒューヒュー！」

ヒューヒュー？　そうか、わたしがまちがっていた。ぜんぜんふつうじゃない。ふだんからおかしな弟だけれど、ヒューヒューなんて、はじめて聞いた。

おどろいたのはわたしだけじゃなかった。「どうしちゃったの、そこのぼうや？」ママがたずねた。

バッドはピザの尖《とが》った部分にかぶりついた。「ハンニャ、かわいいにょね」口

をいっぱいにしたまま言った。

笑《わら》いをこらえるパパの顔が目に入った。

「お姉ちゃんの友だちにちょっかい出さないでよ」ママはバッドの口をナプキンでふいた。

「でも、かわいいんだもん。それに、ハンナがサッカーするの、見たことある？　チームで一番うまいんだよ」

パパはこっそりバッドにウインクしていた。


パパは食事がすむと、シャツの袖《そで》のボタンをはずして腕《うで》まくりし、汚《よご》れた皿を流しに運んだ。ママはそんなパパを見ていた。「どういう風の吹《ふ》きまわし？」

「ゆっくりしてくれ」パパは言った。「ここはぼくが片付《かたづ》ける」でもママはゆっくりせず、ラジオから流れるジャズに合わせて歌っていた。

まちがいない。やっぱりふだんとは大ちがいだ。

わたしは自分のバックパックを持ち、手を泡《あわ》だらけにしているパパを見ていた。曲と歌に合わせて体をくねらせている。「ヒューヒュー！」

わたしはキッチンを出て、ふり返った。「ママ、きょうはシルバーズさんから電話なかった？」

ママはパパのおかしなダンスを見てくすくす笑《わら》っていた。「なかったわよ。あのオレンジジュースがきいたのかもね」

「かもね」シルバーズさんに関《かん》しては、かもね以上《いじょう》の可能性《かのうせい》がありそうだ。

「宿題はないの？」ママから質問《しつもん》が飛《と》んできた。

おかしくなった家族のもとから自分の部屋に逃《に》げると、ダービーに電話した。

夕食のとき、〝愛《あい》のバグジュース〟を飲んだ家族になにが起きたかを話して聞かせた。

「ケリーんとこの家族は、ふだんからちょっと変《へん》だから」ダービーが言った。「フランクの結果《けっか》待ちだね。ちょっと、なに！　いてっ！」電話が転がる音がした。

「どうしたの？　だいじょうぶ？」

ダービーが電話にもどった。「ベッドの脇《わき》から落ちて、タンスで小指を打っちゃった。ちっちゃな指なのに、なんでこんなに痛《いた》いんだろ？」

「ここんとこ、おかしいよね。転んでばっかり」

「よくわかんないけど、やんなっちゃう」

「ちょっとは気をつけてよ、シューベ・ドゥーベ」わたしは言ってから、電話を切った。

そのあとベッドに飛《と》びのり、天井裏《てんじょううら》から日記を取りだした。ページを前にもどって、この数日の日記を読んだ。警告《けいこく》の文章をつくづく読んでから、ハンナに電話した。「ハイ、ハンナ、わたしだけど」

「ハイ、ケリー、どうしたの？」

「キエン・シンベラ・ビエントス・レコゲ・テンペスターデスを英語《えいご》に訳《やく》したらどんな意味になるか、もう一度、聞いておきたくて電話したの」

「この前言ったとおり、スペイン語の古いことわざみたいなものよ。ちょっと待ってね」本をめくる音がした。「今年はあなたの誕生日《たんじょうび》に料理《りょうり》の本じゃなくて、スペイン語の辞書《じしょ》をプレゼントするべきかもね。辞書《じしょ》があれば、単語《たんご》がわからないたびにうちに電話しなくてすむわ」

「そうだけど、ハンナに電話するの楽しいし」わたしは言った。「それに、こういうことわざは、なかなか辞書《じしょ》で探《さが》せない」

「まあね。この本にはよく使われる成句《せいく》の一覧《いちらん》がのってるんだけど、〝まいた種《たね》は刈《か》りとらなければならない〟という意味だって書いてあるわ」

「すごい。あとは今の英語《えいご》を噛《か》みくだいて説明《せつめい》してくれる人がいれば完璧《かんぺき》。それで、キエン・シンベラ・なんとかっていうのはどういう意味かな？」

「前にも話したけど、自分に見あったものを受けとるという意味ね」ハンナは言った。「〝自分のしたことは自分にもどる〟とか〝すべてはめぐる〟とか」

わたしはのろのろと言った。「めぐって自分にもどる、とか」「そういうこと？」「そのまま待ってて」わたしは電話を置《お》くと、便《びん》せんが貼《は》られた百科事典《じてん》の重いページをめくって、以前《いぜん》、風に舞《ま》った用紙を見つけた。「ハンナ、本から落ちた紙を覚《おぼ》えてる？〝忘《わす》れるな。むくいの法則《ほうそく》に気をつけろ〟って書いてあった変色《へんしょく》した紙？」

「それがどうかした？」

わたしは言った。「セニョーラ・ペレスの警告《けいこく》は、この古いメモ書きと同じ内《ない》容《よう》なんだよ！」

「そういうこと」ハンナは言った。「不気味《ぶきみ》よね」

「不気味《ぶきみ》なんてもんじゃないわ。これも、ぞっとするような偶然《ぐうぜん》じゃない？　わたしの理論《りろん》は知ってるよね？」

「知ってるけど。〝偶然《ぐうぜん》なんてものは存在《そんざい》しない〟でしょう？　悪いけど、そろそろ切るわね。へとへと《プープ》に疲《つか》れちゃって——あ、ごめん。プープ《うんち》に敏感《びんかん》になってるときに」ハンナの声は笑《わら》っていた。

どいつもこいつも笑《わら》いをとりたがる、とパパなら言うだろう。でもハンナに関《かん》しては、冗談《じょうだん》を言ってくれるとうれしい。ハンナが今よりうんとお茶目だったころを思い出すからだ。今のハンナは外見や服装《ふくそう》や食べるものの心配ばかりしている。よくそんなにたくさんのことを心配していられるものだと思う。

「フン問題だけど、解決《かいけつ》したかも」わたしは言った。「きょうはシルバーズさんから電話がなかったんだよ」

スペイン語の翻訳《ほんやく》をいったん忘《わす》れ、キッチンで宿題をはじめたけれど、しばらくすると牛挽肉《ひきにく》の焼《や》ける音が聞こえてきた。熱々《あつあつ》の肉汁《にくじる》が跳《は》ねて、コンロの上に落ちる。わたしはコンロの前に立ち、スパチュラを使って挽肉《ひきにく》を少し動かした。

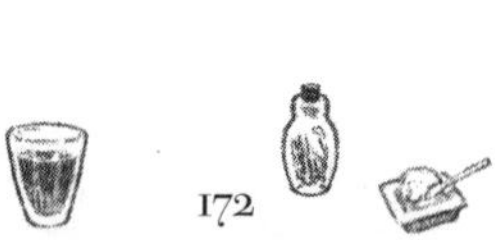

挽肉《ひきにく》がまんべんなく茶色になると、脂《あぶら》を取りのぞいてから、残《のこ》りのチリビーンズの材料《ざいりょう》が入っている鍋《なべ》に挽肉《ひきにく》を移《うつ》した。

　今年のチリビーンズ・コンテストに出品するレシピが決まったので、ママもわたしも、大量生産《たいりょうせいさん》モードに突入《とつにゅう》している。絶品《ぜっぴん》のチリビーンズをたっぷり作って、町じゅうの人に味見をしてもらわなければならない。

　ママはキッチンのなかをきびきびと動きまわり、フードプロセッサーに負けない速度で玉ねぎを刻《きざ》んだ。「小鍋《こなべ》に入れてシルバーズさんのところへ届《とど》けてあげてもいいわね」ママは言った。「あなたたち、仲良《なかよ》くなったみたいだから」

「仲良《なかよ》くとまでは言えないかも、ママ」

「でもよいカルマを積《つ》むぐらい、いいことはないのよ」

「なにそれ？」

「なにが？」

「よいカルマってなに？」

　ママは説明《せつめい》をはじめた。「カルマっていうのは、自分のしたことが自分に返ってくることよ。だから人によくしてあげたら、いいことが起こるし、反対に――」

「悪いことをしたら、悪いことが起こるってこと？」

「そういうこと」

だとしたら、カルマというのは〝むくいの法則《ほうそく》〟やキエン・シンベラ・なんちゃらかんちゃらのようなものだ。わたしはハッとした。そして大きなあくびをした。

「あとはわたしがやるから」ママが言った。「ベッドに入ったらどう、ハニー？」

わたしは素直《すなお》にしたがった。


足元にロージーをまとわりつかせた格好《かっこう》でベッドに横になっていると、つぎつぎに考えが浮《う》かんできて、とまらなくなった。悪いことをしたら、悪いことが起きる。

それを思うと落ち着かなかった。弟が声を失《うしな》ったのは、そしてシャーロットにひどい靴擦《くつず》れができたのは、わたしたちのせいかもしれない。わたしは心のなかで、この数日をふり返ってみた。いつもローラースケートでうちに来ているダービーが、今週にかぎって転んだ。実際《じっさい》、ふらふらのあんな状態《じょうたい》じゃ転ぶに決まっている。そしてわたしはシャーロットの荷物を運ぶはめになった。でも、だったらどうしてハンナにはなにも起きていないのだろう?

わたしは眠気《ねむけ》をがまんしてベッドを出ると、パソコンに近づいた。〝むくいの法則《ほうそく》〟をグーグル検索《けんさく》した。オンライン辞書《じしょ》の定義《ていぎ》は、セニョーラ・ペレスの警告《けいこく》の内容《ないよう》と同じ、そしてハンナが説明《せつめい》してくれたとおりだった。だいたいカルマと重なっている。ネットを調べてまわるうちに、カルマに関《かん》するいやな情報《じょうほう》が見つかった。〝むくいの法則《ほうそく》〟とは、魔女《まじょ》がよく使う言葉だと書いてあった。学者のなかには、一六九二年にセーラムの魔女裁判《まじょさいばん》の結果《けっか》として執行《しっこう》された絞首刑《こうしゅけい》は、実際《じっさい》は〝むくいの法則《ほうそく》〟にのっとり、魔女《まじょ》たちに死をもってむくいる罰《ばつ》だったとする人たちもいた。そんな記事を読んでいたら、なんだかきゅうにシャーロットの教科書を運ぶのがたいしたことではないように思えてきた。

まぶたが重くなっていた。わたしはいつしかパソコンの前にすわったまま寝《ね》てしまい、夢《ゆめ》を見た……バス停《てい》に向《む》かって歩いていた。けれど、ふとふり返ると、わたしの家が消えていた。シャーロットはわたしの両肩《りょうかた》に乗っていて、やけに重たかった。遠くに弟のバッドが見える。その背後《はいご》には裸足《はだし》で踊《おど》る人影《ひとかげ》が見える。背中《せなか》に熱気《ねつき》を感じてふり返ると、ドラゴンが追ってきていた。わたしは必死《ひっし》に走

るものの、ひと足ごとにシャーロットが重くなっていく。わたしはダービーの名を呼《よ》ぼうとしたけれど、舌《した》がなくなっていて、声が出ない。どうやらリチャーズ・コーチがわたしに向かって腹筋《ふっきん》運動をしろと叫《さけ》んでいるようだ。

そこで目が覚《さ》めた。

時計の針《はり》は午前四時を指していた。

ケリー・クイン、万事《ばんじ》休《きゅう》す。

15

わたしを解放《かいほう》してジュース

材料《ざいりょう》：
悪夢《あくむ》　1
レンガ　20個《こ》
心配ごと　1
ほれ薬を飲んだ第七学年の男子　1人
作り方：
完全《かんぜん》に一体化するまで、家庭科のクラスをよくかき混《ま》ぜる。

つぎの朝、女王陛下《へいか》が勝手口のドアをノックされた。ため息が出る。わたしは荷物を持った。
シャーロットは学校にレンガを持っていくことにしたらしい。わたしを苦しめるためだ。しかも、赤い傘《かさ》一本、持とうとしなかった。シャーロットはいとこの結婚式《けっこんしき》に着るドレスのことをしゃべりまくった……べちゃくちゃべちゃくちゃ。

テニスをする格好《かっこう》をした、うちのママぐらいの年の女の人が、シルバーズさんのお宅の私道《しどう》を郵便受《ゆうびんう》けに向かって歩いてきた。近所に住むようになってから一度も、シルバーズさんの家でほかの人を見かけたことはなかった。

「おはよう」女の人は明るくあいさつした。

「おはようございます」わたしはあいさつを返した。シャーロットはしゃべりながら歩いていて、わたしが立ちどまったことにも気づかない。「あの、どなたですか？」わたしはたずねた。

「ジョアン・シルバーズ、レジーナ・シルバーズの娘《むすめ》よ。母が病院に入ってるあいだ、ここに泊まることにしたの」

「今〝病院〟って、言いましたか？」

そのとき、少し先で腰《こし》に手をあてたシャーロットがどなった。「ケリー・クイン、バスに乗りおくれたら、あとで痛《いた》い目に遭《あ》うわよ」

ジョアンが言った。「行ったほうがいいわ」そして家に引きかえしていった。

その瞬間《しゅんかん》、すべてがありありとわかった。警告《けいこく》を受けたのに、それを聞こうとしなかったわたしたちは、今や呪《のろ》われた存在《そんざい》になったのだ。

悪いことをしたら、悪いことが起きる。わたしはシルバーさんを困らせようとして〝もめごと起こしの搾《しぼ》ってシトラス〟を渡《わた》した。庭の片付《かたづ》けをしろという電話がかかってくるのがいやだったからだ。そしたら、そのシルバーズさんが入院してしまった！

どんなしっぺ返しがあるんだろう？

いつ？

つぎに通りを渡《わた》るときは、ぴたっと止まった。完全《かんぜん》に足を止めて、車が来ていないかどうかしっかり左右を見た。渡《わた》ってもいいと判断《はんだん》したときには、シャーロットは相変《あいか》わらずおしゃべりしながら通りを半分ほど進んでいた。角まで来ると、うしろに下がって歩道にいた。運転手がうっかりミスして、大型《おおがた》の黄色いスクールバスにひかれるかもしれない。

人を病院送りにしてしまったんだから、それぐらい起きてもおかしくないよね？

バスのなかで息を詰《つ》めてすわっていると、ダービーとハンナが乗ってきた。

わたしは口をきけなかった。

「どうした？」ダービーがたずねた。「おばけでも見たみたいな顔しちゃって」

舌《した》がぜんぜん動かない。これか！　舌《した》を飲みこんでしまった。このまま二度と話せないかもしれない！

ハンナは紙袋《かみぶくろ》からランチを取りだし、袋《ふくろ》のほうをわたしに渡《わた》した。「ほら、これを口にあてて呼吸《こきゅう》して。十、数えるのよ」

わたしは大急ぎで数えた。一、二、三……。

ダービーが言った。「もっとゆっくり、ケリー」

袋《ふくろ》は音を立ててしぼみ、またふくらんだ。わたしは何度か呼吸《こきゅう》をくり返してから、膝《ひざ》に紙袋《かみぶくろ》をおろした。指で口のなかを探《さぐ》った。よかった。舌《した》があった。

わたしは急いで〝むくいの法則《ほうそく》〟とセニョーラ・ペレスの警告《けいこく》とカルマと、そして前の夜インターネットで調べたことをふたりに話した。

「みんな同じってこと？」ダービーが確認《かくにん》した。

わたしはうなずいて、続《つづ》きを話した。「この前、シルバーズさんがわたしに後始末《しまつ》をしろと言ってきたときのこと、覚《おぼ》えてる？　それでわたしが対処《たいしょ》したって言ったよね？　あのとき本にのってたジュースを作って渡《わた》したの」

ハンナが言った。「ひどいこととは思えないけど」

「わたしが作ったのは困《こま》りごとを起こすジュースだった」わたしはうつむき、緑のビニールでできたバスのシートの背《せ》に額《ひたい》をつけた。

「困りごとはまずいね」ダービーは窓《まど》から外を見ていた。「具体的《てき》にはどんな困《こま》りごと？」

ハンナは言った。「人を困《こま》らせるってことは、大変《たいへん》な目に遭《あ》わせるってことよ。いさかいとか、いざこざとか、困難《こんなん》とか」

「そう」わたしは言った。「いさかいでも、いざこざでも、困難《こんなん》でも。なんだっていいから、わたしを放っておいてほしかった。それが今朝《けさ》になって、シルバーズさんが病院にいるのがわかって。どういうことだかわかる？」

「ケリーが毒《どく》を盛《も》ったとか？」ダービーが言った。

「やめてよ、わたしがそんなことすると思う？」

ハンナが言った。「そう、毒《どく》は盛《も》ってないのね。だったら、ジュースになにを入れたの？　排水管洗浄剤《はいすいかんせんじょうざい》とか、そういうのじゃないのよね？」

「ちがうよ」わたしは言った。「オレンジとレモンとチェリーのジュースにミントを入れただけ。本に書いてあったとおり」

「そうよ」ハンナは言った。「あなたは誰《だれ》にも毒《どく》を盛《も》ってないわ」

「だったら、問題ないじゃん」ダービーが言った。

わたしは紙袋《かみぶくろ》を持つと、もう一度、大急ぎで吸《す》い、紙袋《かみぶくろ》の中に言った。「だけど、そうはいが――」

ハンナが紙袋《かみぶくろ》をうばった。「あなたがなにを考えてるかわからないわ。なにが問題なの？」

「大問題だよ。あの本にあったジュースを飲ませて、シルバーズさんを病院送りにしたんだよ！」わたしは大声を出した。「警告《けいこく》どおりだとしたら、こんどはわたしに悪いことが起きる」

ハンナはわたしをなだめにかかった。「彼女《かのじょ》は病気になったの。お年寄《としよ》りはしょっちゅう病院に行くものよ。それがたまたまあなたがジュースを運んだ夜に起こっただけ。ただのぐ――」

「偶然《ぐうぜん》なんて言わないで」

ダービーが言った。「ハンナ、この件《けん》に関《かん》してはあたしもケリーに賛成《さんせい》。バッドとシャーロットがどうなったか知ってるよね？　それが全部偶然《ぐうぜん》なんて、ありえない――あの本のレシピには特殊《とくしゅ》な力があるんだよ」

ハンナは額《ひたい》にかかった前髪《まえがみ》を吹《ふ》きあげた。

ダービーがたずねた。「じゃあ聞くけど、ケリーが〝むくいの法則《ほうそく》に気をつけろ〟という警告《けいこく》の紙がはさまった古い秘密《ひみつ》のレシピ本を見て作った〝うんちひろいをやめさせてジュース〟を飲ませた直後にシルバーズさんが病院に入院する可能性《かのうせい》はどれぐらいだと思う？」

わたしが答えた。「可能性《かのうせい》は高くない。ていうか、かなり低《ひく》い。でも、シルバーズさんを本気でひどい目に遭《あ》わせるつもりなんかなかったんだよ！」

「そこは通じなかったみたいだね。身を守ることを考えないと」ダービーは言った。「そっか！」手で口を押《お》さえた。

「どうしたの？」ハンナがたずねた。

ダービーが口から手を離《はな》した。「〝むくいの法則《ほうそく》〟だかなんだかかんだかのことで、思ったんだけど。あたしが転んでばっかなのは、バッドに〝お黙《だま》りコブラー〟を食べさせたせいだとしたら？　でもって……」ダービーは顔をぴしゃりとたたいた。

「なに？」わたしはたずねた。

「ケリーが教科書を運ばされてんのは、ケリーがシャーロットの足に呪《のろ》いをかけたせいかも？」ダービーは続《つづ》けた。「だって、ほら、コブラーにベチバーを入れたのはあたしで、パイにヘンルーダを入れたのはケリーだったよね。それに……」またもや顔をぴしゃりとやった。こんどは目を見開いている。

「なんなの？」わたしはたずねた。

「ハンナ……」ダービーの顔から血の気が引いた。

「わたしがなに？」ハンナがたずねた。

「ハンナにはなにが起こるんだろう？」ダービーはバスの通路を見て、声をひそめた。「だってＦＲに飲ませた〝愛《あい》のバグジュース〟に秘密《ひみつ》のスパイスであるヤクヨウニンジンを入れたのは、ハンナだよ」

わたしたちはハンナの身に降《ふ》りかかる災難《さいなん》を想像《そうぞう》するのに忙《いそが》しくて、ルサマノ家のふたりがバスに乗ってきたことも、そしてバスが学校に到着《とうちゃく》したことも気づかず、フランキーの恋愛《れんあい》モードに変化《へんか》があったかどうか注意していなかった。

わたしが自分とシャーロットの荷物を持って、ハンナとともにバスを降《お》りようとすると、ダービーが止めた。「あたしが先に行く。きょうはふたりが悲惨《ひさん》な目に遭《あ》わないように、あたしが守る。あたしなら多少の痣《あざ》は慣《な》れっこだから」ダービーは危険《きけん》がないかどうか、あたりに目を光らせながら、バスの長い通路を歩いていった。階段《かいだん》の一段《だん》目に足を置《お》くなり、自分の足につまずいて縁石《えんせき》に倒《たお》れこんだけれど、バックパックがクッションになってくれた。

ハンナは額《ひたい》の髪《かみ》を吹《ふ》き飛《と》ばした。「で、あなたのことは誰《だれ》が守るのよ?」

「あたしはだいじょうぶ!」ダービーは転んだまま、叫《さけ》びかえした。

わたしはシャーロットの百トンあるバックパックをロッカーまで運んだ。きょうもシャーロットはお礼を言い忘《わす》れた。わたしはハンナとダービーとホームルームに向かいながら、ふたりに夢《ゆめ》の話をした。

先生が出席《しゅっせき》を取りはじめた。「ビル・アップルゲート」

「はい」

「どうしたらいい？」わたしはハンナにたずねた。

「落ち着いて。わかりきったことを言いたくないけど、ダービーが転んだのはローラースケートがへただからよ。実際《じっさい》には無関係《むかんけい》なにかを結《むす》びつけないで」

「ハンナ・エルナンデス？」

「はい！」返事のあと、ハンナは声を低《ひく》めた。「もしほんとに悪いことをしたら悪いことが起こると思うんなら、いいことが起こるように、いいことをしてみたらどう？」机《つくえ》の教科書をまっすぐに置《お》きなおした。「わたしはあなたに危険《きけん》があるとは思わないけど、あなたがそう思うんなら、助けを求《もと》められる人はいるわ」

ダービーが言った。「言わないで」

「セニョーラ・ペレスよ」

「言っちゃった」ダービーは言った。「あの人、ぞぞっとすんだよね」

「ダービー・オブライエン？」

「はい」

ハンナは言った。「そう。だったら話さなきゃいい。ケリーが、ドラゴンに追いまわされることになっても知らないから」

わたしは言った。「ハンナの言うとおりだよ。セニョーラ・ペレスは〝むくいの法則《ほうそく》〟のことでなにか知ってる。秘密《ひみつ》のレシピ本のことも、知ってるかもしれない。とりあえず、今の混乱《こんらん》をおさめる方法《ほうほう》を見つけなきゃ」

「そっか」ダービーがため息をついた。「じゃ、いっしょにセニョーラ・ペレスに会いに行こう」

「ケリー・クイン？」

「いっしょにって？」ハンナがたずねた。「動物の死骸《しがい》からは離《はな》れていたいから、わたしは遠慮《えんりょ》する」

「へえ、そう、おくびょう《チキン》ってこと？」ダービーは脇《わき》の下に手を差《さ》しこんで、腕《うで》を上下させた。「コッコッコッ」

ハンナは言った。「そんなこと言われたって、痛《いた》くも痒《かゆ》くもないわよ、ダービー」

「ミス・クイン！　きょうはいますか？」

「はい《シー》！」

ミキサーの音が騒々《そうぞう》しく鳴りひびくなか、ダグラス先生が手をたたいた。わたしはミキサーのスイッチを切った。教室の前にフランキー・ルサマノが立っていた。「いいかい、みんな」ダグラス先生は言った。「このクラスにもうひとり仲間《なかま》が加《くわ》わることになった。歓迎《かんげい》してくれ」先生は事務所《じむしょ》から渡《わた》されたピンク色の紙を見た。「フランクリン・ルサマノがハッピーな自由課題《かだい》のクラスに参入《さんにゅう》だ！　フランクリン、いっしょに調理する友だちを選《えら》んで。ようこそわがクラスへ！」

フランキーは先生からそろそろと離《はな》れると、誰《だれ》も使っていない机《つくえ》に教科書を置《お》き、わたしのいる調理台まで来た。

「ハイ、フランクリン」わたしは言った。「びくついた顔して、どうしたの？　フランキー・ルサマノは家庭科の先生が怖《こわ》いの？」

「先生は怖《こわ》くないよ。料理《りょうり》が怖《こわ》いんだ。だからきみがパートナーで助かる」

パートナー？「うちでは料理《りょうり》しないの？　だって、ほら、あなたのお母さんは料理好《りょうりず》きだよね？」

「ああ、そうだよ。母さんが作って、ぼくが食べる。食べるのは怖《こわ》くない。ていうか、食べるのは得意《とくい》だ」彼《かれ》はボウルのなかをのぞき、人さし指で縁《ふち》をなぞって味見すると、わたしを見た。「うーん、うまい。ほんと、きみがパートナーで最《さい》高《こう》だよ。ほら、今まであまり話したことなかったよね」

「そうだっけ？」いったい、どうなってるの？

「そうだよ。それで、考えたんだ。ぼくたちもっといっしょ出かけるべきだよ」

フランキーは片方《かたほう》の眉《まゆ》をつりあげた。

「そうなの？」なに言ってるの？ わたしは不安《ふあん》な気持ちのままミキサーのスイッチをふたたびオンにして、生地《きじ》を混《ま》ぜた。大声で彼《かれ》にたずねた。「あの、ここでなにしてるの？ というか、なんで家庭科の授業《じゅぎょう》を取ったの？」ミキサーのスイッチを切った。

彼《かれ》は生真面目《きまじめ》な顔でほほえんだ。「もっときみと過《す》ごしたいから」

やっぱり、どうかしてる。「本気で言ってるの？」わたしは異様《いよう》なものでも見るような目で、フランキーを見た。

「もちろん。でも、選択《せんたく》クラスの登録《とうろく》を忘《わす》れてたのもあるんだ。進路指導《しどう》の先生がぼくの時間割《わ》りを見て、もうひとクラス増《ふ》やさないと、サマースクールで補講《ほこう》を受けなきゃならなくなると教えてくれてさ。サマースクールには行きたくない。でも、木工もデッサンも油絵も、それになんと陶工《とうこう》まですでにいっぱいだった。で、ここに来た。そしたら、まさかきみがこのクラスにいるとはね。だから今は、よかったと思ってる」フランキーはもう一度、眉《まゆ》をつりあげて、たずねた。「サッカーのチームに入れるかどうかわかったの？」

「まだ。あと二回選抜《せんばつ》テストがあるの」

「コーチは選抜《せんばつ》テストの参加《さんか》者《しゃ》全員をチームに入れるつもりだって聞いたよ。そうじゃなくても、きみならぜったいだけどね」フランキーは不思議《ふしぎ》そうな顔でわたしを見た。小麦粉《こ》でもついているのかと思って、わたしは頰《ほお》をぬぐった。

「わたしへの信任投票《しんにんとうひょう》をありがとう。でも、それがほんとなら、なんのための選《せん》抜《ばつ》テストなの？」

「きみたちガイズを――いや、ガールズを――厳《きび》しく鍛《きた》えるためじゃないの？」

「リチャーズ・コーチがそんなことするかな」そう言いながらも、全員をチームに入れない理由はないかもしれないと思いはじめていた。女子十八人はがむしゃらにがんばっている。わたしもコーチに認《みと》めてもらいたくて、必死《ひっし》で走っている。

フランキーの言うことが事実なら、コーチは頭がいい。

「生地《きじ》を混《ま》ぜてみる？」わたしはたずねた。

「いや、いいよ。きみがちゃんとやってくれてるから」きらきらした目でわたしを見つめている。

なんでこんな目でわたしを見るの？「どこか悪いの？」わたしは手を伸《の》ばし、フランキーの額《ひたい》に触《ふ》れたとたん手を引っこめた。「ごめんなさい！」

「どう言ったらいいんだろ？　きみとはなにかあるのかもしれないね」

まずい。ここまで来ると、わたしの手には負えない。

「すごく機嫌《きげん》がいいんだね」わたしは言いながら、生地《きじ》を流しこめるようにマフィン型《がた》を傾けた。

「上機嫌《じょうきげん》でない理由がある？　ふたりがここにいて、ぼくはきみが料理《りょうり》するのを見てる。見てても、かまわないよね？　きみが料理《りょうり》をするのを見てると楽しいんだ」

わたしは肩《かた》をすくめた。そこへダグラス先生がやってきて、肩《かた》からわたしの手元をのぞきこんだ。フランキーが持っているマフィン型《がた》にわたしが生地《きじ》をそそぎこんでいく。「いいね、フランクリンとケリー、抜群《ばつぐん》のチームワークだ」
「ほらね、ケリー、ぼくの言ったとおりだろ」フランキーはわたしにささやくと、天地がひっくり返りそうなことをした。わたしにウインクしたのだ。
ちょっと待って！　ひょっとして、〝愛《あい》のバグジュース〟のせい？　そう、きっとそうだ！　愛《あい》すべき相手がバグを起こして《ごっちゃになって》、フランキーがハンナじゃなくてわたしを好《す》きになっちゃった！

質問《しつもん》：わたしはどうすべきでしょう？
答え：薄気《うすき》味《み》の悪いメキシコ料理《りょうり》の食材店《しょくざいてん》に出かけ、ぞっとするほど飼《か》い主《ぬし》に似《に》た鳥を飼《か》っている占《うらな》い師《し》に会い、この苦境《くきょう》から抜《ぬ》けだしたいので手を貸《か》してくださいとお願《ねが》いするしかありません。

焼《や》きあげたマフィンをのせたケーキクーラーをダグラス先生に渡《わた》したわたしは、フランキーから離《はな》れたい一心ですぐに調理室を出た。「今回もすばらしいできばえだね、ミス・クイン」ダグラス先生の声を背中《せなか》で聞いた。

そして廊下《ろうか》でダービーをつかまえた。

「ダービー、今からする話をよく聞いて。あと数分で科学の授業《じゅぎょう》がはじまるし、遅刻《ちこく》したらリチャーズ先生にどんな目に遭《あ》わされるか、知りたくないから」

「いったいなにごと？」

「〝愛《あい》のバグジュース〟にちょっとした手ちがいがあったみたいで」

「ええ!?　まさかフランキーがバッタに変《か》わっちゃったとか？」

「ちがう」

「じゃあ、蛾《が》？」

「そうじゃなくて」

「いや、まさか、サソリはないよね。でも、サソリなの？　毒《どく》のあるやつ？」ダービーは続《つづ》けた。

「ちがう！」わたしはダービーの両腕《りょううで》をつかんで、こちらに注意を向けさせた。「フランキーがわたしにべったりなの。わたしのことを好《す》きになっちゃったかも。こうなると、なんだってありうる」

「言えてる。あたしはダグラス先生にべたぼれだし」

「そうなの？」わたしはたずねかえした。事態《じたい》はわたしが思っていた以上《いじょう》に深刻《しんこく》だ。

「うそ、ただの冗談《じょうだん》」ダービーは言った。「しっかりしなよ」

「こんなときに冗談《じょうだん》なんてやめて、ダービー。こっちは真剣《しんけん》なんだよ。きょう〈ラ・コシナ〉に行かなきゃ。〝むくいの法則《ほうそく》〟にやられて、悲惨《ひさん》な死に方をするかもしれない。だから〝むくいの法則《ほうそく》〟をひっくり返して、ほれ薬の解毒剤《げどくざい》を手に入れるの。フランキーがどうなってるか、ハンナに知られる前にね」

「午後は忙《いそが》しくなりそう」さすがダービー、最高《さいこう》の友だちだ。「でもさ、こっちも最悪《さいあく》な日でさ。髪《かみ》の毛にガムがついて、看護師《かんごし》さんに髪《かみ》を切られちゃった。ほら見て」髪《かみ》を切ったという部分を見せられたけれど、わたしにはほかとのちがいがわからなかった。「それに、〈トゥインキー〉をお尻《しり》でつぶしちゃってさ。午後の楽しみは〈トゥインキー〉なのに、きょうはそれがなかったから、お腹《なか》ぺこぺこ」

「教えてくれてありがとう」フランキーがみょうな気分になっているのは困《こま》るけど、ダービーに降《ふ》りかかっている災難《さいなん》を考えたら、そう文句《もんく》は言えない気がした。

ダービーは宣言《せんげん》した。「なんとかこの悪運を振《ふ》り払《はら》わないとね。このまま〈トゥインキー〉が食べられないんじゃ、体がしぼんでなくなっちゃうよ」

「そうだね。じゃあ、放課後《ほうかご》、〈ラ・コシナ〉で」

ダービーが言った。「あたしはそこまでもたないかも」

「とにかく、気をつけて。わたしはフランキーを避《さ》けるようにする。それと、セニョーラ・ペレスと話ができるまでは、なるべくいいことをしよう。ハンナが言ってたみたいに、好運《こううん》を引きよせられるかもしれない」

そのとき、超人的《ちょうじんてき》に耳がいい司書《ししょ》のイーグル先生がやってきた。「あなた方、始業《しぎょう》のベルが鳴っているのが聞こえなかったんですか?」(この先生はまどろっこしい話し方をする)。「授業《じゅぎょう》におくれているじゃないですか。罰《ばつ》として授業《じゅぎょう》のあと居残《いのこ》って、わたくしの指示《しじ》にしたがってもらいます」先生は図書室に入って、ドアを閉《し》めた。

「やることが念入《ねんい》りだよね」ダービーは言った。「悪運リストにまた災難《さいなん》が加《くわ》わったよ。居残《いのこ》りだって。そう、しかも悪いことに、ただの居残《いのこ》りじゃなくて、〈トゥインキー〉なしの居残《いのこ》り」

「となると」わたしは言った。「きょうの選抜《せんばつ》テストはあきらめるしかないね。
またリチャーズ・コーチがはりきっちゃう」

16

親切の押《お》し売り

わたしはビリー・アップルゲートを追いかけた。「ねえ、ビリー、鉛筆《えんぴつ》を落としたよ」鉛筆《えんぴつ》を渡《わた》してから、ビリーのために開けた教室のドアを、ほか数人のために押《お》さえておいた。

つぎは科学の授業《じゅぎょう》だったけれど、席《せき》につくとすぐに、トイレに行きたくなった。それで今は先生のリチャーズ・コーチに許可《きょか》を求《もと》めると、しぶしぶながら「急いで」と言ってくれた。

トイレにはダービーがいた。ペーパータオルの束《たば》を持って、洗面台《せんめんだい》のかたわらに立っていた。ダービーは手を洗《あら》ったばかりのミスティにペーパータオルを一枚《まい》、手渡《てわた》した。「手洗《てあら》い、おつかれ」ダービーはミスティに話しかけた。「ばい菌《きん》を殺《ころ》すことには、お金には替《か》えられない価値《かち》があるよ」

ミスティが言った。「なんなの？　不気味《ぶきみ》」

「ばい菌《きん》のない、すてきな一日を！」ダービーはミスティの背中《せなか》に声をかけた。

「なにしてるの？」わたしは個室《こしつ》にはいった。

「よい行い」ダービーは声を落とし、ドアの隙間《すきま》からひそひそ言った。「なんちゃらかんちゃらの法則《ほうそく》をひっくり返すため」

「ミスティの言うとおりだよ。不気味《ぶきみ》」

「そう言うケリーに名案《めいあん》があるとも思えないけど」

わたしは用をすませると、手を洗《あら》って、ダービーの持っている束《たば》からペーパータオルを取った。「そのうち思いつくよ。さあ、行こう、おくれちゃう」

「どうせ居残《いのこ》りだけどね」ダービーは言いながらも、わたしのあとをついてきた。

席《せき》にもどると、宿題の回収《かいしゅう》がはじまった。わたしは立ちあがって、みんなの宿題を集め、コーチの机《つくえ》にそろえて置《お》いた。授業《じゅぎょう》が終わったあとは、出したままの椅子《いす》をしまい、ホワイトボードの文字を消した。コーチからお礼を言ってもらえると思ってふり返ると、コーチは教室を出るところだった。ダービーもだ。廊下《ろうか》からダービーの声がした。「すべんないように気をつけて。床《ゆか》が濡《ぬ》れてる」

「こんどはなんなの？」わたしはたずねた。

「みんなが転んだり、ケガしたりしたら大変《たいへん》だから、この水溜《みずた》まりを避《よ》けて通ってもらってんの。親切でしょ？」

「そうだね」たしかにこれは親切かもしれない。

「みんな、こっちを通って」ダービーは手を振《ふ》って、生徒《せいと》たちを誘導《ゆうどう》した。

廊下《ろうか》から人がいなくなると、わたしは壁にもたせかけてあったダービーのバックパックを持った。からっぽの水のボトルが入っていた。「ダービー、その水溜《みずた》まりはどうやってできたの？」

ダービーはわたしを見ようとしなかった。でも人がいなくなると、かがんで水をふき取った。

17

ハチ

わたしは居残《いのこ》り中の作業として図書室の本の整理を申しでた。それに不満《ふまん》たらたらのダービーは、てきとうな場所に本を突《つ》っこみ、ひどいときには本の背表紙《せびょうし》もろくに見ていなかった。十分おきぐらいにハンナをふくむ〈アンツ〉のメンバー候補《こうほ》とリチャーズ・コーチが図書室の窓《まど》の外を通りすぎた。そのなかにシャーロットはいなかった。

「これでメンバー落ち確実《かくじつ》だね」わたしは言った。「選抜《せんばつ》テストに出られなかったわたしたちが、コーチに選《えら》ばれるわけないもん」

「ケリーは心配いらないって。サッカー、うまいもん。あたしはダメだけど」

「あなたたち、居残《いのこ》り中のおしゃべりが許《ゆる》されるとでも思っているんですか」

わたしたちは（沈黙《ちんもく》のうちに）本をもどす作業を終え、（黙《だま》って）椅子《いす》に腰《こし》かけて、罪《つみ》が許《ゆる》されるまで（音を立てることなく）宿題をした。解放《かいほう》されるとすぐにロッカールームにすっ飛《と》び、光の速さで運動着に着替《きが》えた。フィールドに飛《と》びだしたときには、練習終了《しゅうりょう》まで残《のこ》り五分となっていた。コーチは一時間おくれで丘《おか》をかけおりてきたわたしたちを見ると、黙《だま》って首を振《ふ》った。コーチのもとにたどり着く直前、ダービーがひっくり返って、残《のこ》すところ数メートルの斜面《しゃめん》を転げおちた。

　ダービーがわたしにささやいた。「よい行いで悪運を消すとか、うそばっか。このあたしが図書室の本を棚《たな》にもどしたんだよ。信《しん》じらんない。図書室の本を棚《たな》にならべるぐらいなら、足の爪《つめ》の下にお箸《はし》を押《お》しこむほうがまだましなのに」

　コーチはわたしたちと目を合わせるのを避《さ》けつつ、肩越《かたご》しに言った。「バーニーといっしょに腹筋《ふっきん》だ」シャーロットは上腹部《じょうふくぶ》にきく腹筋《ふっきん》をやっていた。わたしたちも腹筋《ふっきん》した。十回もやると、お腹《なか》が痛《いた》くなってきた。シャーロットはもうずいぶん前からやっているらしく、顔がテキサス・ホットソースぐらい赤かった。

　ほかのみんなは紅白戦《こうはくせん》をしていた。ハンナはドリブルで黄色い練習用ジャージを身につけたディフェンダー数人をかわし、シュートして得点《とくてん》をあげた。ボールがゴールネットの下を転がり、茂《しげ》みに入った。

ハンナはボールを追ってかけ足で茂《しげ》みに入ったと思ったら、とつぜん悲鳴をあげて出てきた。

「いや！　助けて！」腕《うで》を振《ふ》りまわし、泣《な》きながらグラウンドを走りまわった。

コーチが叫《さけ》んだ。「ハンナ、だいじょうぶか？」

「いや！　ハチが！　助けて！」コーチのもとへかけよる。「コーチ、ハチを払《はら》って。痛《いた》い！　刺《さ》すんです！」コーチはクリップボードでハチを追《お》い払《はら》い、ボトルの水をかけた。やがてハチはいなくなった。コーチはハンナを観客席《かんきゃくせき》に連《つ》れていった。

「刺《さ》された痕《あと》を見せて」コーチは救急《きゅうきゅう》セットからローションを取りだし、ピンク色の液体《えきたい》をハンナの顔や体に塗《ぬ》り広げた。ローションを塗《ぬ》りおわったあとのハンナは、各種《かくしゅ》フルーツの砂糖《さとう》漬《づ》けが入ったスワリーとの戦《たたか》いに負けたようなありさまだった。

練習のあと、バックパックを手にするハンナのところへ行った。

「準備《じゅんび》はいい？」わたしはたずねた。

「準備《じゅんび》ってなんの？」ハンナは両手の汚《よご》れを払《はら》いながらたずねた。

「これからセニョーラ・ペレスに会いに行くの」

「なに、やだ。わたしは遠慮《えんりょ》する。宿題があるから」ハンナは言った。「それに刺《さ》された痕《あと》がすごく痛《いた》いし。今はとにかく熱《あつ》いお風呂《ふろ》に入りたい」

「でも、ぜったいに彼女《かのじょ》と話をしなきゃ」わたしは言った。フランキーのことはハンナに伝《つた》えていなかった。〝愛《あい》のバグジュース〟の効果《こうか》をなかったことにできれば、言わないですむと思ったからだ。

ダービーが言った。「それ、〝むくいの法則《ほうそく》〟だよ」

ハンナがたずねた。「なに言ってるの?」

「ハチに刺《さ》されたこと。フランキーにほれ薬を飲ませたむくいだよ。ヤクヨウニンジンを入れたのは、ハンナだもん。三人そろって〝むくいの法則《ほうそく》〟にやられたってわけ」

ハンナはバックパックをしょうのにも苦労《くろう》していた。やわらかい皮膚《ひふ》にキャンバス地が触《ふ》れると、息を呑《の》んだ。「ダービー、わたしがこんなこと言うなんて予想外だけど、ひょっとしたらあなたの言うとおりかもしれないと思いはじめてるの。そうね、〝むくいの法則《ほうそく》〟のせいかも」

「フランキーといえば」わたしは言った。「彼《かれ》に会った？」

「ううん。きょうは一度も。しょせんこんなもんよね」ハンナは言った。

ダービーとわたしはちらっと目を見交《みか》わした。

「でもね」ハンナが指摘《してき》した。「ほら、トニーが行くわ」トニーは自転車で運動場を走りつつ、首をかしげてサッカー場のほうをうかがった。

ハンナが言った。「ねえ、わたしは刺《さ》された痕《あと》が熱《あつ》くて、空腹《くうふく》で、『少女探偵《たんてい》ナンシー』を演《えん》じる気分じゃないんだけど」

ダービーが言った。「でも、むくいをひっくり返さないと。ケリーだっていつまでもシャーロットの教科書を運んでられないし、あたしはこの調子で転んでばかりいたら、骨《ほね》を折《お》っちゃう。大事な骨《ほね》を折《お》るかもしれないんだよ。それにハンナだって――この先も虫に刺《さ》されたい？」

「それはいやだけど」ハンナは答えた。「でも、きょうじゃないとだめ？」痛みに顔をしかめた。

「だったら、こういうのはどう？」わたしは提案《ていあん》した。「いっしょにショッピングモールに行って、ハンナは〈サムの店〉で待ってて。スワリーをおごるから。

ハンナがエアコンのきいた店内でのんびり宿題をやってるあいだに、わたしたちは〈ラ・コシナ〉に行ってくる。セニョーラ・ペレスが呪《のろ》いの解《と》き方を教えてくれるかもしれない。用事がすんだら、わたしたちも〈サムの店〉に行くから。時間はそんなにかからないと思う」

「ただしセニョーラ・ペレスからカエルとかに変《か》えられちゃったら、助けに来て。跳《は》ねて逃《に》げられないかもしれないから」ダービーが言った。「あたしたちのバックアップ要員《よういん》として待っててて」

ハンナは前髪《まえがみ》を吹《ふ》いた。「いいわ。でも、スワリーはラージサイズにして」

わたしたちはバックパックをしょうと、ショッピングモールまで五ブロックの道を歩いた。歩きながら、〝愛《あい》のバグジュース〟の実験《じっけん》が成功《せいこう》したことをハンナに証明《しょうめい》する方法《ほうほう》を考えた。ハンナが求めていたデータが手に入ったのだ。けれど、フランキーがわたしを好《す》きになったとわかったら、ハンナは大打撃《だいだげき》を受ける。親友を傷《きず》つけたくない。

じゃあ、どうすればいいの？

ショッピングモールに到着《とうちゃく》すると、ハンナはわたしたちの健闘《けんとう》を祈《いの》りながらわたしたちの分もスワリーを注文しておくと言った。「いっつ？」ハンナはたずねた（わたしたちは「いつもの」のかわりにこう言う）。

ハンナの体にはハチ刺《さ》されの痕《あと》に塗《ぬ》ったピンク色のローションがまだらに残《のこ》っていた。「あの、ハンナ――」

ダービーがさえぎった。「りょうかーい、マダム。あたしは〝ロケット・ランチング・レインボー〟にエクストラ・チャンキーで、よろしく《ポルファボール》」

「わたしは〝ブラック・アンド・ホワイト〟」わたしは言った。「でも、ハンナ――」

「わたしはだいじょうぶよ、ここにひとりでいても退屈《たいくつ》しないから。歴史《れきし》の資料《しりょう》を読まなきゃならないの」

このまま知らなければ傷《きず》つかずにすむし、サムはどんな見た目だろうと、気にする人じゃない。気がつくかどうかもあやしいぐらいだ。

〈ラ・コシナ〉の前に来ると、ダービーが言った。「さあ、いかれた占《うらな》い猫《ねこ》から〝むくいの法則《ほうそく》〟をひっくり返す方法《ほうほう》と、フランキーのほれ薬の解毒剤《げどくざい》と、このごたごたから抜《ぬ》けだす方法《ほうほう》を聞きだそう。ほら、スワリーがあたしを呼《よ》ぶ声が聞こえるよね？　ダービー、あたしを飲んで……」

18

バランス

材料《ざいりょう》：

ヘラジカの頭　１

大きなノスリ　１羽

アライグマ　１頭

ウサギ　１羽

リス　１匹

どれも生きていたときは、抱《だ》きしめたくなるようなかわいさだったはず。でも今はバリバリに硬《かた》くなって、誰《だれ》にも注目されなくて、それから、そう……死んでる。

作り方：

それぞれに詰《つ》め物をして、ガラスの明るい目を入れる。そしてその近くを通った人をぞっとさせるため、壁《かべ》にかざる。

ドアにぶら下がった貝殻《かいがら》が音を立てたのに、謎《なぞ》めいたビーズのカーテンの奥《おく》からは誰《だれ》も出てこなかった。「こんにちは」わたしは声をかけた。

返事がない。

「少しぶらぶらして待とう」わたしは言った。

「楽しくもないけどね」と、ダービー。

頭上の明かりはついていないけれど、店内はカウンターや棚《たな》に置《お》いた小さなキャンドルと、床《ゆか》に立てられた太いキャンドルのおかげで異様《いよう》な明るさに包《つつ》まれていた。厚《あつ》く積《つ》もったほこりの層《そう》が浮《う》かびあがって、周囲《しゅうい》からわたしたちを見つめるガラスの瞳《ひとみ》はきらめている。もしママがこの店に来たら、はりきって掃除《そうじ》をはじめるだろう。

ダービーは壁《かべ》に近いキャンドルを指さした。「火災《かさい》の危険大《きけんだい》」キャンドルが燃《も》えるにおいよりも、店の奥《おく》から漂《ただよ》ってくるにおいのほうが強い。よく知っているなにかが調理されているにおいだ。

ふいにダービーの両肩《りょうかた》がぶるっとふるえた。「おっと、寒気がした」

窓《まど》ガラスに色がついているので外の空がよけいに暗く見えるけれど、それでなくても重苦しい雲が垂《た》れこめていた。それでもわたしは棚《たな》に意識《いしき》を集中した。

ポンチョをかけてある大きなラックのうしろに大型《おおがた》の棚《たな》があって、アルコール溶剤《ようざい》用の小さなびんがたくさんならべてあった。ダービーとわたしはそれを調べた。「で、あたしら、なにを探《さが》してんの？」

「〝愛《あい》のバグジュース〟の解《げ》毒剤《どくざい》とか、そういうやつ」わたしは銀の小さなシェーカーボトルを手に持った。木の実や乾燥《かんそう》豆がはいっているような音がした。「それからシャーロットの靴擦《くつず》れを治《なお》すやつ」

「そんなことする必要《ひつよう》ある？」

「あると思う。いつまでも靴擦《くつず》れにさせとけないもん」

「だったら、シルバーズさんにもなにかいるね」ダービーが言った。

「言えてる」

「もしまだ生きてたらだけど」

「楽観的《らっかんてき》な意見をどうもありがとう、ダービー」

「お安いごようだよ、シューベ・ドゥーベ。そのためについてきたんだ」わたしたちは店内を見まわした。ダービーが言った。「でも、バッドの声は自然《しぜん》にもどったんだよね。変《へん》じゃない？」

わたしの頭のなかの、クモの巣《す》だらけで暗かった部分に電球がともった。そんな単純《たんじゅん》なことだったの？「ダービー、あなたって天才！　なにが必要《ひつよう》かわかっちゃった。解毒剤《げどくざい》になるものが」

わたしは探《さが》すべきものをダービーに指示《しじ》した。

「ここにあるもんの半分はスペイン語なんだけど」ダービーは言った。そのとおり。そしてハンナの助けは借《か》りられない。

ふたりで店内をさまよった。

わたしは棚《たな》の最下段《さいかだん》に置《お》いてあるびんや缶《かん》を調べた。ジャムびんのひとつには、おぞましいことに、なにかの尻尾《しっぽ》とクモらしい物体が入っていた。気持ち悪い！　そのとき、見たことのあるハチの絵が描《か》かれた金色の缶《かん》が目に入った。山高帽《やまたかぼう》をかぶったハチ。その缶《かん》を手に取って、ひっくり返した。わたしには読めないスペイン語でなにか書いてあるけれど、なんだろうと関係《かんけい》ない。その缶《かん》のムーンハニー・ドロップを食べたら、バッドの声がもどったのだ。やった、万歳《ばんざい》！　見つけちゃった！

「セニョーラ・ペレスを探《さが》さないと」ダービーが言った。「ぽつりと待たされたあたしのスワリーが溶《と》けちゃう」

わたしは缶《かん》を持って、ダービーが見ていないうちにポケットに入れた。「もういいよ。わたしに考えがある」わたしは自信《じしん》たっぷりに宣言《せんげん》した。

いつセニョーラ・ペレスが現《あらわ》れるかわからないので、急いでドアに向かった。途中《とちゅう》、立ちどまってふり返ると、レジに走った。ポケットからお金をつかみだし、数えもしないでカウンターに置《お》いた。

「グラシアス」セニョーラ・ペレスが言って、カラフルなビーズのカーテンを横に払《はら》った。

あと一歩で逃《に》げ切れたのに。

「わたしの言ったことを覚《おぼ》えてるかい？」セニョーラ・ペレスはたずねた。

「キエン・シンベラなんちゃらかんちゃら……」ダービーは言った。店から出られなかったことにいらだっている。

「そう《シー》」セニョーラ・ペレスは答えた。

「〝むくいの法則《ほうそく》〟ですよね」わたしは言った。

「そのとおり」と、セニョーラ・ペレス。「おじょうちゃんたちは、それに引っかかったんだよ」

「セニョーラは霊能者《れいのうしゃ》とか？」ダービーがたずねた。

「いいや、霊能者《れいのうしゃ》じゃないよ。おじょうちゃんの脚《あし》には青痣《あおあざ》があるね、ダービー。で、ケリーは不安《ふあん》そうな顔、そして店の前を通ったお友だちには、虫刺《むしさ》されの痕《あと》があった。それでわかったんだよ。やっぱり、〝むくいの法則《ほうそく》〟に引っかかったんだとね」

「じゃあ、ほんとなんですか？」わたしはたずねた。

「〝むくいの法則《ほうそく》〟が実際《じっさい》にあるのは、まちがいのないことだよ。考えてごらん。宇宙《うちゅう》はつねにバランスが保《たも》たれていなきゃならない。悪いことをすれば、悪いことが降《ふ》りかかる。すぐにじゃないかもしれないが、いずれそうなる。ああ、まちがいないよ」

「でも、なにか方法《ほうほう》があるんですよね？　なかったことにする薬とかなんとか？」

「薬で宇宙のバランスを取りもどせるわけがないだろ？　ただね、むくいの法則《ほうそく》にのっとった運命が降《ふ》りかかる前に、わがこととして現実《げんじつ》に向きあい、みずからバランスを回復《かいふく》させることはできるよ」

「自然《しぜん》がわたしたちに災難《さいなん》をもたらす前に、悪いことをなかったことにしたり、逆《ぎゃく》にいいことが起こるようにしたりできるんですね？」わたしはたずねた。われながら科学的《てき》な思考だと思った。これならきっとハンナにもほめてもらえる。

ダービーはわたしが〈トゥインキー〉でも持っているような顔で見た。

「そう《シー》」セニョーラ・ペレスは言った。

「たとえば、悪いことをなかったことにするため、いいことをするとか？」わたしは確認《かくにん》した。

「そっか」ダービーは言った。「お年寄《としよ》りが道を渡《わた》るのを手伝《てつだ》うと、じゃじゃーん、むくいがなくなるってことだ。でもさ、一日じゅういいこととしてたのに、そうはなんなかったんだけど」

「よい行いというのは、口で言うほどたやすくない」セニョーラ・ペレスは冷静《れいせい》だった。「わが身を惜《お》しまず、心を込《こ》めて」心というとき、自分の胸《むね》を指さした。

「その気になってやらなければ、効果《こうか》は出ない」

「で、なにしたらいいの？」ダービーはさらにたずねた。

「それは——」セニョーラ・ペレスが答えた。「自分で見つけだすんだよ」

19

ムーンハニー

「またいいことしなきゃなんないってこと？」ダービーがたずねた。

「そう、心を込《こ》めて」わたしは答えた。「学校でよりもっといいことを」

ダービーはこめかみをさすった。「頭がいたっ。それで、ケリーの計画っていうのは？」

わたしはよい行いのことをいったん脇《わき》に置《お》いた。「フランキーをここへ呼《よ》びだすの。そしたらハンナの前でわたしへの愛《あい》を告白《こくはく》して、ハンナも秘密《ひみつ》のレシピ本には特別《とくべつ》なまほうが詰《つ》まってることを認《みと》めてくれる。そのあと、フランキーにこれをひと粒《つぶ》、飲ませる」わたしはポケットから缶《かん》を取りだして、振《ふ》った。「これでまほうが解《と》けるはず」

「悪くないね」と、ダービー。「でも、どうやってロミオをサムの店に呼《よ》びだすかが問題だけど」

そのとき〈カップ・オ・ジョー〉のドアがさっと開いて、フランキーのお母さんのルサマノさんが湯気《ゆげ》の立つ小さいサイズのコーヒーのカップを持って出てきた。

必要《ひつよう》としているまさにその瞬間《しゅんかん》に、ルサマノさんが目の前に現《あらわ》れたので、鳥肌《とりはだ》が立ってしまった。

「不気味《ぶきみ》」ダービーがつぶやいた。「セニョーラと長くいすぎたせいで、こんな芸当《げいとう》ができるようになっちゃったのかな」

わたしはあいさつした。「こんにちは、ルサマノさん」

〈サムの店〉のドアが開いて、ハンナが出てきた。「ここにいたのね。心配してたのよ。それに、スワリーが溶《と》けてきてるわ」

ルサマノさんが言った。「あら、みんな、こんにちは」わたしたちをひとりずつ見て、ハンナで目をとめた。ピンク色のローションのことをたずねるつもりだったのだろうけれど、かわりに言った。「ずいぶんやせているわね。ちゃんと食べてる?」

「はい。サッカーシーズンで、たくさん走ってるからだと思います」

「リコッタチーズのたっぷり入ったカノーリを作ったところなのよ。月曜日、フランキーが学校に行くときに持たせるわ」カノーリというのは、筒状《つつじょう》に揚《あ》げた生《き》地《じ》にクリームなどを詰《つ》めたお菓子《かし》だ。

「ほんとですか？」わたしは声を上げた。「わあうれしい、カノーリ大好《だいす》きなんです！　ね、ダービー、最高《さいこう》だと思わない？」

ダービーを肘《ひじ》でつついて、相づちを打つようにうながした。「ほんと、あたしの好物《こうぶつ》です」

「きっと気に入るわ。トニーの好物《こうぶつ》でね。わたしが作ったティラミスのつぎにカノーリが好《す》きなのよ」

「わあ、うれしい、あしたまで待てない」わたしは言った。「話を聞いてたら、つばが湧《わ》いてきちゃいました」

「だったら、フランキーに電話して、今すぐここへ持ってきてもらうっていうのはどう？」

完璧《かんぺき》。「すご――」

ハンナが口をはさんだ。「そこまでしていただかなくても、あしたまで待ちます」

「あら、どうってことないのよ、気にしないで。それにあの子、あなたに会いたがるわ」ルサマノさんは言った。あなたというのは誰《だれ》だろう？　わたしは自分だと思いつつ、黙《だま》っておいた。

ルサマノさんは続《つづ》けた。「車からあの子に電話するわね。わたしは約束《やくそく》におくれそうだから、行かないと」ルサマノさんは鍵束《かぎたば》を見つけだすと、日が陰《かげ》って雲が出てきたために暗くなりつつある空を見あげた。「雨になりそうだから、中に入ってて」車に乗りこみ、カップホルダーにダブルのエスプレッソのカップをセットする。ラインストーンでぴかぴかにかざりつけたした携帯《けいたい》電話を手に、駐車《ちゅうしゃ》場《じょう》からバックで車を出しながら、話しはじめた。

「なんのためにあんなことをしたの？」ハンナはたずねた。

わたしはさあねと言うように、手のひらを開いて見せた。「なんのこと？」〈サムの店〉に入り、ふたりも続《つづ》いた。

わたしたちのスワリーはもうテーブルに届《とど》いていた。

「さあ、ママのとこへおいで」ダービーはスワリーのグラスに話しかけ、上のほうをひと口飲んだ。「うーん」今にも天にのぼりそうだ。「いいスワリーだ」と、子犬に話しかけているみたいにグラスをぽんぽんたたく。

ハンナが言った。「なにがあったか教えて」

わたしはポケットから缶《かん》を取りだして、ハンナに見せた。

「これが解毒剤《げどくざい》？」

「わたしはそう思ってる」

「そんなすごいものには見えないわね」ハンナは言った。

「前に見たことがあったの」わたしはこの缶《かん》に見覚《みおぼ》えがあった理由を説明《せつめい》した。缶《かん》の中に入っていたもののおかげでバッドとパパののどが治《なお》り、万能《ばんのう》だとママが言っていることも。

ハンナは缶《かん》を手に持って、底《そこ》に書いてあるスペイン語を英語《えいご》に訳《やく》した。「メキシコ製《せい》のムーンハニー。満月《まんげつ》の翌朝《よくあさ》、セロドニアンのハチが集めた蜜《みつ》。満月《まんげつ》の光には、あやまちを正す作用がある」

ダービーが言った。「いかにも効《き》きそう。よく見つけたね」

「セロドニアンってなに？」わたしはたずねた。

「ハチの種類《しゅるい》じゃないかしら」ハンナは言った。「ハチのプロじゃないから、よくわからないけど」

わたしとダービーはハンナを見て笑《わら》った。ハンナもつられて笑《わら》い、「でも、刺《さ》されるのはプロ級」と、言いそえた。

ハンナはチョコレート味のスワリーをごくりと飲んで、鼻の付《つ》け根をつまんだ。「うーん！　頭がキーンとする！」なにも言わないでと言うかわりに、手のひらを前に突《つ》きだした。人さし指を立ててあと一分と伝《つた》え、それから目を開いた。「もうだいじょうぶ、少しよくなった」

ダービーがたずねた。「毎回そんな大急ぎで飲まなきゃいいのに。頭が痛《いた》くなるって、わかってんだから」

「やめられないのよ。だからスワリーは〝死を招《まね》くチョコレート〟って言われるのかもね。脳《のう》が凍結死《とうけつし》するから」

そのときふいにドアの隙間《すきま》から涼《すず》しい風が吹《ふ》きこみ、同時にフランキー・ルサマノが現《あらわ》れた。カノーリが入っているとおぼしき紙箱を持って。

フランキーを見たとたんに、わたしはどぎまぎした。ハンナにはフランキーがわたしを好《す》きになったことを話していない。フランキーがわたしに迫《せま》らないといいけど——ハンナが落ちこんじゃう。

わたしたちがいるせいで落ち着かないのか、フランキーはおずおずと手を振《ふ》った。「ハイ、ガイズ——いや、ガールズ。急遽《きゅうきょ》カノーリが必要《ひつよう》になったって言われて、飛《と》んできたよ。元気？」フランキーは言いながら、ハンナの顔についたべとべとのローションを二度見したけれど、遠慮《えんりょ》して視線《しせん》をはずすと、三つならんだスワリーを見た。そのころにはハンナの顔に見慣《みな》れていたわたしは、ローションのことを言ってあげるのを忘《わす》れていた。

フランキーは椅子《いす》を持ってきて、わたしとハンナのあいだにすわった。きんきんに冷《ひ》えた背《せ》の高いグラスを見くらべると、ハンナのグラスを持って口をつけた。

「うん、チョコレートだね。これが一番好《す》きなんだ。ねえ、サム」声を張《は》りあげた。

「ぼくにもひとつくれる？」テーブルに両肘《りょうひじ》をついた。「で、きみがカノーリを必《ひつ》要《よう》としてるって、母さんに言われてさ。ハンナはやせすぎだって。なんでももっと早く言わなかったのかって、ぼくがしかられちゃったよ」フランキーはテーブルに紙箱を置《お》いた。その間も、ずうっとわたしのことを見ていた。「ティラミスも入ってるよ。トニーがきみはティラミスが好《す》きじゃないかって言ってね、ケリー」

「好《す》きよ。でも、トニーが知ってるなんて思わなかった」

サムの大声が飛《と》んだ。「できたぞ、フランキー」

わたしのほうがカウンターに近かった。「わたしが持ってくる」カウンターまで行き、よく冷《ひ》えた茶色いスワリーを持った。〝愛《あい》のバグジュース〟の効果《こうか》をなかったことにする、絶好《ぜっこう》のチャンスだ。

わたしは友だちに背《せ》を向けていた。サムがカウンターをふいているすきに、四角く固まったムーンハニーをグラスにそっと入れ、持ち手の長いスプーンでかきまわした。鍋《なべ》に入れたみたいにぐつぐつ煮《に》えたぎるかと思ったけれど、ムーンハニーはそのまますんなり溶《と》けた。

わたしはストローを添《そ》えてフランキーにスワリーを渡《わた》した。彼《かれ》はストローを封《ふう》から出してグラスに差《さ》し、長々《ながなが》と吸《す》い入れた。

フランキーが手を上げて、目をつぶり、顔をしかめた。

どうしよう！　毒《どく》だったのかも！

20 頭がキーン

材料《ざいりょう》：
たくさんのアイスクリーム
チョコレートとキャンディ
クリーム

作り方：
材料《ざいりょう》をすべて混《ま》ぜあわせ、大急ぎで思いきり飲むと、脳《のう》の前側《まえがわ》三分の一がしびれるので、そのまま痛《いた》くなるまで飲みつづける。

「ごめん、頭がキーンとした」フランキーは頭をつかんだ。「うわあ、いたっ！」

何秒かじっとしていた。「でも、ついやっちゃうんだよね。うまいから」

ハンナがにっこりした。

「今の気分は？」わたしはたずねた。ダービーがうかがうような顔でこちらを見たので、わたしはうなずいた――うん、フランキーのスワリーにムーンハニーを入れたよ。ふたりして返事をするフランキーの顔をじっくり観察《かんさつ》した。

「いいけど。なんで？」

「ちょっと聞いてみただけ」わたしは言った。わたしのことを好《す》きなようすはどこにも見られない。

ムーンハニーが効《き》いたらしい。

わたしたちは引きつづきフランキーを観察《かんさつ》し、反応《はんのう》があるのを待った。「なに？」フランキーは自分のシャツを見おろした。「こぼした？」鼻をぬぐった。「鼻くそ？」

ハンナはなにかあるのとたずねるように、みんなの顔を順番《じゅんばん》に見た。そう、なにかはあった。

「誰《だれ》が好《す》き？」〝遠慮《えんりょ》のかたまり〟のダービーがたずねた。

「はあ？」フランキーが声を上げた。

「ただの世間《せけん》話だって」ダービーはなにげないふりをして、爪《つめ》の甘皮《あまかわ》を見た。

「ちょっと待って。なんなの？　きみたちガイズ、いやガールズのこと、前から変人《へんじん》だとは思ってたよ。ほんとに。なにを言われたって、そこは変《か》わらない」

それきりしーんとして、わたしは黙《だま》っていられなくなった。「意見の相違《そうい》がありそう」

わたしはフランキーに、秘密《ひみつ》のレシピ本のこと、そこにのっていたレシピのこと、おかしなことが起きるようになったことを説明《せつめい》した。言葉にして話したら、びっくりするほど気持ちが楽になった。ハンナとダービーはおずおずとしていたけれど、それも最初《さいしょ》だけで、すぐに話に加《くわ》わってきて、わたしが話せなくなった。

「なにもかも偶然《ぐうぜん》よ。そんなことありえないもの」ハンナが横から言った。

三人とも胸《むね》につかえていた大きな秘密《ひみつ》を打ち明けたがっているようだった。

ダービーはハンナの発言を無視《むし》して、フランキーに話しかけた。〝むくいの法《ほう》則《そく》〟に気をつけろと書かれた紙のこと、そして悪いことが起きるようになったことを。ハンナはハチに刺《さ》され、わたしはシャーロットに荷物を持たされ、ダービーは何度も転んだ。そしてシルバーズさんは入院した。

「きみたちがその女の人を病院送りにしたっていうの？　殴《なぐ》るとかしたわけ？」

「ケリーがジュースを持ってったんだよ」ダービーは答えた。

フランキーはスワリーを飲むのをやめた。「おっと、ちょと待ってよ。ジュースを持ってったって、似《に》たような話がどこかであった気がするんだけど」

「ええっと……」ダービーは言葉に詰《つ》まった。

「そういうこと？」フランキーは大きく首を振《ふ》り、スワリーをごくりと飲んだ。「きみたちがぼくに呪《のろ》いをかけたって言うんなら、めちゃめちゃ頭にくるんだけど」

「呪《のろ》いをかけたんじゃないのよ」ハンナはふうっと大きな息をつき、前髪《まえがみ》を吹《ふ》きあげた。ダービーとわたしに対していらついている。

ダービーが言った。「本にのってるレシピがほんとに特別《とくべつ》なのかどうかで三人の意見が割《わ》れたから、実験《じっけん》してみようってことになってさ」

「合理的《ごうりてき》な判断《はんだん》だね。仮説《かせつ》を検証《けんしょう》しようとしたわけか。リチャーズ先生もきっとよろこんでくれる」フランキーはスワリーを飲みほした。「で、どうやって検証《けんしょう》したの？」

ダービーは許可《きょか》を求《もと》めるようにハンナとわたしを見た。ダービー、言っちゃだめ。自分がほれ薬の実験《じっけん》台にされたと聞いたらフランキーは気分を害するだろうし、ハンナは死ぬほど恥《は》ずかしがる。今だってストロベリー・スワリーみたいに顔を赤らめているのに。

「ほれ薬で」ダービーが答えた。

ハンナの両耳から怒《いか》りがガスとなって噴《ふ》きだすのが見えた。ハンナはダービーを黙《だま》らせようとした。「ほれ薬も呪《のろ》いもないわ。迷信《めいしん》とか、自己満足《じこまんぞく》な予言みたいなものね——黒い猫《ねこ》が目の前を横切ると災難《さいなん》が降《ふ》りかかると信《しん》じている人は、実際《じっさい》、そういう目に遭《あ》うのよ」

フランキーが言った。「ぼくもそういうのは信《しん》じない」

わたしはスワリーを飲んで、胸《むね》につかえていた困惑《こんわく》のかたまりを流した。「すべてが偶然《ぐうぜん》とは思えない。偶然《ぐうぜん》にしたら重なりすぎだよ」

フランキーはグラスの底《そこ》をのぞきこんだ。「ぼくは信《しん》じない」

こうなったら言うしかない。わたしはたずねた。「だったら、ジュースを飲んだあと、わたしのことを好《す》きになったのはどうして?」

ハンナがぽかんと口を開け、口からストローを落とした。あまりの展開《てんかい》にぶっ倒《たお》れそうになっている。

フランキーの耳の上がまっ赤になった。「ぼくに毒《どく》を盛《も》ったの?」声が大きく

なった。「やっぱりか、きみたちはどうかしてる！」スワリーを飲もうとして、もうないのに気づいた。「サム、もう一杯《ぱい》ちょうだい！」大声で注文した。

たしかに、スワリーを二杯《はい》飲みたくなる日だ。「わたしも」わたしもおかわりして、残《のこ》るふたりのグラスを見た。どちらもからっぽだった。「ていうか、全員にもう一杯《ぱい》ください」

ショックのせいだか、怒《いか》りのせいだか、フランキーは一分ぐらい黙《だま》ったままだった。つぎに口を開くと、もっともなことをたずねた。「それで、ぼくは誰《だれ》を好《す》きになる予定だったの？」

ダービーがしゃべりだそうとしていた。ハンナには聞かせられない。わたしは急いで口を開いた。「あなたは家庭科のクラスに来て、わたしのご機嫌《きげん》をとるようなことを言ったよね」

「そうなの？」ハンナはとまどいをにじませて、たずねた。

「なんだって！　ケリー、きみはすてきな子だよ。でも、そんなジュースがあろうとなかろうと、きみのことを好《す》きになったことはないよ」

「そうなの？」わたしはたずねた。

フランキーは両手の指を立てて、髪《かみ》をかきあげた。パパがわたしにいらついたときにするしぐさだ。「ぼくがきみのご機嫌《きげん》をとったのは……それは……家庭科の授業《じゅぎょう》がいやだったからだ。料理《りょうり》なんか興味《きょうみ》ないからね。でも、手抜《てぬ》きして成績《せいせき》が落ちたら、家《いえ》で働《はたら》かせてもらえなくなる。きみならぼくの分も課題《かだい》をやってくれると思った」

気まずい沈黙《ちんもく》が広がった。わたしを好《す》きになったんじゃなかったの？　いや、好《す》きになったのに、気がつかなかったのかもしれない。

「わたしのことを好《す》きじゃないと思うのは、ムーンハニーのせいかも」

「なんだよ、それ？」

「〝愛《あい》のバグジュース〟の解毒剤《げどくざい》」ダービーが答えた。

彼《かれ》はとまどった顔でわたしを見た。目がおこっている。「解毒剤《げどくざい》って――」

「そうなの。あなたのスワリーにさっき入れたの」

彼《かれ》はうなずいて、紙箱を見おろした。「じゃあ、このカノーリは？」

ダービーが答えた。「きみをここへ呼《よ》びよせるため。フランキーがジュースを飲んでケリーを好《す》きになったことをハンナに証明《しょうめい》したかったから。名案《めいあん》でしょ？」

ダービーは笑顔《えがお》になった。

フランキーは笑《わら》うどころじゃなかった。「ああ、とんでもない名案《めいあん》だよ」かんかんにおこっていた。

ハンナは険悪《けんあく》な目つきでわたしとダービーを見た。「あなたたちの大実験《だいじっけん》は失敗《しっぱい》に終わって、わたしの説《せつ》の正しさが証明《しょうめい》されたようね。ほれ薬なんてないのよ」彼女《かのじょ》もまちがいなくおこっていた。フランキーがわたしを好《す》きになったことを黙《だま》っていたからだ。けれど、フランキーが好《す》きになるはずの相手はハンナだったとばれずに切り抜《ぬ》けられそうなことを、よろこんでもいるはずだ。

フランキーはハンナにたずねた。「ところで、きみの顔についてるピンク色のべたべたはなに？」

ハンナはおずおずと頬《ほお》に触《ふ》れ、指先についたローションを見ると、ローションと同じ顔色になり、紙ナプキンでローションをふき取った。「なにも言ってくれなかったなんて、信《しん》じられない」静《しず》かな声だったから、フランキーにはハンナがおこっているのがわからなかったと思う。

スワリーのグラスが四つ、テーブルに運ばれてきた。

もう頭がキーンとすることはなかった。フランキーとのおしゃべりもなかった。みんな無言《むごん》だった。

でも、わたしには実験《じっけん》が失敗《しっぱい》したとは思えなかった。いや、実際《じっさい》は大成功《だいせいこう》だ。フランキーは家庭科の課題《かだい》を言《い》い訳《わけ》にしていたけれど、そんなこと、頼《たの》まれればふつうに手伝《てつだ》った。フランキーはわたしのことが好《す》きになり、ムーンハニーがその状態《じょうたい》から引きもどしたのだ。

21

よい行い

質問《しつもん》：どんなにおいでもいいので、これから一年間、かがなくていいにおいを選《えら》べるとしたら、どのにおいにしますか？

答え：チリビーンズ。

〈サムの店〉でみんなと会って帰ってくると、コンロでいくつもの鍋《なべ》がぐつぐついっていた。わたしにはすべきことがふたつあった。シルバーズさんとシャーロット・バーニーに解毒剤《げどくざい》を飲ませること、そしてわたしに降《ふ》りかかる災難《さいなん》を終わりにできるよい行いを考えだすことだ。最初はうちでやれることを考えたけれど、ふだんのお手《て》伝《つだ》いのレベルでは間に合わない。もっと予想外のこと、ありきたりでないことでなければならない。そう、できれば避《さ》けたいようなことだ。

チリビーンズはくつくつ煮《に》えていた。年齢《ねんれい》の高い女の人が涼《すず》しい午後に食べる

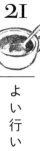

にはいいかも。

プラスチックの保存容器《ほぞんようき》にチリビーンズをよそい、ふたを閉《し》める前に、ムーンハニーのキューブを入れた。キューブはたちまち溶《と》けた。

わたしは熱々《あつあつ》のチリビーンズが入った容器《ようき》といつもの道具一式を持って、通りを渡《わた》った。

シルバーズさんのお宅《たく》のドアをノックした。

ジョアンが出てきたので、チリビーンズの容器《ようき》を渡《わた》した。シルバーズさんに食べさせてあげてください、早くよくなるよう祈《いの》っています。そして二日後行われる今年のチリビーンズ・コンテストに参加《さんか》することを伝《つた》えた。

「うれしいわ、こんなにしてもらって」ジョアンが言った。「母を連《つ》れて、コンテストをのぞかせてもらうかもしれない。母も少しは外出したいでしょうから」

わたしはシルバーズ家の庭に落ちていたフンをひろった――みずから進んで。

さらに近所の六軒《けん》の庭を見てまわり、あやしげな物体を残《のこ》らず片付《かたづ》けた。

そのとき視界《しかい》のすみで、シルバーズ家の一階の窓《まど》にかかっているカーテンが動くのを見た。

一度の外出で、解毒剤《げどくざい》を渡《わた》したうえに、よい行いまでできた。
パパが言う一石二鳥とは、こういうことなんだろう。

22

セドロス島

ロージーはわが家の裏庭《うらにわ》で風に舞《ま》う落ち葉を追いまわしていた。シャーロットの家の芝生《しばふ》は落ち葉に厚《あつ》くおおわれている。コンテストに勝たないと、あの落ち葉の掃除《そうじ》をさせられる。一日じゃ終わらないかもしれない。ママもわたしも、今年のレシピには手ごたえを感じていた。これなら勝てるかもしれない。でも、もし負けたら……わたしはシャーロットの庭をもう一度、見ずにはいられなかった。

ベッドの下からのぞいている一九五三年発刊《はっかん》の世界百科事《じ》典《てん》のことを思い浮《う》かべて、自分にたずねた。何日か前にダービーからも質問《しつもん》されたことだ。

質問《しつもん》：このレシピ本のせいで声が出なくなったり、病院に入ったり、靴擦《くつず》れができたり、恋《こい》に落ちたりする人がいるのなら、クイン家に唐辛子《とうがらし》のネックレスをもたらすこともできるのではないか？

答え：できる！　でも、むくいという対価《たいか》がある。

　古びた厚《あつ》い便《びん》せんのページをめくり、ダグラス先生の味覚《みかく》に影響《えいきょう》をあたえそうなレシピを探《さが》した。

　あるページの下のほうに、単純《たんじゅん》なレシピがのっていた。名前はついていないけれど、自家製《じかせい》バニラアイスクリームのレシピだ。作り方の隣《となり》に、〝セドロス島の西海岸でとれたバニラビーンズを使うと、ラ・ナリゼとラ・ボカが強まる——rs〟と、書きこみがあった。グーグルで検索《けんさく》したら、ナリゼは〝鼻〟でボカは〝口〟だとわかったけれど、〝rs〟については、英語《えいご》の翻訳《ほんやく》は出てこなかった。〝ip〟と〝rs〟は特殊《とくしゅ》な暗号かもしれない。わたしはこの四文字の組みあわせを考えてみた。〝spir〟、〝risp〟……意味のある単語《たんご》は見つからない。

　そこでこんどはセドロス島を探《さが》した。太平洋沖《おき》にあるメキシコ領《りょう》の島だ。スペイン人に発見され、農作物に恵《めぐ》まれた島となったそうだ。

　キッチンに行き、うちにあるバニラを調べた。バニラエッセンスにはどこ産《さん》と書いてなかった。いつもなら、そのまま気にせず使うけれど、レシピ本には、〝セドロス島の西海岸でとれたバニラビーンズを使うと〝臭覚《しゆうかく》と味覚《みかく》が強まると書いてあるから、そこが肝心《かんじん》なのだろう。

どこに行けばセドロス産《さん》のバニラビーンズが手に入るかはわかっている。でも、わたしは行きたくなかった。

せめて、誰《だれ》かについてきてもらいたい。

土曜日の朝、どこにもシャーロットの姿《すがた》はなかった。そのまま放っておくこともできたけれど、好奇心《こうきしん》に負けた。犬の粗相《そそう》の後始末《あとしまつ》をするという、よい行いをした効果《こうか》があったかどうか知りたくて、バーニー家を訪《たず》ねた。

「おはよう、ケリー」シャーロットのママが出てきた。

「シャーロットはいますか?」

「あら、ごめんなさいね。パパの車で、サッカーの選抜《せんばつ》テストに出かけたのよ。あなたも乗っていきたかった?」

「いいえ、だいじょうぶです。ちゃんと行けますから」

「そうね、わたしからあなたが来てくれたことを伝《つた》えるつもりだけど、それより

あなたが娘《むすめ》に会うほうが早そう。ところで、シャーロットの荷物のこと、ほんとにお世話になったわね。でもこれからはパパが学校まで車で送ることになったから、もう心配しないで」

「わかりました」すごい。わたしはお腹《なか》の底《そこ》から興奮《こうふん》してきた。

「さあ、早くしないと、サッカーの練習におくれるわよ」

わたしは走ってうちに帰り、ミニバンに乗りこんで、途中《とちゅう》ダービーをひろった。

「ねえ、聞いて！」ママに聞こえないように、小声でダービーに話しかけた。

「わかった、聞いてる。どうした？」

「きのうの夜ね、ご近所の犬のフンをひろってまわったの。そしたらシャーロットが父親の車で学校まで送ってもらうことになったって。もう教科書を運ばなくていいんだよ！」

「よかったね」ダービーはしらけた声で言った。

赤信号《しんごう》で車が止まり、見ると、ルサマノ造園《ぞうえん》業のトラックが隣《となり》にならんでいた。トニーが窓《まど》からこちらを見て、小さく手を振《ふ》ってくれたけれど、フランキーは反《はん》対側《たいがわ》の窓《まど》から外を見ていた。

「もうだいじょうぶ、わたしのこと好《す》きじゃなくなったみたい」

「だね」ダービーはあくびをした。

「どうしたの？」

「遅《おそ》くまで起きてたから、疲《つか》れてんの。学校についたら、起こして」


練習場に行ってみると、みんながひそひそ話をしていた。いよいよきょう、誰《だれ》がメンバーからはずれるかが決まるのだ。ハンナの虫刺《むしさ》されは、よくなっているようだ。隣《となり》にいるのはシャーロットだった。

あのハンナがシャーロットとならんですわってる！

ハンナの声が聞こえた。「あなたはぜったいに選《えら》ばれるわ」

わたしは首を伸《の》ばして、ハンナのようすをうかがった。「靴擦《くつず》れの具合はどう？」ハンナはシャーロットにたずねた。「あしたの試合《しあい》に出られるといいんだけど」

「わたしも出たいと思ってる」シャーロットは疑《うたが》うような顔で、わたしのほうを見た。

わたしはハンナの腕《うで》をそっとつつき、小声でごにょごにょたずねた。「〝邪悪《じゃあく》なる者〟にまほうをかけて、トランス状態《じょうたい》にしたの？」わたしとしては冗談《じょうだん》のつもりだった。

ハンナはわたしの肘《ひじ》をつかんで、シャーロットに聞こえない場所まで移動《いどう》した。

「ケリー、あなたに話しておきたいことがあるの。いいかげん、シャーロットに対する思いこみを手放したらどう？　わたしがシャーロットと話すたびにやきもちやいてたら、身がもたないわよ」

「なに言ってるの？」わたしは言いかえした。「なんの冗談《じょうだん》？　やきもちなんか、やいてないよ。あなたを守りたいだけ」

「こっちは真剣《しんけん》に話してるのよ」

「わたしだって」わたしは言った。「第三学年のときのこと、忘《わす》れたの？」

ハンナは前髪《まえがみ》を高々《たかだか》と吹《ふ》きあげた。「忘《わす》れるもんですか。百回は聞かされたもの。シャーロットがしゃべったせいで、せっかくの誕生会《たんじょうかい》がサプライズパーティじゃなくなったのよね。そんなのひどいし、腹立《はらだ》たしいし、意地悪だとも思う。でも、けっきょくあなたはすてきなパーティができたんだし、もう何年も前のことよ。いいかげんにしたらどう？」

むかっとしたわたしは、怒《いか》りを爆発《ばくはつ》させたハンナから遠ざかって、ダービーに近づいた。「どうした？」と、ダービーにたずねられた。

「ハンナが変《へん》なの。それにわたしのこと、おこってる」

「だろうね」ダービーは言った。

どういうこと？

「なんでよ？」わたしはむきになって言った。

「ハンナにはケリーに腹《はた》を立てる理由があるってこと。フランキーがケリーのこと好《す》きになったのを黙《だま》ったまんま、フランキーを〈サムの店〉に呼《よ》んでさ、しかも、ハンナがピンクのローションでサーカスの見世物みたいになってることを言わなかったんだよ」

「それはそうだけど」わたしは言った。「ダービー、あなただってじゃない」

「あたしには逃《に》げ道がある。あたしは、ほら、もともと気のまわらないやつだから」ダービーは言った。「でも、ハンナはケリーはそうじゃないと思ってる」

「ああ、そう！　悪いのはぜーんぶわたしってわけ」

「ああ、もう、そうかっかしないで。大げさだなあ」

「かっかなんかしてない。バグジュースのおかげでハンナが飛《と》んだり、ぶんぶんいったりするものに攻撃《こうげき》されるのを心配してるだけ」

みんな集まって、とコーチから声がかかった。「よし。きょうは大試合《だいしあい》を前にして行える最後《さいご》の練習なんで、これまでとはちがうことをする。それと、きょうはチームメンバーの発表をしない」

みんなから質問《しつもん》が飛《と》んだ。「なんでですか?」「どうして?」「どういうこと?」

「みんな、シーッ、静《しず》かに。みんなが実戦《じっせん》でどんな動きをするかを見たいからだ。あしたのセント・メアリー学院の〈スパイダース〉との試合《しあい》には、全員に出てもらう。ウェアは白のシャツ。メンバーに選出《せんしゅつ》された者には、試合《しあい》後、アルフレッド・ノーブル学院の公式ユニフォームを渡《わた》すから、それを着てチリビーンズ・コンテストに出席《しゅっせき》できるぞ」コーチは脚《あし》のストレッチをはじめた。

まねっこゲームでもしているみたいに、わたしたちはコーチにならってストレッチをはじめた。そのとき、自転車で運動場を横切るトニー・ルサマノが遠くに見えた。トニーは自転車を飛《と》びおり、ストレッチするわたしたちをしばらく見ていた。

「これからなにをするかわかってるね？」コーチが熱《ねっ》の入った声でたずねた。

「走ります」答えるわたしたちの声は、そこまで元気じゃなかった。

「そうだ！　さあ、行こう！」

ハンナを先頭にして、運動場のトラックを走った。

「このあとなにする？」わたしはダービーにたずねた。

「よい行い」ダービーは苦しそうな声で言った。「最低最悪《さいていさいあく》のよい行い。あのいいことしろしろおばあちゃんの勧《すす》めどおり、夜のうちにはじめた家の手伝《てつだ》いを終わらせる。信《しん》じられる？　庭用のテーブルと椅子《いす》を洗《あら》って、地下室まで運ぶんだよ。めちゃくちゃ大変《たいへん》」

「ほんとだね」わたしはダービーが走るのをしばらく見ていた。「でも、気がついてる？　きょうはもうつまずいてないよ」

「ほんとだ。でも、手伝《てつだ》いはやっぱりうれしくない。手伝《てつだ》いはきらい。大大大きらい。やらないですむんなら、なんでもする。ゴミ出しがいやで、宿題をすることもあるぐらい。あたしはそういうやつ、手伝《てづだ》いに不向《ふむ》きの人間」ダービーはいつになく辛《しん》らつだった。「だいたいあの本がなかったら、こんなうざくてうっと

うしい手伝《てつだ》い祭りにかりだされずにすんだのにさ」

「そっか。謝《あやま》る、ごめん」わたしが謝《あやま》っているのに、ダービーはさっさと先に行ってしまった。

なにが起きているの？　親友ふたりと仲《なか》たがいだなんて、信《しん》じられない。

コーチの指示《しじ》で、わたしたちの半分は、観客席《かんきゃくせき》をかけあがったりおりたりした。一番上まで行くと、学院のキャンパスとサッカー場のすべてが見わたせた。よかった、ダービーがゴールを決めている。高いところへ一度と、コーナーに一度。サッカー場の反対側《はんたいがわ》では、ハンナがシャーロットと話していた。わたしは、コンロでぐつぐついっているチリビーンズみたいにお腹《なか》が煮《に》えたぎるのを感じた。シャーロットはけらけら笑《わら》っている。でも、ハンナは――そうでもない。またもやトニーがサッカー場の道に近いほうを自転車で通りすぎた。

つぎに観客席《かんきゃくせき》にのぼったときには、もうシャーロットは笑《わら》っていなかった。ハンナは腰《こし》に両手をあて、前のめりになっていた。口の動きから、ものすごい剣幕《けんまく》で話しているのがわかった。

わたしはもう一度、観客席《かんきゃくせき》にかけあがった。トニーの姿《すがた》はもうなくて、ダービーがまたゴールを決めた。ハンナはシャーロットから遠ざかるようにして、ドリブルでボールを運んでいた。シャーロットは声をかけているようだけれど、ハンナはそれに応《こた》えていない。ケンカでもしたのかな？

わたしは観客席《かんきゃくせき》をかけおりて、サッカー場に向かった。反対にこんどは走る番で観客席《かんきゃくせき》に向かうダービーとすれちがった。「あのさ、練習のあと、よかったら——」

「だめ」ダービーは言った。「練習のあとは、うちに直行して、手《て》伝《つだ》いを終わらせる」

「そう」これでいっしょに〈ラ・コシナ〉へ行ってくれる人はいなくなった。ひとりで行くしかない。

お店のなかは静《しず》まりかえって、ひとりのお客さんもいなかった。そういえば、いままでお客さんがいるのを見たことがない。でも、わたしはひとりじゃなかった。ガラスの目をした動物の死体にかこまれている。いてくれても、心強さはないけれど。

スパイスがどうならんでいるかは知っていたので、まっすぐ棚《たな》まで行って、バニラのVから探《さが》した。その隣《となり》がたまたま前に見た海岸の写真だった。今回は額《がく》についている金色の板の文字だけを読んだ。セドロス島《イスラ・デ・セドロス》。

そのときうしろから声がして、ぎくっとした。「悪かったね、おじょうちゃん《チーカ》。おどろかせるつもりはなかったんだよ」

待ちぶせだ！

毎回おどろかされているのに、まだ慣《な》れない。セニョーラ・ペレスにもばれているはずだ。

セニョーラは悲しそうに写真を見た。「きれいだと思わないかい？」

わたしはうなずいた。

「そこは特別《とくべつ》な場所でね。特別《とくべつ》なお話があるんだよ」

わたしの口《ボカ》からは、まだ声が出てこなかった。

「聞いてみたい？」

わたしはこんどもうなずいた。

「遠い昔のことだよ。セドロス島が海賊《かいぞく》におそわれた。平和だったからね、町はどこも小さくて、守りもなにもなかった。そこで島の霊的指導者《スピリチュアルガイド》が——わたしたちはシャーマンと呼《よ》んでるんだがね——農民《のうみん》の育てているスパイスにまほうをかけ、農民たちはそのスパイスを使って家族を守ったんだ。ほかの薬草類《るい》は宝物《たからもの》として大切にしまわれた。

海賊《かいぞく》はまたやってきた。村をおそい、財宝《ざいほう》をうばって逃《に》げた。けれど、嵐《あらし》が起きて海賊《かいぞく》におそいかかり、海賊船《かいぞくせん》は財宝《ざいほう》ともども海に引きずりこまれて、水底《みなそこ》に沈《しず》んだ」

「財宝《ざいほう》は見つかったんですか？」

「いいや。セドロス島の人たちは、宝石《ほうせき》や金貨《きんか》は海の底《そこ》にあったほうが安全だと考えた。財宝《ざいほう》がなければ、海賊《かいぞく》も手出ししてこないからね」

「でも、それじゃあ島の人たちは永遠《えいえん》に宝《たから》を手にできません」

「いいや、宝《たから》ならあったさ。家族や友人、そして美しいセドロス島が。それが島《とう》民《みん》たちにとっての宝《たから》だった。そして、忘《わす》れちゃならない、彼《かれ》らには特別《とくべつ》なスパイスがあった」

わたしは言った。「わたしにはまさにそのスパイスがいるんです」

「そうなのかい？」

「はい。セドロス島のバニラビーンズです。ありますか？」

セニョーラは口を閉《と》じ、奇妙《きみょう》な目つきでわたしを見た。「ああ《シー》、セドロス島のバニラビーンズはあるよ」バニラの「V」の棚《たな》に手をやるかわりに、キャニスターを手に取った。そこからアリの枕《まくら》カバーになりそうなぐらい小さな袋《ふくろ》を取りだした。そしてキャニスターにスプーンを突《つ》っこんでバニラビーンズをすくい、枕《まくら》カバーのような小袋《こぶくろ》に入れた。麻紐《あさひも》をてきとうな長さに切って、袋《ふくろ》の口をふさいだ。

「これを使うと、臭覚《しゅうかく》と味覚《みかく》が強まるよ」

「はい、そのために欲しかったんです」わたしはなにげなく手を差《さ》しだした。これ以上《いじょう》なにもたずねられたくない。

セニョーラが手に小袋《こぶくろ》を置《お》いてくれる。ポケットからお金を出そうとすると、セニョーラはいらないと手を振《ふ》った。

「ありがとうございます《グラシアス》」

「忘《わす》れるんじゃないよ」セニョーラは言った。「キエン・シンベラ・ビエント――」

「はい、わかってます。〝むくいの法則《ほうそく》〟ですね」

セニョーラが笑顔《えがお》になった。「それで、よい行いを実践《じっせん》してみて、悪運はどう変《か》わった？」

「わたしにはきいたみたいです。ダービーはまだその最中《さいちゅう》で、苦労《くろう》してます」

「自然《しぜん》に影響《えいきょう》をあたえようっていうんだから、簡単《かんたん》にはいかないさ。それでハンナは？」

「きょうはあんまり話してくれなくて」

「ときには、とても大切な友人のために、自分を犠牲《ぎせい》にしなきゃならない。真の思いやりとはそういうものだよ」

「はい」わたしはドアに向かって歩きはじめた。でも、セニョーラがなにを言っているのか、よくわかっていなかった。

店を出る前に立ちどまった。「セニョーラ・ペレス、まほうってあると思いますか？」

「そりゃあるさ。まほうのない世界なんて、考えるのもごめんだね」

「だったらまほうの本は？」わたしはたずねた。

「まほうにかかわるものはたくさんある——星、知識《ちしき》、詩、愛《あい》、友情《ゆうじょう》。でも、本かい？　本はただの紙とインクと言葉からできてる。まほうとは言えないね」

わたしはうなずくと、ゆっくりとドアに向かった。さよなら《アディオス》と言うつもりでふり返ったが、セニョーラの姿《すがた》はもうなかった。

23

濃縮《のうしゅく》スープ

わたしはシャーロットがきらいだ。それは事実だし、かくすつもりもない。でも、自分を犠牲《ぎせい》にしてでも、友だちであるハンナの力になりたかった。ハンナはサッカーの試合《しあい》に勝ちたがっていた。そしてシャーロットをチームに入れたがっていた。シャーロットがいかにいい選手《せんしゅ》かをコーチに見てもらったほうがその可能性《かのうせい》は高まり、それには、足の靴擦《くつず》れをよくする必要《ひつよう》があった。

そこでわたしはセドロス島のバニラビーンズをいったん置《お》き、ムーンハニーを持ってシャーロットの家の勝手口に向かった。ノックする前に、状況《じょうきょう》を確認《かくにん》するため、窓《まど》から中をのぞいた。

バーニー家のキッチンには何百回も来たことがある。家族そろって出かけるときは、わたしが猫《ねこ》のエサやりを頼《たの》まれるからだ。すてきなインテリア雑誌《ざっし》の表紙になりそうな部屋で、小さなティーポット柄《がら》の黄色い壁紙《かべがみ》は楽しげだし、床《ゆか》はつ

やのある板張《いたば》りで、調理器具《きぐ》はつや消し仕上げのステンレス。そして食卓《しょくたく》の中央には、生き生きとした花がかざってある。

いかにも誰《だれ》かが料理《りょうり》をしていそうに見えるキッチンだけれど、実際《じっさい》ここで食べられるのは、テイクアウトの中華《ちゅうか》か、配達《はいたつ》されたピザか、持ち帰り用のプラスチック容器《ようき》か、電子レンジにかけるだけの冷凍《れいとう》した料理《りょうり》ぐらいだ。こんなにすごい調理空間が使われていないなんて、もったいなすぎる。

カウンターにはからっぽになった濃縮《のうしゅく》スープの缶《かん》がふたつ、中身は銀色の鍋《なべ》に移《うつ》してあり、溶《と》かす前でまだ缶詰《かんづめ》の形のままのゼリー状《じょう》スープに、木のスプーンが一本、まっすぐ突《つ》き刺《さ》さっていた。

テーブルには深皿とグラスが三組セットしてあった。グラスのうちふたつはワイン用、もうひとつはふつうの飲料用《いんりょうよう》だ。

わたしは家に引きかえしたい衝動《しょうどう》をぐっとこらえた。できることなら、わたし特製《とくせい》の最高《さいこう》においしいチキン・ライス・スープに最後《さいご》のしあげとして生のパセリと細長いお米を加《くわ》え、ここに運んできたい。そしてこの家の鍋《なべ》の中身を捨《す》てて、バーニー家の人たちにすてきな夕食を提供《ていきょう》したい。けれどその行為《こうい》は、つぎに好《こう》運《うん》が必要《ひつよう》となったときにまわすしかない。

勝手口のドアをノックすると、一分ほどして、シャーロットが応《おう》じた。

「なんの用？」

突如《とつじょ》シャーロットを好《す》きになったふりはできない。「スペイン語のノートを貸《か》してくれない？　ノートをロッカーに忘《わす》れてきちゃって」

「いいわよ。五ドル払《はら》うなら」

「冗談《じょうだん》だよね」

シャーロットは腕組《うでぐ》みした。「いいえ」

「そう」

シャーロットが手を突《つ》きだす。

「お金は持ってきてないの。あした払《はら》う」

シャーロットは高笑《たかわら》いした。「あんたの自宅《じたく》はわかってるから、あした払《はら》わなかったら、利子《りし》をつけて返してもらうわよ」

「わかった。ねえ、それよりノートを貸《か》してくれる？」

「ここで待ってて」わたしが白い絨毯《じゅうたん》に泥《どろ》をつけてまわるかのような口ぶり。

シャーロットが引っこむと、テーブルに近づいて、ムーンハニーのキューブを取りだして、ふつうのグラスが置《お》いてある席《せき》の深皿の内側《うちがわ》にこすりつけた。深皿の内側《うちがわ》をハチミツでコーティングするには時間がかかり、キッチンに近づいてくる足音が聞こえてきたときも、まだこすりつけていた。足音がいっきに近づいてくる。わたしはキューブの残《のこ》りをつまんで、ポケットにしまった。

そして大急ぎでさっきの場所にもどったけれど、シャーロットに動いているのを見られた。

「今なにしてた？」わたしがクッキーの入った大びんに手を突《つ》っこんでいるのを目撃《もくげき》したかのようなたずね方だ。

「べつに。でも、そっか、見られちゃったね。踊《おど》ってたの。頭に音楽がとりついて、離《はな》れないことあるよね？」シャーロットはこの説明《せつめい》で納得《なっとく》したようだった。

「ほら」熱々《あつあつ》のタマルを投げるように、ノートを投げてよこした。

「ありがとう」わたしは言った。

「お礼なんていらない。これは取引《とりひき》よ。あしたにはお金を払《はら》って」

「わかった」

わたしはうちに帰った。けれど、ドアにたどり着く前に、人生がいやになる出来事が起きた。犬のフンを踏《ふ》んでしまったのだ。

解釈《かいしゃく》のしかたはいくつもある。でも、わたしは、〝むくいの法則《ほうそく》〟にもとづくむくいがまだ残《のこ》っていたのかもしれないと思った。よい行いをするには時間がかかるし、そんなに簡単《かんたん》にはいかない。そこで、歩道と道と芝生《しばふ》で靴《くつ》の裏《うら》をこすりつつ、シルバーズさんの庭まで行った。自主的《てき》に掃除《そうじ》するのは、これでふた晩《ばん》目だ。シルバーズ家の人たちにしてみたら、うれしいおどろきだろう。

こんどもじょうずに解毒剤《げどくざい》を飲ませることができて、ほこらしかった。ダンスを踊《おど》ってもいい場面なのに、しあわせ感が足《た》りなかった。友だちがいないと、ダンスをする気にもなれない。ふたりが自分におこっているとわかっていたら、幸福でなんかいられない。ふたりの腹立《はらだ》ちの原因《げんいん》になったのは、秘密《ひみつ》のレシピ本だ。そう、セニョーラ・ペレスによれば、まほうとは関係《かんけい》のないただの一冊《さつ》の本。

わたしの大事な仲良《なかよ》し三人組が古いコーンマフィンみたいにぼろぼろと崩《くず》れそうになっている。それもこれも、全部あの本のせいで。

質問《しつもん》：あの本には、親友たちをおこらせてまで大事にする価値《かち》があるのか？

その夜、ロージーの冷《つめ》たい鼻先を足首に感じながらベッドに横たわったわたしは、その答えを出せないでいた。

24 〈アンツ〉対〈スパイダース〉

「くだらない庭用の椅子《いす》とテーブルをひとつずつぜーんぶ洗《あら》って、地下室にしまってさ。これで転ばずに一日過《す》ごせるはず。まだ転んだら、あのセニョーラの鼻に一発おみまいしてやる」ダービーはわたしに言った。

「わたしのこと、もうおこってないの？」わたしはたずねた。

「おこる？　おこってたわけじゃないよ。不機嫌《ふきげん》になってただけ。疲《つか》れるとそうなっちゃう。そのへんのちがいは理解《りかい》してくんないと、ケリー・クイン」

「ダービーがあんなに気むずかしくなるの、はじめて見たかも」

「そりゃ、第七学年だから、今までみたいにはいかないよ」ダービーはわたしの背中《せなか》を軽くたたいた。「次回はケリーにあたらないように気をつけるね」

わたしたちのチーム〈アンツ〉のユニフォームを着たリチャーズ・コーチは、あらたまって見えた。サッカー用のシャツとショートパンツという格好《かっこう》だ。そしてユニフォームではないただのまっ白のシャツを着たわたしたちも、ひとつのチームに見えた。

トラックを一周《しゅう》して、ストレッチをすませると、コーチは言った。「みんな、こちらに集まって」みんながコーチに近づくなか、コーチがシャーロットに話しかける声が聞こえた。きょうの〈スパイダース〉との試合《しあい》に出られるかどうか、足の具合を聞いている。

「もちろんです、コーチ。絶好調《ぜっこうちょう》です」シャーロットは答えた。

よしっ！　いいぞ、行け行け、ムーンハニー！

シャーロットの返事をハンナも聞いたはずだ。けれど笑顔《えがお》になるかと思ったのに、表情《ひょうじょう》を変《か》えなかった。

おかしい。

試合《しあい》はあっという間に進んだ。ダービーはゴールキーパー、ハンナとシャーロットはオフェンス、わたしは控《ひか》えでベンチだった。家庭科のダグラス先生が応援《おうえん》に来ていた。プレーの合間合間に先生が拡声器《かくせいき》で指示《しじ》を飛《と》ばしているのが聞こえたけれど、ありがたいことにお金のかかっていない時代おくれのオーディオシステムなので、〈スパイダース〉のメンバーやその親たちの耳には届《とど》かない。

たちまちオフェンスの要《かなめ》になったハンナは、シャーロットのアシストを受けて、ゴールを決めた。

プレー中のシャーロットを見ていたら、性格《せいかく》の悪さを忘《わす》れそうになる。もうハンナもしらけていない。ゴールを決めて、興奮《こうふん》している。そしてわずか数分のうちに、ハンナのアシストでシャーロットがゴールした。

「ゼロ対二だ！」ダグラス先生が叫《さけ》んだ。

わたしが試合《しあい》に投入されたのは、敵方《てきがた》がロングカウンターでゴールに向かって突進《とっしん》してきたあとだった。

「〈スパイダース〉が得点《とくてん》したぞ！」コーチが叫《さけ》ぶ。「やられた。だが、気にするな、ダービー。中華鍋《ちゅうかなべ》を持ったマーサ・スチュワートだって、あの球は防《ふせ》げない」

（マーサ・スチュワートというのは、アメリカの有名な料理研究家《りょうりけんきゅうか》だ）

そのまま後半の中盤《ちゅうばん》までしのいだが、そこで〈スパイダース〉が再度《さいど》得点《とくてん》して、試合《しあい》はふりだしにもどった。

ハンナが走ってきて、リチャーズ・コーチに話しかけた。コーチはハンナをゴールキーパーに、ダービーとわたしを一番前のオフェンス、フォワードにまわした。すべてはわたしたちふたりにかかっていた。

ダグラス先生は動きを実況中継《じっきょうちゅうけい》していた。「オブライエンが中央でボールを運んで、パスしたぞ。おおっと、〈スパイダース〉にボールをうばわれた！　いや、ケリー・クインが取りかえした。見ろ、あの華麗《かれい》なる足さばき。スパイダースの選手《せんしゅ》に向かってまっすぐドリブルで運んでる！　さあ、どうする？　いったん下げて、オブライエンにパスだ。クインのパスは完璧《かんぺき》だ——よし、〈アンツ〉の得《とく》点《てん》だ！」

ダービーはぴょんぴょん跳《は》ねてよろこびを爆発《ばくはつ》させ、ハイタッチしようとかけよったシャーロットに、腰《こし》からぶつかっていった。

審判《しんぱん》が笛《ふえ》を吹《ふ》き、観客席《かんきゃくせき》から大歓声《だいかんせい》が上がった。わたしはそのなかにトニー・ルサマノの声を聞いた気がした。

試合《しあい》は〈アンツ〉の勝利《しょうり》に終わった。

ダービーがわたしにかけよってきた。その目つきで、胸《むね》をぶつけあわせようとしているのがわかった。わたしはダービーに倒《たお》されまいと、身がまえた。

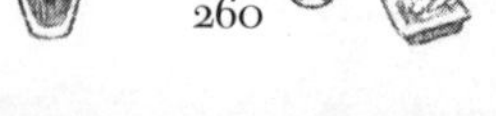

「おおっと！」ダグラス先生の声が拡声器《かくせいき》から響《ひび》いた。「クインがチームメートにぶつかられて、地面に倒《たお》れたぞ」

「わあ、ごめん、ケリー」ダービーはわたしを助けおこそうと手を差《さ》しだした。

ハンナが走ってきて、わたしたちふたりを抱《だ》きしめた。試合《しあい》に勝利《しょうり》したおかげで、わたしへの怒《いか》りを忘《わす》れたらしい。

ダグラス先生は最後《さいご》に大切なことを告知《こくち》した。「みなさん、このあとは、アルフレッド・ノーブル学院主催《しゅさい》で行われる年に一度のチリビーンズ・コンテストに集まってください。審査《しんさ》するのは、不肖《ふしょう》、このわたくしです！」

わたしたちはリチャーズ・コーチをかこんだ。「みんな、すばらしい試合《しあい》だった！ぼくも鼻が高いよ！」コーチは何人もの背中《せなか》をたたいた。「水分を補給《ほきゅう》して、少し話をしよう」みんなのどが渇《かわ》いていたので、水のボトルからごくごく飲んだ。

「きょうはよくやった」コーチは言った。「自分をほめてやろう。これからチームに残《のこ》るメンバーを発表する」

全員、水を飲むのをやめた。

「今年は全員に残《のこ》ってもらうことにした。きみたち全員だ！」

「やったー！」みんな抱《だ》きあって、よろこんだ。

ダンスを踊《おど》り、腕《うで》を突《つ》きあげた。ダービーがわたしと胸《むね》をぶつけあおうと、何歩が下がったけれど、つまずいて倒《たお》れるという悲しい結果《けっか》になった。

「胸《むね》をぶつけあうのは、やめたほうがいいかも」わたしが言い、ダービーも賛成《さんせい》した。ハンナがダービーの手を引っぱって立たせた。

「みんな、静《しず》かに」コーチに言われて、わたしたちは黙《だま》った。「あそこにいるレディが見えるかい？　エリンといって、課外《かがい》活動部のアシスタントをしてくれている。きちんとあいさつをして、ぼくのことをすばらしいコーチだと伝《つた》えたら、ユニフォームをもらえるぞ」

「いい番号がなくなっちゃうから、早く行こう！」わたしはふたりに言った。

ダービーは全速力でエリンのもとへ向かった。気の毒《どく》に。あの女性《じょせい》はこのあと押《お》し倒《たお》されて、しばらく地面に転がるはめになる可能性《かのうせい》が高い。「オブライエン！」コーチが叫《さけ》ぶと、ダービーが立ちどまって、ふり返った。「落ち着け」ダービーは走るのをやめて、早歩きになった。

「六番をもらえますか？　じゃなきゃ十二番」ダービーは頼《たの》んだ。

うちに帰る前に、わたしはシャーロットに五ドル払《はら》った。シャーロットは恩着《おんき》せがましいことを言おうとしたけれど、聞きたくなかったので、さっさとその場を立ち去った。自転車で走り去るトニー・ルサマノが視界《しかい》を横切った気がした。

25

ついに、年に一度のチリビーンズ・コンテスト

みんなと校庭を歩いて、チリビーンズ・コンテストの会場に向かいながら、わたしは自分の運命が変《か》わったように感じていた。これもムーンハニーという名のすぐれた解毒剤《げどくざい》のおかげだ。

サッカー・チーム〈アンツ〉にとっては、輝《かがや》かしい日になった。みんなが活躍《かつやく》して、ダービーにも見せ場があった。シャーロットに解毒剤《げどくざい》を飲ませることに成《せい》功《こう》した自分がほこらしかった。シャーロットが試合《しあい》に出られたのは、あの解毒剤《げどくざい》のおかげだし、シャーロットの絶妙《ぜつみょう》なアシストがなかったら、試合《しあい》に負けていたかもしれない。

「で、靴擦《くつず》れはもういいの?」わたしはシャーロットにたずねた。

「ええ、もう平気よ。新しいスパイクをはくのをやめたら、それだけでよくなったわ」

スパイクとは無関係《むかんけい》なのを知りつつ、わたしは黙《だま》ってうなずいた。

「でも、ご希望《きぼう》ならわたしの教科書を運ばせてあげてもいいけど」シャーロットらしい。

ハンナが鋭《するど》い目つきで、シャーロットのほうを見た。

「ありえない」ダービーは言うと、わたしとハンナをメキシコ音楽をかなでるマリアッチ楽団のほうへ引っぱった。『マカレナ』という、軽快《けいかい》なダンス音楽が演《えん》奏《そう》されている。「靴《くつ》を交換《こうかん》したぐらいで、そんなに早く靴擦《くつず》れが治《なお》るもん？」ダービーが質問《しつもん》した。

ハンナが答えた。「もともとの靴擦《くつず》れの程度《ていど》によるんじゃない？　傷口《きずぐち》を清潔《せいけつ》にして、お医者さんに診《み》てもらえば、すぐに治《なお》ると思《おも》うけど」

誰《だれ》も口に出さなかったけれど、わたしにはハンナの真意がわかった。シャーロットが靴擦《くつず》れになったのは秘密《ひみつ》のレシピ本のせいじゃないし、それが治《なお》ったのもムーンハニーとは関係《かんけい》がないと言いたいのだ。

「いたっ！」パシッ。「やっつけた」ハンナは腕《うで》にとまっていた蚊《か》に言った。いくつも噛《か》み痕《あと》がある。

「よい行いをしなかったの？」わたしはたずねた。

「ただの蚊《か》よ。いちいち面倒《めんどう》なこと、言わないでくれる？」

わたしは口を閉じることにして、三人で学校の駐車場《ちゅうしゃじょう》に入った。唐辛子《とうがらし》の形のカラフルな明かりがともり、にぎやかにかざりたてられていた。人工芝の通路の両脇《りょうわき》にテーブルがならべられ、松明《たいまつ》とオレンジ色の提灯《ちょうちん》が通路を照《て》らしている。あたりにはチリビーンズのにおいが立ちこめていた。

コンテストの参加者《さんかしゃ》たちは、それぞれのテーブルをかざりつけていた。あざやかな色の不織布《ふしょくふ》の提灯《ちょうちん》をつるして、自分の名前を提示《ていじ》しているテーブルが多い。わたしのママはテーブルの横に立ち、明るい色のナプキンを添《そ》えつつ、試食用《ししょくよう》のチリビーンズを入れた使い捨《す》ての小さな深皿を差《さ》しだしていた。

みんな通りに車を停《と》めて、コンテストを見物しにきている。けれど、重要《じゅうよう》なのはダグラス先生の意見だけだった。先生はルサマノさんから味見をはじめようとしていた。

家庭科の先生《せんせい》が四度の栄冠《えいかん》に輝《かがや》く人物のチリビーンズを味見しようと身がまえると、集まった人たちが静《しず》まりかえった。先生がおかしなパフォーマンスをはじめ、目という目が先生にそそがれた。お尻《しり》のポケットから紫《むらさき》色のバンダナを引っぱりだして、それで目隠《めかく》ししたのだ。先生は深皿から立ちのぼる湯気《ゆげ》のうえで、細くて長い鼻をくんくんさせた。表情《ひょうじょう》を変《か》えることなくプラスチックのスプーンの先っぽだけをチリビーンズにつけ、すぼめた口にスプーンを運んだ。しばし口の中にとどめてから、深く集中した表情《ひょうじょう》で咀嚼《そしゃく》した。ごくりと飲みこみ、舌《した》を動かして口のなかを探《さぐ》る。好《す》きとかきらいとか、感情《かんじょう》をいっさい顔に出さずに、ほっぺたの内側《うちがわ》や歯をなめている。

その儀式《ぎしき》は息苦しくなるほどゆっくりと進められたので、わたしは集まった人たちを見まわした。車椅子《くるまいす》用の駐車《ちゅうしゃ》スペースから歩《ある》いてくる人を見て、びっくりした。シルバーズさんが歩行器《ほこうき》を使いながら、娘《むすめ》さんの手を借《か》りて駐車場《ちゅうしゃじょう》をこちらに歩いてくる。

わたしはダービーの肩《かた》をつついた。「見て」

「ムーンハニーの効果《こうか》は絶大《ぜつだい》だね。立ちあがって、歩いてる」ダービーは言った。

ハンナがわたしたちのようすに気づいて、ふり返った。「シルバーズさんの顔に浮《う》かんでいるのはなに？」ハンナがたずねた。

「笑《え》みだと思うけど」わたしは言った。

「おっかな」ダービーが言い足《た》した。

シルバーズさんと娘《むすめ》さんは、わたしたちのほうへやってきた。「こんにちは」ジョアンはわたしたちのユニフォームを見た。「あら、チームに入れたのね」そして、ダグラス先生をかこんでいる見物客《きゃく》の誰《だれ》かに向かって、手を振《ふ》った。

「試《し》合《あい》には勝ったのかい？」たずねたのはシルバーズさんだった。声がしわがれていて、なにかがおかしい……それがなにかは、わからないけれど。

「はい」ハンナが答えた。

「ひと足先にチリビーンズの味見をさせてくれて、どうもね」シルバーズさんが言った。どなり声以外《いがい》でこんなにまとまった言葉を聞いたのは、はじめてかもしれない。そうだ、おかしいのはそれ、シルバーズさんがどなっていないことだ。「あんまりおいしかったんで、もう少しいただこうかと思って来たんだよ」

「気に入ってもらえて、うれしいです」わたしは言った。

ダービーとハンナは目を丸くして、シルバーズさんの肉体を乗っとったにちがいない女性《じょせい》を見つめていた。「いつ病院を出してもらえたんですか？」ダービーがたずねた。まるで刑務所《けいむしょ》から出してもらったみたいな言い方だ。シルバーズさんが答える間もなく、ダービーはつけ足《た》した。「それと、なんで入院したんですか？」そのあと声をひそめ、「人格《じんかく》を移植《いしょく》してもらうためだったりして」と、つぶやいた。

シルバーズさんたちには聞こえていなかったけれど、わたしはダービーを肘《ひじ》でつついて黙《だま》らせた。

「なあに、たったひと晩《ばん》だったんだよ。膝《ひざ》の部分置換手術《ちかんしゅじゅつ》でね」シルバーズさんは答えて、ハウスドレスの裾《すそ》を持ちあげた。これで長年の謎《なぞ》が解《と》けた。やっぱり、シルバーズさんには足があった。しかもさらに裾《すそ》を持ちあげて、まだ完全《かんぜん》に治《なお》っていない膝《ひざ》の痛々《いたいた》しい傷痕《きずあと》をあらわにした。「ほらね」

「おったまげた、おっとせい！」ダービーは言った。「すごいですね」

ハンナとわたしは青痣《あおあざ》と腫《は》れた関節《かんせつ》から顔をそむけた。

シルバーズさんは声を上げて笑《わら》った。この人でも笑《わら》うことがあるんだ。

「痛《いた》いんですか？」ハンナはたずねた。

「ああ、多少はね。でも痛《いた》み止めを飲んでるから、それほどでもないよ。それに前よりはうんとましだ。以前《いぜん》はひどい痛《いた》みでねえ」

人だかりに目をもどすと、ダグラス先生はルサマノ家のテーブルでの味見を終えていた。ルサマノさんにお礼を言って、ノートに採点《さいてん》を書きとめながら、つぎのテーブルに移動《いどう》した。そのとき、人混《ひとご》みのなかから司書《ししょ》のイーグル先生が出てきて、手にしていた小さな紙袋《かみぶくろ》をジョアンに差《さ》しだした。「これをどうぞお持ちになって。各《かく》テーブルから集めたチリビーンズが入っておりましてよ」

「ありがとうございます、イーグルさん」イーグル先生はジョアンのお礼にうなずくと、ダグラス先生の動きのいちいちに目を光らせている女性《じょせい》たちのグループにもどっていった。「わたしが在学中《ざいがくちゅう》から、彼女《かのじょ》はここの司書《ししょ》だったのよ」ジョアンは言った。

「かわいい人だね」シルバーズさんが言った。

かわいい？　イーグル先生にそんな言葉を使おうとは、考えたこともない。

「そうだ、ちょっと待って」シルバーズさんは言った。「忘《わす》れるところだったよ。あなたが興味《きょうみ》を持ちそうなものを見つけてね、ケリー」歩行器《ほこうき》につかまりなおしてから、片方《かたほう》の手をドレスのポケットに入れた。そして折《お》りたたんだ雑誌《ざっし》の広告《こうこく》を取りだした。「これだよ」

わたしはそれを開いた。ハンナとダービーもわたしの肩《かた》の上からのぞきこんだ。

「フェリス・フーディーニがレシピを募集《ぼしゅう》してる。送られたレシピのなかから、彼女《かのじょ》が一番を選《えら》んで、勝者には賞金《しょうきん》と、フェリスが訪《たず》ねてきてくれるという特典《とくてん》付《つ》きだって！」わたしは広告《こうこく》の内容《ないよう》を要約《ようやく》した。「すごいわ。ありがとうございます」

「どういたしまして」シルバーズさんは言った。「あなたが向上心あふれるシェフだと聞いて、興味《きょうみ》を持つかもしれないと思ってね」

「わたし、フェリス・フーディーニが大好《だいす》きなんです」

「それじゃあね。好運《こううん》を祈《いの》ってるよ」シルバーズさんは言った。

ジョアンが続《つづ》いた。「楽しいんだけど、またうちにもどって、母の脚《あし》を持ちあげてやらなくちゃ。いい気分転換《てんかん》になったわ」

わたしたちはお別《わか》れのあいさつをした。ジョアンがシルバーズさんと名のる女《じょ》性《せい》をふたたび車に乗せている。

車を見送りながら、わたしは言った。「三人して、別世界《べっせかい》のおかしな町に出か

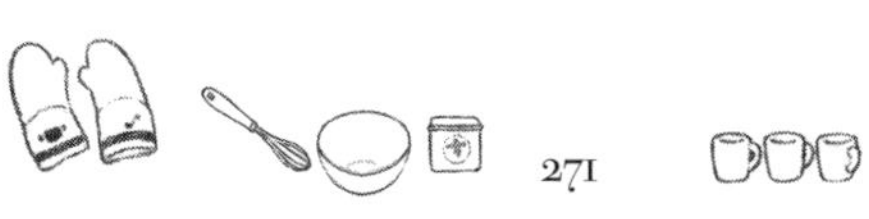

けたみたいだったね」

ダービーが言い足《た》した。「まるでSFだよ。鳥肌《とりはだ》が立ちそう。だって、あれ、誰《だれ》よ？　あの笑《わら》い声、聞いた？」

「きっと、強力な月光を浴《あ》びたんだよ」わたしは言った。

ハンナがくすくす笑《わら》った。「すごい月光もあったもんだね。まだわからない？　あなたがシルバーズさんを病院送りにしたわけじゃなかったのよ。膝《ひざ》の手術《しゅじゅつ》なんかは、あらかじめ決まってるもの」

ハンナの言うことには一理あった。シルバーズさんはわたしのせいで入院したのではないかもしれない。だとしたら、わたしはただのハチミツ風味のチリビーンズをシルバーズさんにあげただけで、なにもひっくり返していないことになる。

26

そして勝者は——

ダービーが言った。「ミセス・ルサマノのチリビーンズが売り切れる前に、味見してくる。お腹《なか》がすきすぎて、肋骨《ろっこつ》が浮《う》きそう」

「わたしも」ハンナが言った。

人混《ひとご》みをぬってルサマノ家のテーブルまで行った。

「こんにちは、ミセス・ルサマノ」ダービーがあいさつした。「お元気ですか？」

「あら、あなたたち」ルサマノさんはわたしたちひとりずつの頬《ほお》にキスしてくれた。「おめでとう。フランキーから聞いたわよ。すごい試合《しあい》だったそうね」

「フランキーはどこですか？」ハンナがたずねた。ルサマノさんは笑顔《えがお》で鍋《なべ》の底《そこ》をさらい、深皿三枚《さんまい》にチリビーンズをよそった。

「夫《おっと》が仕事用のトラックの荷台に保温器《ほおんき》をセットしてくれててね」ルサマノさんは説明《せつめい》した。「フランキーとトニーはそこに鍋《なべ》を取りに行ってくれたわ。チリビーンズがなくなるのが早いもんだから。品切れにならないといいんだけど」

そのときフランキーの声がした。「すみません、通してください」フランキーのうしろには、やっぱり鍋《なべ》を持ったトニーがいた。トニーの腕《うで》には、わたしが今まで気づかなかったものがあった。筋肉《きんにく》だ。トニーのうしろがミスター・ルサマノだった。

「すまない《スクージ》ね、熱《あつ》いよ、熱《あつ》いよ。熱《あつ》いといっても、チリビーンズじゃないよ、このカップルだよ」ミスター・ルサマノはひとりで大笑《おおわら》いすると、奥《おく》さんから指《し》示《じ》されたとおりの場所に大きな銀色の鍋《なべ》を置《お》いた。小さな国の国民《こくみん》全員に配れるほど大量《たいりょう》にある。

「やあ、ガイズ」フランキーが言った。「で、チリビーンズの感想は？　おいしいだろ？」もうバグジュースのことはおこっていないみたい。男子はこんなふう。なんにでも大騒《おおさわ》ぎする女子にくらべて、いやなことを引きずらない。

ダービーが言った。「うん、いける」

ルサマノ家の人たちとおしゃべりするダービーとハンナを置《お》いて、わたしはママのところへ行った。「ママ、わたしが詰《つ》めたクーラーはどこ？」

「車よ」ママはこちらを見ていない。テーブルに近づいてくる男性《だんせい》に注目していたからだ。水のグラスを持ったダグラス先生だった。

わたしは急いでクーラーを持ってきた。中にはランチ用の保温容器《ほおんようき》が入っていて、そこにセドロス島産《イスラ・デ・セドロスさん》のバニラビーンズをきかせた自家製《じかせい》アイスクリームが入れてあった。わたしは発泡《はっぽう》スチロールの深皿にアイスクリームをよそった。

ダグラス先生がうちのテーブルに近づいてきて、わたしの肩《かた》に手を置《お》いた。「やあ、ケリー。あなたがお母さんのミセス・クインですね。娘《むすめ》さんのなかに未来のシェフを育てておられる。とても優秀《ゆうしゅう》な生徒《せいと》さんですよ」

「そうなんです。フェリス・フーディーニを感心させた子ですから。何年か前、ケリーが彼女《かのじょ》の番組に出たのをご存《ぞん》じですか？」

「そうなんですか。ケリー、なんで話してくれなかったんだい？　わたしは毎日フェリスのブログを読んでましてね。できることならわたしも会ってみたいものです」

わたしは言った。「それきり、連絡《れんらく》してなくて」

ダグラス先生は言った。「こうなったら、ミス・フーディーニをゲストシェフとしてわが校に招《まね》かないとな。そうだ、来年は共同審査員《きょうどうしんさいん》になってもらってもいいね」

「ほんとですか？　実現《じつげん》したらすごい」

「それはなんだい？」ダグラス先生はアイスクリームを見てたずねた。

「いえ、べつに、ただのアイスクリームです。でも、あんまりおいしくなくて」

わたしは先生の味覚《みかく》を鋭《するど》くするため、うちのチリビーンズを試食《ししょく》する前に食べさせるつもりだったまほうのアイスクリームを隠《かく》した。やっぱりできない。先生にはよくしてもらっているし、わたしのことをいい料理人《りょうりにん》だと思ってくれている。

ママはダグラス先生にチリビーンズをよそった深皿を渡《わた》した。「どうぞ。今年のレシピは少し変《か》わってまして。うちのには……」ダグラス先生は話をするママを無視《むし》して、審査員《しんさいん》という役割《やくわり》に気持ちを引きもどした。チリビーンズの皿を置《お》いて、目隠《めかく》しをした。

ママは先生が深皿から立ちのぼる湯気《ゆげ》を吸《す》いこむのを見ていた。先生の表情《ひょうじょう》は変《か》わらない。ママは手を握《にぎ》りあわせた。「気に入ってる表情《ひょうじょう》だと思う？」ママは小声でわたしにたずねた。

「いつもあんなふうなんだよ」わたしはささやきかえした。

ダグラス先生は味見の儀式《ぎしき》を終えると、目隠《めかく》しをはずし、ママは先生に詰《つ》めよった。「それで？」

「ごちそうさまでした、ミセス・クイン」先生はママの手を取ると、腰《こし》をかがめて手にキスした。そして、「陶然《とうぜん》としました」と言うと、ノートに評価《ひょうか》を書きこみながら、行ってしまった。

「気に入ってくれたのかしら？」ママはたずねた。「手にキスしてくださったわ。ルシア・ルサマノの手にはキスしなかったと思うんだけど。気に入ってくれたってことかもしれない」

「気に入ってくれたんだよ、ママ。フェリスの件《けん》も有利《ゆうり》にはたらくと思うな。彼女《かのじょ》の大ファンみたいだから」

「ええ、そうよね。そうよ、気に入ってくれたのよ」ママはテーブルから離《はな》れながら、なおもぶつぶつ言っていた。「気に入らないわけないじゃない」

軽くマイクをたたく音がした。

ダービーが隣《となり》にやってきた。「アイスクリームのこと、見たよ。なんで出さなかったの？　理由を聞かせてよ」

反対側《はんたいがわ》の隣《となり》にハンナが来た。「シルバーズさんのおかげで、あの本にのってるのはまほうのレシピじゃないってわかったからよ」

「ちがうよ」わたしは言った。「ずるい気がしたから」

「マイクのテスト中、一《アン》、二《ドゥー》、三《トロワ》」ダグラス先生は唐辛子《とうがらし》形のガーデンライトに照《て》らされた演壇《えんだん》にいた。「みなさん、ご注目いただけますか？　参加者《さんかしゃ》のみなさん、味見にいらしたみなさん、今年もありがとうございました。いずれも甲乙《こうおつ》つけがたい、すばらしいできでした。ですが、勝利者《しょうりしゃ》はひとりしか選《えら》べません。そして、アルフレッド・ノーブル学院、今年のチリビーンズ・コンテストの勝者は……」

わたしは息を詰《つ》め、指を交差《こうさ》させて、好運《こううん》を祈《いの》った。

「……ルシア・ルサマノ！」

集まった人たちから歓声《かんせい》が上がった。

ママも拍手《はくしゅ》したけれど、わたしには、ママの体がしぼんで、肩《かた》が落ちたのがわかった。〝しょげたママ〟はこんなふうになる。

それから三十分は、あまり話もなく過《す》ぎた。パパは荷物といっしょにうとうとするバディを車に積《つ》みこんで、家に帰った。

ハンナとダービーはわたしのママのミニバンに乗った。駐車場《ちゅうしゃじょう》からだんだん車が減《へ》っていく。

「おやすみなさい、ルシア」ママはルサマノさんに声をかけた。「おめでとう」無理《むり》して笑顔《えがお》になった。

「ありがとう《グラシアス》、ベッキー」ルサマノさんは近づいてきて、ママの両頬《りょうほお》にキスしてから、造園《ぞうえん》業用のトラックに乗りこんだ。

「じゃあね、ガイズ」フランキーが言った。「またあした」トラックのうしろに乗りこみ、からの鍋《なべ》が転がらないようにかかえた。

わたしがミニバンのうしろに箱をのせようとしていると、フランキーの双子《ふたご》の片割《かたわ》れ、トニーが現《あらわ》れた。トニーは最後《さいご》に残《のこ》っていたボウルやスプーンを造園《ぞうえん》業用のトラックに乗せると、わたしのほうに歩いてきた。

「ケリー、手伝《てつだ》うよ」トニーがまともに話すのを聞くのは、これがはじめてだったと思う。「コンテストは残念《ざんねん》だったね。あんなに勝ちたがってたのに」

よりによって、トニー・ルサマノががっかりするわたしをなぐさめてくれるなんて。「ありがと、トニー」

トニーは重たい箱を軽々《かるがる》と持ちあげて、ミニバンのうしろにのせた。わたしの頭上に手を伸《の》ばしてうしろの扉《とびら》を閉《し》めようとしたとき、トニーの腕《うで》がわたしの腕《うで》をかすめた。そしてしばらくのあいだ、トニーの手がわたしの手の隣《となり》にとどまっていた。ゲジゲジ足三百本のムカデが腕《うで》をはいのぼってくるみたいな感覚《かんかく》。トニーは手を動かして、わたしの頬《ほお》に触《ふ》れた——

「えっ！」わたしはびっくりして、とっさに声を上げた。

「ごめん。顔に綿毛《わたげ》みたいのがついてたから」トニーの目はわたしにそそがれている。肌寒《はださむ》い秋風がトニーの前髪《まえがみ》を持ちあげた。彼《かれ》の目をちゃんと見るのは、はじめてだ。金色の斑点《はんてん》がある焦《こ》げ茶色の目で、ものすごく長くて濃いまつげに縁《ふち》取《ど》られていた。

そして、それは起きた。トニーの顔が近づき、わたしの耳の横に来た。フランネルのシャツから柔軟剤《じゅうなんざい》のにおいがした。「またあした、ケリー」首筋《くびすじ》にトニーの吐息《といき》が温かくあたった。

トニー・ルサマノは髪《かみ》をかきあげ、笑顔《えがお》でわたしにウインクした。

わたしは心のなかでくり返した。あのトニー・ルサマノに笑顔《えがお》でウインクされたのよ、ケリー・クイン。

27

バグジュース

「さて、きょうは勝ちと負けが両方あったわね」ママはミニバンのなかでわたしたちに言った。

「胸《むね》を張《は》って、ミセス・クイン」ダービーが言った。「また来年があります」

いつものわたしなら、想像《そうぞう》を絶《ぜつ》するとんでもない格好《かっこう》でシャーロットの庭を掃《そう》除《じ》しなければならないことに、むかっ腹《ぱら》を立てていたと思う。でも、そのときは、頭の隅《すみ》から隅《すみ》まで別《べつ》のこと――笑顔《えがお》とウインクに完全《かんぜん》に占拠《せんきょ》されていた。

ママはわたしたちをショッピングモールに運んでくれた。「ありがと、ママ。歩いて帰るわ」ふたりに続《つづ》いて、わたしもミニバンから飛《と》びおりた。

「ちょっと待って」ママはわたしを引きもどした。「あなたとコンテストに出られて最高《さいこう》だったわ」目がうるんでいる。

また、はじまっちゃった。べったべたの母親モードに突入《とつにゅう》だ。

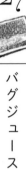

「あなたと特別《とくべつ》な時間が過《す》ごせたもの」

「わたしも楽しかったよ」わたしは言った。ハンナとダービーはもう〈サムの店〉に入っている。「あとでまた話そうね、ママ」

ママは涙《なみだ》をぬぐった。「ええ、そうしましょう。さあ、あなたは行って、お友だちとお祝《いわ》いしてらっしゃい。チームのメンバーになって、試合《しあい》に勝ったんだもの。コンテストのことは気にしないで。たいしたことじゃないわ」

「わかった。でもね、ママ、ほんと、楽しかったよ」

わたしたち親子にとってチリビーンズ・コンテストは九月でもっとも盛《も》りあがるイベントなのに、今年はわたしがまほうのレシピ本に熱中《ねっちゅう》していたせいで、ないがしろにしてしまった。

レシピ本のせいで。

「おめでとう！　選手《せんしゅ》に選《えら》ばれたって？」サムが祝《いわ》ってくれた。「きょう、〈ジャーマン・チョコレート〉っていう、新しいフレーバーが入ってね。〈アンツ〉の新メンバーになったお祝《いわ》いに、おごるよ」

「しかも、初試合《はつしあい》に勝ったのよ！」ハンナが報告《ほうこく》した。

「そりゃすごい。ホイップクリームもつけなきゃな」

わたしはにやにやしながら、ささやいた。「まだあるんだよ」

ハンナとダービーがとまどった顔でわたしを見た。

わたしたちはスワリーの容器《ようき》をテーブルまで運んだ。わたしはにやにやしっぱなしだった。

「どうしたの？」ハンナがたずねた。「シルバーズさんに渡《わた》したジュースがただのジュースで、あの本がただの本だとわかって、かっかしてるかと思ったら」

「それにシャーロットんちの庭掃除《そうじ》が待ってる」ダービーがつけ加《くわ》えた。

「掃除《そうじ》するのはいやだよ。念《ねん》のために言っとくけど、つぎにその大口を開いて、わたしを賭《か》けの対象《たいしょう》にするときは、まずわたしに相談してからにして。わかった、ダービー？」

ダービーがうんうんとうなずいた。

「それと、シルバーズさんのことはまだ結論《けつろん》を出してないの。あれは例外《れいがい》かもしれない。ハンナみたいに科学的《てき》な人が、理屈《りくつ》に合わないと判断《はんだん》するような。それ

より、わたしがミニバンに荷物を積《つ》みこんでたとき、信《しん》じられないことがあったんだよ」わたしは言葉を切り、ふたりの注意を引きつけた。「いい、ハンナ、あの本に対するあなたの意見は完全《かんぜん》にまちがってる」

わたしは話した——ふたりの腕《うで》が触《ふ》れたこと、手がしばらく近くにあったこと、電気が走ったような感覚《かんかく》、ささやき声、ウインク、笑《え》み。

「トニーが？」ハンナがたずねた。

「そう、トニーが」わたしはうなずいた。「サッカーの練習中も近くをうろついてたし、試合《しあい》にも来てたと思う」

「ストーカー？」ダービーが冗談《じょうだん》めかした。

「そんな感じ。気持ちの悪さはないけど」

「へえ！　ケリーのことが好《す》きなんだ！」ダービーが叫《さけ》んだ。

「トニーが？　まさか」ハンナが否定《ひてい》した。「前髪《まえがみ》が目に入って、まばたきしたのがウインクみたいに見えたんじゃないの？」

ダービーがたずねた。「トニーがケリーを好《す》きになったら、おかしい？　ケリーは第七学年のなかじゃかっこよくて人気者だし、かわいさだって、人に負けてないよ」

それは誰《だれ》のこと？

ハンナが言った。「それはそうだけど、相手はトニー・ルサマノよ。〝女の子〟という言葉の意味すら知らないわ」

ダービーは返事のかわりにジャーマン・チョコレート味のアイスクリームを大きくすくった。

「そう、そこなの」わたしは言った。「ふつうならトニーがわたしを好《す》きになるわけないから、だから、大事件《だいじけん》なの。フランキーに〝愛《あい》のバグジュース〟を持ってったときのことを覚《おぼ》えてる？」

ふたりはうなずいた。

「トニーもジュースを飲んだよね？　ほら、脇《わき》の下でおならをして見せる前に」

「うん、そうだった」ダービーは言った。「脇《わき》の下で変《へん》な音を立てる前に」

サムの声が飛《と》んできた。「ジャーマン・チョコレートはどう？」

手をつけていたのはダービーだけで、それもまだ味見程度《ていど》だった。ハンナとわたしはおしゃべりをやめてアイスクリームをスプーンですくった。「うーん」わたしはうなった。

「今まで食べたなかで、最高《さいこう》においしいチョコレートだわ」ハンナが言った。「ドイツ人《ジャーマン》ってチョコレートがよくわかってるのね」

「よし、よし、いいぞ」サムはポストカード・コレクションがあるカウンターのガラスをふいた。わたしはナプキンを取りにいき、一枚のポストカードに目をとめた。見たことがある。セニョーラ・ペレスの店に同じ海岸の写真があった。

席《せき》にもどると、ダービーが言った。「おいしいけど、チョコレートはチョコレートだね。それ以上《いじょう》のもんじゃない」

「わかってないわね」ハンナが反論《はんろん》した。「チョコレートすべてが同じように作られてるわけじゃないのよ」

「待って」わたしは言った。脳《のう》が高速で回転するあいだ、虚空《こくう》を見つめていた。

「頭がキーンとした？」ダービーがたずねた。

「ううん」わたしはハンナを見た。「今なんて言った？」

「チョコレートすべてが同じように作られてるわけじゃないって」

「そう、それだ！」わたしは叫《さけ》んで、テーブルをこぶしでたたいた。「ハンナって天才！」

「わたしが？」

「ハンナが？」ダービーがたずねた。

「レシピ本の謎《なぞ》を解《と》いたんだよ！」

「わたしがなにを言った？」ハンナはたずねた。

「チョコレートすべてが同じように作られてるわけじゃない。バニラビーンズもそう。ヤクヨウニンジンも、ミントも」わたしは言った。「メキシコ産《さん》のミントは別物《べつもの》よ」

「それで？」

「シルバーズさんに〝もめごと起こしの搾《しぼ》ってシトラス〟が効《き》かなかったのは、だからだよ。あのときわたしはうちにあったミントを使った。スーパーマーケットで買ったやつ。本のレシピにはメキシコ産《さん》のミントとあった。シルバーズさんの手術《しゅじゅつ》に関《かん》しては、ハンナの言ってたとおり。もともと計画されてて、わたしには無関係《むかんけい》だった」

「やっと理屈《りくつ》が通じるようになって、うれしいわ」ハンナは言った。「何日も前からずっとこのことを言ってきたのよ」

「もめごとを起こせなかったのは、正しい材料《ざいりよう》を使わなかったから。でも〝お黙《だま》りコブラー〟や〝呪《のろ》いのベリーパイ〟、〝愛《あい》のバグジュース〟には、正しい材料《ざいりよう》、特別《とくべつ》な材料《ざいりよう》を使った」

ハンナは額《ひたい》の前髪《まえがみ》を吹《ふ》きあげた。「で、どこがどう特別《とくべつ》なのか、ついに説明《せつめい》してくれるわけ？」

わたしは皮肉を聞き流した。「〝もめごと起こしの搾《しぼ》ってシトラス〟のとき以外《いがい》のスパイスは、〈ラ・コシナ〉で買ったセドロス島《イスラ・デ・セドロス》のものだった」

「なに島？」ダービーはたずねた。

わたしはカウンターに近づき、ガラス越《ご》しにポストカードを指さした。「サム、このカード一瞬《いっしゅん》、貸《か》してもらっていい？」

「いいとも、ケリー、ぜったいに返してくれよ。友だちのアイダ・ペレスが最後《さいご》にふるさとを訪《おとず》れたとき、送ってくれたもんなんだが、この写真が大好《だいす》きでね」

「彼女《かのじょ》のふるさと？」

「ああ、アイダ・ペレスはメキシコの近くにある島の出身で、たしか――」

「セドロス島？」続《つづ》きはわたしが言った。

「なんで知ってるんだ？」

「あてずっぽうだよ」ガラスの下からそうっとポストカードを引っぱりだし、ひっくり返して、文面を読んだ。

親愛《しんあい》なるサム
店番をしてくれて、ありがとう《グラシアス》。
帰って会えるのが楽しみよ。
アイダ・ペレスより

アイダ・ペレスの文字は大きくて、丸みがあって、流れるようだった。アイダのＩとペレスのＰが、大文字で大きく書いてある。

「どうしたの？」ハンナの声を聞いて、テーブルにもどった。

ふたりに写真を見せた。「これがセドロス島。太平洋にあるメキシコ領《りょう》の島で、よく海賊《かいぞく》におそわれたんだって。そこで農民《のうみん》とシャーマンが協力《きょうりょく》して、家族や村々《むらむら》を守る力のあるスパイスを育てて、そのスパイスを宝物《たからもの》ともいっしょにしておいた。つぎにおそってきて、宝物《たからもの》をうばった海賊《かいぞく》は、船もろとも海に沈《しず》んで死んだって」

ダービーが言った。「呪《のろ》いのなかの呪《のろ》いだね」

「ほんとだよね」わたしは言った。

ハンナが反論《はんろん》した。「じゃあ、ベチバーもヘンルーダもヤクヨウニンジンもこの島産《さん》で、それがどういうわけかデラウェア州のウィルミントンにある東海岸の小さな町に流れつき、そこの料理《りょうり》クラブで使われたってこと？　ありえない話だと思わない？」

「ウィルミントンにセドロス島の出身者がいなければね」わたしは答えた。

ふたりには誰《だれ》のことだかわからなかった。

「そしてその誰《だれ》かが秘密《ひみつ》のレシピ本を書いたんじゃなければね」わたしはつけ加《くわ》えた。

ふたりともまだピンときていない。

わたしはナプキンを一枚《まい》引き抜《ぬ》き、カウンターのペンを持つと、手早く〝ＩＰ〟

と書いた。

ダービーがたずねた。「なにもかもｉｐにもどるってこと？」

「ｉｐじゃなくて、ＩとＰ、イニシャルなんだよ」ポストカードをひっくり返して、ふたりに署名《しょめい》の部分を見せた。「ＩＰはアイダ・ペレスの略《りゃく》。セニョーラ・ペレスはセドロス島の出身で、島の西海岸で育つハーブには特殊《とくしゅ》な力があることを知ってて、それを〈ラ・コシナ〉で売ってる。だからわたしたちがセニョーラから買ったスパイスには、特殊《とくしゅ》な力があったの」

ダービーが言った。「その材料《ざいりょう》によってレシピがまほうの力を持つってこと？」

「そういうこと」わたしはうなずいた。

ダービーは言った。「本に書いてあったｉｐは、アイダ・ペレスのことだったんだね」

ハンナはうなずかなかったけれど、額《ひたい》から前髪《まえがみ》を吹《ふ》きあげるしぐさもしなかった。「あれはセニョーラ・ペレスの本なのね」

わたしはこんどもうなずいた。「そう」

「セニョーラに会わなきゃね」ダービーは言った。

28

本にまつわるお話

材料《ざいりょう》：

仲良《なかよ》し三人組　1

秘密《ひみつ》めかしたセニョーラ　1人

メキシコ沖《おき》の島　1

海賊《かいぞく》の一団　1

シャーマン　1人

作り方：

材料《ざいりょう》をビーズのカーテンの裏《うら》で、金属製《きんぞくせい》のボール形茶こしに入れて混《ま》ぜあわせ、湯気《ゆげ》の立つマグカップから飲みます。

わたしたちはほどなく〈ラ・コシナ〉に向かった。

セニョーラ・ペレスはビーズのカーテンを開けた。「お茶をいれるから、奥《おく》にどうぞ、おじょうちゃんたち《チーカス》」セニョーラはなぜか、わたしたちが買い物に来たのではないことを知っていた。

三人でビーズのカーテンの奥《おく》に広がる世界に進んだ。想像《そうぞう》していたのとは、ぜんぜんちがった。わたしが思い描《えが》いていたのはワイン色の厚地《あつじ》のカーテンと、水《すい》晶玉《しょうだま》と、背《せ》もたれの高いビクトリア朝様《ちょうよう》式の椅子《いす》と、その他《ほか》、占《うらな》い師《し》につきものの小道具だった。

ところが床《ゆか》はリノリウム、あちこちが持ちあがったり、割《わ》れたりしている。家具は古い金属製《きんぞくせい》の食卓《しょくたく》と、おそろいの折《お》りたたみの椅子《いす》だけで、それが何脚《なんきゃく》かあった。せまいカウンタースペースに、ホットプレートと銀色のキャニスターとスプーンやフォークやナイフでいっぱいの壺《つぼ》が置《お》いてあった。壁《かべ》のフックには、金属製《きんぞくせい》のボール形茶こしが下がっている。カウンターの上の小さな棚《たな》には、ヒビの入ったティーカップがいくつか、縁《ふち》のかけたお皿や形がふぞろいな深皿が何枚《まい》かずつ、それにヤカンがあった。水晶玉《すいしょうだま》はどこにもない……メロンのひとつも見あたらなかった。

セニョーラ・ペレスは手ぶりでわたしたちに椅子《いす》を勧《すす》めると、やけに大きいシンクでヤカンに水をくんだ。ヤカンをホットプレートに置《お》いて、四脚目《きゃくめ》の椅子《いす》に腰《こし》かけた。わたしはセニョーラをじっと観察《かんさつ》した。頭の上にはパイナップル形に結《ゆ》った髪《かみ》、首元にはスカーフを幾重《いくえ》にも巻《ま》いて、とがった鼻は鳥のくちばしに似《に》ている。そんなセニョーラを見ても、もう怖《こわ》くなかった。「たずねたいことがあるんだろう？」セニョーラのほうから言ってくれた。

「はい《シー》」わたしは言った。

「いつふたりを連《つ》れて乗りこんでくるかと思ってたよ」

ダービーが身を乗りだし、肘《ひじ》から先をテーブルについた。この場を取りしきっているみたいだった。「あるものを見つけた。セニョーラのものだろう？」ダービーはテレビ番組に出てくる取調中《とりしらべちゅう》の刑事《けいじ》さんのような口調《くちょう》だった。

「わたしの本だね」セニョーラ・ペレスが言った。

ダービーはセニョーラがあっさり認《みと》めたことにびっくりしすぎて、質問《しつもん》の続《つづ》きが出てこなくなった。かわってハンナがたずねた。「本のことをご存《ぞん》じだったんですか？」

「ええ《シー》、わたしのだからね」

「なんで黙《だま》ってた？」ダービーがたずねた。

「今の今まで、はっきりしたことがわからなかったから。でも、あなたたちがはじめて来た日から、あやしいと思ってたんだよ」

「どうしてあやしいと思ったんですか？」わたしはダービーよりていねいな口調《くちょう》を心がけた。

「なにかたくらんでると思ってね。でも、なにをだかわからなかった」

ダービーが会話に飛《と》びこんだ。「どうしてなにかたくらんでると思った？ あたしたち、あのときはまだ、ふつうのお客《きゃく》さんだったのに」

「あんたたちが選《えら》んだスパイスは、ふつうのお客《きゃく》さんが買うものじゃなかった」

セニョーラ・ペレスはさらりと答えて、わたしたち以外《いがい》にもお客《きゃく》さんがいること、そしてその人たちをふつうだと思っていることをそれとなく伝《つた》えた。「けれど、とりあえず売って、警告《けいこく》だけしておくことにした。キエン・シンベラ・ビエントス・レコゲ・テンペスターデス。わたしがあやしんでることをあなたたちがやるつもりだといけないからね」

ダービーは不思議《ふしぎ》そうな顔のまま、黙《だま》っていた。セニョーラの告白《こくはく》がまだ続《つづ》くと思っているからだ。

セニョーラが空白をうめた。「そしたら、ケリーが男の子とやってきて、日陰《ひかげ》育ちのヤクヨウニンジンを買った。それでもまだ、ケリーがレシピ本を持っているとは確信《かくしん》できなかった。日陰《ひかげ》育ちのヤクヨウニンジンは、誰《だれ》が買ってもおかしくないのに、これまで買った人がいなかった。一般《いっぱん》のヤクヨウニンジンのびんのほうが前にあって、ずっときれいだからね。よく売れるんだよ。うちの人気商品のひとつだ。みんな自家製《せい》のほれ薬の材料《ざいりょう》として買ってく」セニョーラはわたしを見た。「でも、ケリーは日陰《ひかげ》育ちのヤクヨウニンジンを知っていた。だから、もう一度警告《けいこく》した。それなのに、聞きやしない」

ダービーの脚《あし》を指さした。「あんたは毎日新しい青痣《あおあざ》を作った。それにこの目で見たよ」セニョーラは自分の目を指さしてから、ハンナを見た。「あんたのハチに刺《さ》された痕《あと》をね。それに、好《す》きでもない子のためにケリーがなにをしなければならなかったかもね」

くやしさがよみがえってきた。「あの子の教科書を運びました」

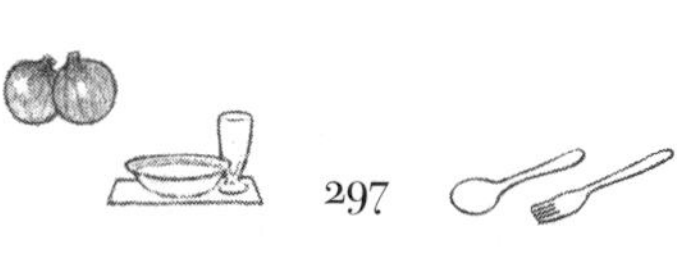

「でも、あんたが彼女《かのじょ》にしたことを考えたら、やってあたりまえだろう？」

わたしは肩《かた》をすくめた。

ヤカンが甲高《かんだか》い音で鳴りだした。セニョーラ・ペレスは金属製《きんぞくせい》の食卓《しょくたく》に手をついて立ちあがり、ホットプレートのスイッチを切った。マグカップ四つと、お茶の葉の入ったキャニスターと金属製《きんぞくせい》の球形茶こしを持ってきた。

ハンナがたずねた。「ケリーがシャーロットの教科書を運んでいるところは、どうやって見たんですか？」

セニョーラは球形の茶こしに茶葉を入れた。「わたしが外に出ると聞いたら、おどろくかい？　近所を歩いてまわるし、ときにはご近所さんとおしゃべりもするんだよ」

わたしたちの眉《まゆ》が持ちあがった。「ほんとに？」ダービーがたずねた。

「ほんとに」セニョーラは答えた。「お店にも行くし、映画《えいが》も観《み》るし、特別《とくべつ》なお客《きゃく》さんに配達《はいたつ》をすることもある。たとえばきのうは、手術《しゅじゅつ》をした女のお客《きゃく》さんが傷口《きずぐち》を洗《あら》う海塩《かいえん》が欲《ほ》しいと言ってきた。うちには太平洋の塩《しお》があってね。ケガを治《なお》すのにとても効果《こうか》があるんで、その人の家まで届《とど》けたんだよ」

シルバーズさんのことかもしれない、とわたしは思った。

「それにあんたたちの学校で図書室の本の整理を手伝《てつだ》ったこともある」セニョーラはヤカンを持ってきて、マグに湯をそそいだ。まずハンナのカップに茶こしを垂《た》らした。熱々《あつあつ》の湯が茶色に変《か》わった。

ダービーはあくまで本のことをセニョーラ・ペレスから聞きだそうとした。「つぎにあたしたちに会ったとき、なんで本のことを言ってくれなかったんですか？」

「あんたたちが〝むくいの法則《ほうそく》〟のことをたずねに来たときだね。あんたたちはそれをどこで知ったか言わなかった。百科事典《じてん》のような本にそう書いた紙がはさんであったと言ってくれたら、わたしにもわかったんだけどね。ただ、むくいという概念《がいねん》については、この数百年、魔術師《まじゅつし》はもちろん、科学者のあいだでも話題になってきた」

ハンナはたずねた。「科学者も〝むくいの法則《ほうそく》〟を信《しん》じてるってことですか？」

「有名な科学者がいるだろう？　動きにはすべて――」

「等しい大きさの反対の動きがある」ハンナが先を続《つづ》けた。「アイザック・ニュートン卿《きょう》ですね」

「そう《シー》」

ハンナはそろそろとマグから茶こしを引きあげて、わたしのマグに移《うつ》した。湯《ゆ》気《げ》の立つカップを顔に近づけ、ひと口飲んだ。「うーん」

「ところで、悪運を反転させるよい行いをしたことで、どうなった？」

「あたしにはきいた」ダービーが言った。「でも、汚《きたな》い言葉を使って悪いけど、クソみたいにつまらなかった」

「そうたやすいことじゃないよ。自然《しぜん》のバランスを取りもどすのは」

ハンナがセニョーラの考えをおぎなった。「反作用の大きさが等しくなかったから」ハンナはここでまたお茶を飲んだ。ニュートンが持ちだされたことで、がぜん興味《きょうみ》が湧《わ》いてきたらしい。

セニョーラ・ペレスはハンナに笑《わら》いかけた。「それで、あんたはどうだったの、おじょうちゃん《ニーニャ》？　飛《と》びまわる昆虫《こんちゅう》から刺《さ》されないですむように、なにかいいことをしたのかい？」

「しました。でも、まだ終わってないみたいで。もうハチに刺《さ》されることはないんですけど、蚊《か》に食われるんです」ハンナはセニョーラに腕《うで》を見せた。

ダービーとわたしは目を見交《みか》わした。自分が行ったいいことをかくしていたなんて、ハンナらしくない。これまではなんだって打ち明けてくれた。そして今のわたしたちの前には、それぞれ中をのぞきこめるマグがあった。全員のマグに茶こしが沈《しず》められ、お茶ができていた。

「つぎにわたしが本を持ってるかもしれないと思ったのは、いつですか？」わたしたちとハンナをへだてていた見えない緊張《きんちょう》の壁《かべ》が、オーブンの中に入れたスワリーみたいに溶《と》けるのがわかった。

「ケリーがセドロス島産《イスラ・デ・セドロスさん》のバニラを買いに来たときだよ。セドロス島のスパイスのことを知っている人間はごくかぎられてる。セドロス産《さん》のスパイスを買いに来たわずかな人たちは、インターネットでその情報《じょうほう》を見つけた人たちだった」

ダービーは小首をかしげ、疑《うたが》わしそうにセニョーラ・ペレスを見つめた。口をきゅっと結《むす》び、厳《きび》しくて深刻《しんこく》な顔をしている。「セドロス産《さん》のスパイスがあれば、まほうの薬ができるってこと？」

「そうだよ《シー》」

ダービーは言った。「実際《じっさい》セニョーラたちはそうしてきたんだね。セニョーラ

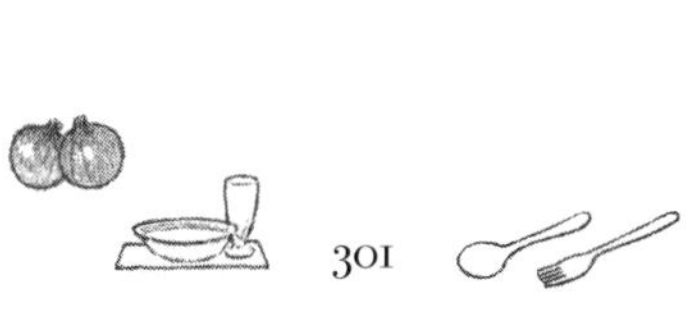

はそれを書きとめて、まほうのレシピ本にした」テレビの犯罪《はんざい》番組に特別《とくべつ》ゲストとして登場させたいくらい堂々《どうどう》としている。

「おじょうさんたち《ニーニャス》、本の話をさせてもらおう。はじまりは、遠い昔のことだ。わたしがアメリカに来たのは、あんたたちぐらいの年だった。セドロス島《イスラ・デ・セドロス》のスパイスを大量《たいりょう》に持ちこんだ。農業をやってた両親は、農作物に好運《こううん》を運ぶために、セドロス島産《さん》のスパイスやハーブを使ってたんだ」

ハンナはたずねた。「ご両親はデラウェア州の農地でも、特殊《とくしゅ》なハーブを育てたんですか？」

わたしはハンナを思いきり抱《だ》きしめたかった。ついに、これがほんとうのことだと信《しん》じてくれたのだ。自然《しぜん》と顔が笑《わら》ってしまう。ダービーはハンナを見つめている。真実を求《もと》めるわたしたちの探求《たんきゅう》の旅にハンナが加《くわ》わったことが、まだ信《しん》じられないのかもしれない。

ダービーは身を乗りだし、両手でハンナの頰《ほお》をはさんだ。ハンナの唇《くちびる》がとがる。

「おかえり」ダービーは言った。「待ってたんだよ」ハンナの顔から手を離《はな》し、片《かた》方《ほう》のこぶしを突《つ》きだした。ハンナがそのこぶしにこぶしを突《つ》きあわせた。

セニョーラ・ペレスはとまどった顔で、ふたりを見ていた。

「すみません」ダービーは謝《あやま》った。「続《つづ》きをお願《ねが》いします」

「デラウェア州じゃあ、特別《とくべつ》なハーブを育てられないんだよ。シャーマンがいないからね」

「そっか」ダービーが応《おう》じた。「このあたりじゃ足《た》りない人材《じんざい》ですね」

セニョーラ・ペレスはうなずいて、続《つづ》きを話しはじめた。「とても暑い夏でね、わたしは十二歳《さい》だった。アメリカに来て間がなかったから、友だちもあまりいなくて、うちの農産物《のうさんぶつ》の直売所で働《はたら》いてることが多かった。働《はたら》いてないときは、図書館に通った。そこでふたりの友だちに出会ったんだ。ひとりは図書館で本を棚《たな》にもどす仕事をしてた。もうひとりは夏のあいだ来ている生徒《せいと》で、科学を勉強してた。その子はお医者さんになりたいと言ってたよ。

ある日、ふたりがプールに誘《さそ》ってくれた。友だちができたことがうれしくてねえ。わたしは料理《りょうり》の話をした。ふたりとも料理《りょうり》にはうとくて、習いたがった。それでわたしのうちに来て、わたしが家族の食事を作るのを見学することになった。セドロス島《イスラ・デ・セドロス》のハーブのことを話した。ふたりはすぐにスパイスを使ったレシピを試《ため》してみたがった。夏のあいだじゅう、三人で実験《じっけん》して、どんなレシピでどんな不思議《ふしぎ》なことが起きたかを書きとめた。不思議《ふしぎ》なことのなかには、いいこともあったし、悪いこともあった。

そのうち、自分たちになにかが起きているのに気づいた。むくいの法則《ほうそく》だ。料《りょう》理《り》にセドロス島のスパイスを加《くわ》えた人に悪いことが起きた。いいことを行うことによって、宇宙《うちゅう》のバランスが取りもどせることがわかるまでには、何週間もかかった。

わたしたちには、気に入らない男の子がいてね。ある日、その子に呪《のろ》いをかけるレシピを作った。三人それぞれが少しずつセドロス島のスパイスを加《くわ》えて、むくいが均等《きんとう》になるようにした。そしたらつぎの日、その男の子が行方不明《ゆくえふめい》になってしまった。あのときのわたしたちのあの気持ち、とても言い表しようがないよ。ひどいもんだった。その子を本気で傷《きず》つけるつもりなんかなかったんだからね。

男の子が自宅《じたく》にもどるよう、わたしたちはせっせとよい行いをした。それでも結果《けっか》が出なかったんで、自分たちの大好《だいす》きなことをやめることにした。そう、料理《りょうり》をやめたんだ。それから一週間後、男の子はうちに帰ってきたが、目が見えなくなってた。わたしたちは宇宙《うちゅう》のバランスを取りもどすため、自分たちにとってとてもつらいことをしようと決めた。

　これ以上《いじょう》はレシピを作らないという誓《ちか》いを立てたんだ。レシピを古い百科事《じ》典《てん》のページに貼《は》りつけて、しまいこんだ。それから数日後に学校がはじまって、科学の好《す》きな子は勉強に没頭《ぼっとう》した。図書館で働《はたら》いていた子はクラブ活動や学校の行事に精《せい》を出した。わたしも少しずつだけれど、別《べつ》の友だちを作って、三人で会う機会《きかい》はじょじょに減《へ》っていった。男の子の視力《しりょく》は少しずつもどって、わたしたち三人がほとんど会わなくなると、完全《かんぜん》にもどった。

　三人が最後《さいご》に会ったとき、ものごとを正すためには、友だち関係《かんけい》を解消《かいしょう》するしかないという結論《けつろん》にいたった。わたしたちはそうした」

「レシピ本はどうなったんですか?」ハンナがたずねた。

「わかるだろう?　わたしたち三人がすてきなひと夏を過《す》ごせたのも、わたしたち三人が別《わか》れるしかなくなったのも、その本のせいだった」

「悲しすぎる」ダービーは涙《なみだ》ぐんでいた。

　部屋のなかが一瞬《いっしゅん》、静《しず》かになって、わたしたちはお互《たが》いの顔をのぞきこんだ。

わたしたちも本のせいで、大切な友だちを失《うしな》いかけた——かつての少女たちがそうだったように。そのとき、わたしはふと、シンクの上にある小さな窓《まど》から外を見た。日が落ちて、雨が降《ふ》りだしていた。

「わからないのは」わたしは言った。「セドロス島のスパイスをここで売ったら、誰《だれ》でもまほうのレシピを実現《じつげん》できちゃうことです」

「可能性《かのうせい》はあるね。ここで売ってる日陰《ひかげ》育ちのヤクヨウニンジンを買えば、ほれ薬を作ることができる。ただしそれには、そのつもりで料理《りょうり》しなきゃならない。ただ、それと気づかずに作っていたり、むくいを受けているのに気がつかなかったり、よい行いでむくいを解除《かいじょ》していることに気づかなかったり。そんなこともあるだろうね」

「でも、呪《のろ》いをかけることもできます。人に害《がい》をおよぼす呪《のろ》いを」

「どのハーブにもたくさんの使い道がある。わたしが売ってるスパイスにも、まちがいなく、わたしの知らない使い方がある。わたしが知ってるのは、あの夏、ふたりの友だちと試《ため》したレシピだけだ。わたしがさっきセドロス島の海塩《かいえん》の話をしたろう？　海塩《かいえん》を水に入れて沸騰《ふっとう》させると強い治癒効果《ちゆこうか》がある。ところが、根《ね》生姜《しょうが》の上で焼《や》いてやると……この先は言わないでおこうね、ただ悪いことが起きるということだけは教えておくよ」

ハンナが言った。「だったら、売らないほうがいいんじゃないですか？」

「そうすると、バランスが崩《くず》れる」

その発言がまた沈黙《ちんもく》を呼《よ》んだ。ひょっとすると、ウィルミントンの人たちはまほうの影響《えいきょう》を受けているのに、それに気づくことなく日々《ひび》暮《く》らしているのかもしれない。そして雷《かみなり》がとどろくたび、誰《だれ》かがレシピにセドロス島のハーブを入れているのかもしれない。

わたしはたずねた。「それで、なんでその本がうちの屋根裏《やねうら》にあったんですか？」

「それがもうひとつの謎《なぞ》さ」セニョーラ・ペレスがにっこりした。

わたしは問いかけるような目でセニョーラを見た。

「おじょうちゃん《チーカ》、それはあんたが自分で解明《かいめい》するんだよ。いずれ」

29

賭《か》けは賭《か》け

遊び仲間《なかま》が大集合だな、とパパは言った。ハンナがいないことに気づいていないらしい。

わたしは気づいていた。

想像《そうぞう》していたより、うんと悲惨《ひさん》だった。ご近所じゅうの人が、ルサマノ造園《ぞうえん》業がバーニー家の庭に植えたばかりのイロハモミジを見物しようとするみたいに、外に出てきた。シャーロット・バーニーの家の前には、ダービーが立っている。フランキーとトニー、ミスティ、バッド、シルバーズさんとその娘《むすめ》さんのジョアン、うちの飼《か》い犬ロージー。そしてそして、悪の乙女《おとめ》ことシャーロット・バーニーその人が。

みんなはわたしを見ると、声を上げて大笑《おおわら》いした。笑《わら》わないわけないよね。

わたしはレインボーカラーでもしゃもしゃのウイッグをかぶり、丸くて真っ赤な付《つ》け鼻をつけていた。着ているのは大きな水玉模様《もよう》のパンツにしま模様《もよう》のシャツ。その格好《かっこう》で友だちやご近所さんの前に出て、シャーロット・バーニーの庭を掃除《そうじ》するのだ。

人生最悪《さいあく》の日になる。そう思っていたら、〈アバクロンビー&フィッチ〉の大きな紙袋《かみぶくろ》を持って誰《だれ》かが通りを近づいてきた。自分の目が信《しん》じられなかったけれど、目にしている現象《げんしょう》をひとことで言い表すとしたら、〝仮装《かそう》大会〟だ。

仮装《かそう》の主はハンナだった。潜水《せんすい》用のひれ足でつまずかないように、ゆっくりと歩いている。それにプードルの柄《がら》が入ったフェルトのスカートに、スーパーマンのケープ、カウガール風にバンダナを首に巻《ま》いて、野球帽《ぼう》を横にかぶっている。

ハンナは観客《かんきゃく》がならぶ歩道に紙袋《かみぶくろ》を置《お》くと、庭ぼうきを持って、わたしに近づいてきた。

「〈アバクロンビー〉の服?」ハンナの格好《かっこう》を指さして、わたしはたずねた。

ハンナはうなずいて、庭を掃除《そうじ》しだした。シャーロットとミスティは笑《わら》いすぎて死にそうになっている。わたしはハンナにたずねた。「よい行いをするため?」

「サッカーの練習のとき、シャーロットに言われたのよ。あなたとダービーと友だちづきあいをやめろ、あなたたちのせいでクールな人気者になりきれないんだって。だから言いかえしてやったわ。友だちになるチャンスをもう一度あげようと思ったけど、ケリーの言うとおりだった、あなたは根っからの意地悪よって」ハンナは言った。「で、この格好《かっこう》のこと？」手ぶりでこっけいな格好《かっこう》を示《しめ》す。「親友と出かけるときは、いつもこういう格好《かっこう》なの」

わたしが落ち葉を集めてゴミ袋《ぶくろ》に入れようとして顔を上げると、トニーがゴミ袋《ぶくろ》の口を開いて持っていてくれた。トニーはハンナの紙袋《かみぶくろ》から、ティアラとピンク色のレースのチュチュを選《えら》んで身につけていた。わたしが落ち葉をゴミ袋《ぶくろ》に入れるのを手伝《てつだ》いながら、真っ白な歯を輝《かがや》かせてわたしひとりに笑《わら》いかけた。

わたしも笑《わら》いかえした。

トニーのうしろにフランキーもいた。『キャット・イン・ザ・ハット』の猫《ねこ》がかぶっている背《せ》が高い赤白しま模様《もよう》の帽子《ぼうし》をかぶり、蝶《ちょう》ネクタイをしている。ダービーは紙袋《かみぶくろ》のなかをあさっていて、そのようすを見ていたら、ふたりで屋根裏《やねうら》を掃除《そうじ》したときのことを思い出した。ダービーは黒のバイク用ジャケットとタップシューズを取りだした。バッドは妖精《ようせい》の羽根を背中《せなか》につけ、ジョアンに花かざりのついたサンバイザーを渡《わた》した。

みんながわたしのために立ちあがってくれていた。まだ庭仕事ができる状態《じょうたい》ではないシルバーズさんはべつだったけれど、それでも、プロペラ付《つ》きのカラフルなビニール帽をかぶってつきあってくれた。

ママまで、ランプシェードを頭にかぶって外に出てきた。パパは目と口の部分に穴《あな》を開けた紙袋《かみぶくろ》をかぶっていた。

それできゅうにわかった。みんな、楽しんでいる。

シャーロットはちがった。今も腕組《うでぐ》みしたまま、歩道に突《つ》っ立っていた。最初《さいしょ》その顔を見たときは、おこっているんだと思った。でも、つぎにもう一度見て、悲しんでいるのがわかった。

サムが新たに導入《どうにゅう》したアイスクリーム販売《はんばい》トラックでかけつけ、全員に持ち帰り用のスワリーをごちそうしてくれた。「みんな、楽しんでるようだな」

わたしは言った。「だってここは、おかしな人たちが住むおかしな町だもの」

Just Add Magic

この本に登場するレシピ&ケリーのスペシャル・レシピ！

★アメリカの１カップは約《やく》240mℓです。

1 ロケット・ランチング・レインボー・スワリー

どれにしようか迷《まよ》ったときは、三層《そう》になったこの組みあわせを楽しんで！

★一層《そう》め：ストロベリー・アイスクリームに
　　　　　　カラフルなフルーツキャンディー

★二層《そう》め：バナナ・アイスクリームにゴールデン・キャラメル

★三層《そう》め：あざやかな緑のピスタチオ・アイスクリームに
　　　　　　つぶつぶキャンディーを振《ふ》りかけて

最後《さいご》にホイップクリームをかざって、虹色《にじいろ》のスプリンクルをちりばめる。

2 ボウル・ミー・オーバー・チョコレート・ブラウニー・スワリー

これでもかというくらいチョコレートがたっぷり。
それに耐《た》えられる人向け。
チョコレート・ファッジ・アイスクリームに小さくほぐしたブラウニーと、
セミスイート・チョコレートを少し、温《あたた》めたファッジ・ソース、
それに小さくほぐした自家製《じかせい》のアーミッシュ・ファッジ。
お好《この》みでスニッカーズを足《た》して。
最後《さいご》にかき混《ま》ぜ、ブラウニーをかざって完成《かんせい》。

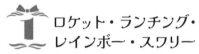

3 ブラック・アンド・ホワイト・スーパー・スワリー

ダークチョコレートにクリーミーなライトバニラの組みあわせ。

バニラビーンズ・アイスクリーム

クラシック・チョコレート・アイスクリーム

チョコレート・シロップ

一体となるまでかき混《ま》ぜ、ホット・ファッジをかざって完成《かんせい》。

4 ゴールデン・バター・ケーキ

小麦粉《こ》　2カップ

砂糖《さとう》　1と1／2カップ

ベーキングパウダー　大さじ2と1／2

塩《しお》　ひとつまみ

やわらかくしたバターかマーガリン　3／4カップ

牛乳《ぎゅうにゅう》　3／4カップ

ピュア・バニラ・エキストラクト　大さじ1と1／2

卵《たまご》　大2個《こ》

1　オーブンを180度に余熱《よねつ》。2と1／2インチのマフィンパンにカップケーキホルダーをセットする。

2　小麦粉《こ》、砂糖《さとう》、塩《しお》を混《ま》ぜあわせてから、それ以外《いがい》の材料《ざいりょう》を足《た》し、なめらかになるまで泡立《あわだ》て器《き》で混《ま》ぜる。

3　カップにバターを塗《ぬ》り、20分から25分焼《や》く。

Just Add Magic Recipes

5 文句《もんく》なしの バタークリーム・フロスティング

粉砂糖《こなざとう》　500グラム

やわらかくしたバターかマーガリン　1／2カップ

ピュア・バニラ・エクストラクト　大さじ1と1／2

生クリーム　大さじ2

ハンドミキサーで粉砂糖《こなざとう》とやわらかくしたバター、バニラ、生クリームを混《ま》ぜあわせる。速度を上げ、軽くふわふわとした感触《かんしょく》になるまで。

6 愛《あい》のバグジュース（アモーレへ）

クランベリージュース　4カップ

マラスキノ酒漬《しゅづ》けサクランボ　ひとつかみをつぶして

キウイフルーツ　2切れ

リンゴ　1個《こ》をサイコロ切り

メキシコ産《さん》の日陰《ひかげ》育ちのヤクヨウニンジン　少々

材料《ざいりょう》すべてをたくさんの氷入りのピッチャーに入れて混《ま》ぜあわせ、
好《この》みでブドウを刻《きざ》んで加《くわ》え、
ヤクヨウニンジンのパウダーを振《ふ》りかける。

7 お黙《だま》りコブラー

(早朝からうるさいガッロを黙《だま》らせる――ip)

小麦粉《こ》　1／2カップ
よく熟《じゅく》したリンゴ　10個《こ》をスライス
クローブの粉《こな》　小さじ1
砂糖《さとう》　1カップ
やわらかくしたバター　1カップ
シナモン　大さじ2
アーモンドペースト　大さじ2
古いベチバーの茎《くき》　小さじ1

ハンドミキサーで小麦粉《こ》と砂糖《さとう》、やわらかくしたバターをよく混《ま》ぜあわせておく。別《べつ》のボウルでスライスしたリンゴとシナモン、クローブ、アーモンドペースト、ベチバーの茎《くき》を混《ま》ぜる。それに作っておいた生地《きじ》を足《た》して、よくなじませる。焼《や》き型《がた》に入れ、おおいをせずに180度で焼《や》く。45分ほど。リンゴがやわらかくなれば完成《かんせい》。

8 呪《のろ》いのベリータルト (エンブルハール――ip)

ベリー　1リットルの容器《ようき》に1杯《ぱい》
小麦粉《こ》　1／4カップ
シナモン　小さじ1／2
無塩《むえん》バター　大さじ2
ヘンルーダのシード　少々
レモン汁《じる》　大さじ2
砂糖《さとう》　1／2カップ
アーモンド・エクストラクト　大さじ2
くだいたヘーゼルナッツ　1／4カップ
既製品《きせいひん》のパイシート

焼《や》き型《がた》にパイ生地《きじ》をしく。残《のこ》りの材料《ざいりょう》すべてをよく混《ま》ぜあわせて、パイ生地《きじ》の上に流しこむ。180度で1時間ほど焼《や》く。生地《きじ》が色付《いろづ》いて、ぱりぱりしたら完成《かんせい》。

Just Add Magic Recipes

9 もめごと起こしの搾《しぼ》ってシトラス

(もめごとを起こしたいとき——ip)

オレンジジュース　オレンジ3個《こ》を搾《しぼ》って

レモンジュース　小さじ1

チェリージュース　大さじ2

メキシコ産《さん》のミント

よく混《ま》ぜて、氷を入れる。

10 ミセス・ルサマノ特《とく》製《せい》、アルフレッド・ノーブル・チリビーンズ・コンテスト優勝《ゆうしょう》レシピ

赤身の牛挽肉《ぎゅうひきにく》　1キロ

玉ねぎ　中2個《こ》　粗《あら》みじん

ニンニク　大さじ4　みじん切り

チリパウダー　1／3カップ

カットトマト　450mℓ前後の缶詰《かんづめ》1個《こ》

レッドペッパーパウダー　小さじ1／4

ベイリーフ　2枚《まい》

トマトソース　450mℓ前後の缶詰《かんづめ》1個《こ》

水かビーフブロス　6カップ

キドニービーンズ　450mℓ前後の缶詰《かんづめ》1個《こ》

塩《しお》　適量《てきりょう》

ピーマン　大2個《こ》　粗《あら》みじん

セロリ　2本　粗《あら》みじん

ハラペーニョ　2本　粗《あら》みじん

クミン　小さじ1

挽肉《ひきにく》、ピーマン、玉ねぎ、セロリ、ニンニクをフライパンで炒《いた》める。
脂《あぶら》は取りのぞく。豆以外《いがい》の残《のこ》りの材料《ざいりょう》を加《くわ》えて蓋《ふた》をし、
ときどき混《ま》ぜながら弱火でことこと1時間。豆を加《くわ》えてさらに15分煮《に》る。

11 ミセス・クインのチリビーンズ

牛挽肉《ぎゅうひきにく》かシチュー用の肉　500グラム　よく炒《いた》めて、脂《あぶら》をのぞいておく
玉ねぎ　中1個《こ》　粗《あら》みじん
グリーンペッパー　小1本　粗《あら》みじん
レッドペッパー　小1本　粗《あら》みじん
カットトマト　1缶《かん》
チリビーンズ　1缶《かん》
ブラックビーンズ　1缶《かん》
トマトペースト　小缶《かん》
黒ビール　1缶《かん》
チリパウダー　大さじ4
クミン　大さじ2
ナツメグ　大さじ1

炒《いた》めておいた牛肉に、グリーンペッパー、レッドペッパー、玉ねぎを合わせてよく炒《いた》め、脂《あぶら》を取りのぞく。ほかの材料《ざいりょう》を入れて煮《に》、豆は最後《さいご》に加《くわ》える。一度煮立《にた》たせてから、弱火にする。蓋《ふた》をして弱火のまま1時間。

12 マンモス

エスプレッソ　30mℓを3ショット
深いりのコーヒー　500mℓ
温《あたた》めたミルク　180mℓ

さっと混《ま》ぜる。

13 アルフレッド・ノーブル学院のマッシュドポテト

ジャガイモ　50キロ　皮をむいてゆで、乾《かわ》かしてから、切っておく
やわらかくしたバター　10カップ
やわらかくしたクリームチーズ　2.27キロ
サワークリーム　2.27キロ

業務《ぎょうむ》用のミキサーで材料《ざいりょう》をすべて混《ま》ぜあわせる。
バターとクリームチーズは1／3ずつ混入《こんにゅう》する。
大きくて平らな耐熱容器《たいねつようき》に塗《ぬ》り広げ、中に火が通るまでオーブンで焼《や》く。

Just
Add Magic
Recipes

14 トニーが大好きなティラミス

乳脂肪《にゅうしぼう》分の多い生クリーム　2カップ
マスカルポーネチーズ　227グラム
エスプレッソか濃《こ》いコーヒー　1カップ
レディーフィンガー20本かスポンジケーキ
ココアパウダー　1／8カップ
盛《も》り皿
砂糖《さとう》　1／2カップと大さじ4
ココアクリーム　大さじ3

1　生クリーム1カップをしっかりした角《つの》が立つまでよくホイップし、
ほかの作業が終わるまで冷蔵庫《れいぞうこ》に入れておく。
好《この》みに応《おう》じて砂糖《さとう》大さじ2程度《ていど》を加《くわ》える。
2　別《べつ》のボウルでマスカルポーネチーズをやわらかくし、
砂糖《さとう》1／2カップと、好《この》みに応《おう》じてココアクリーム大さじ2程度《ていど》を加《くわ》える。
3　レディーフィンガーの上側《うえがわ》だけコーヒーに漬《つ》け、盛《も》り皿の底《そこ》にしき詰《つ》める。
必要《ひつよう》なだけレディーフィンガーを使って、隙間《すきま》なくしき詰《つ》めること。
4　冷蔵庫《れいぞうこ》からホイップしたクリームを取りだし、チーズに混《ま》ぜこむ。
5　その1／3をレディーフィンガーの上に塗《ぬ》り広げ、
ココアパウダーを振《ふ》りかける。
6　手順《てじゅん》の3から5をくり返し、最後《さいご》はチーズとクリームを
混《ま》ぜたもので終える。
7　取りわけておいた生クリーム1カップと砂糖《さとう》大さじ2を
やわらかめの角《つの》が立つまでホイップする。
それを手順《てじゅん》6のチーズとクリーム上に塗《ぬ》り広げ、
ココアパウダーを振《ふ》りかける。
8　食べる前に少なくとも2時間は冷《ひ》やして！

15 ミセス・ルサマノ特製《とくせい》のカノーリ

［皮］

小麦粉《こ》　1カップ
砂糖《さとう》　大さじ1
バター　大さじ1
酢《す》　大さじ2
ベーキングパウダー　小さじ1
シナモン　小さじ1／2
水　大さじ2

［フィリング］

リコッタチーズ　900グラム
砂糖《さとう》　1カップと1／2
チョコレートチップ　1／2カップ
好《この》みで、砂糖漬《さとうづ》けしたシトロンの皮　1／2カップ
バニラ・エクストラクト　大さじ1
刻《きざ》んだナッツ　1／2カップ

［皮］

小麦粉《こ》、ベーキングパウダー、砂糖《さとう》、シナモンを合わせ、バターを加《くわ》える。
パイ皮をつくる要領《ようりょう》で指で混《ま》ぜあわせ、そこに水と酢《す》を加《くわ》える。
硬《かた》さのある生地《きじ》ができあがるので、冷蔵庫《れいぞうこ》で1時間寝《ね》かせる。
麺棒《めんぼう》で生地《きじ》を12ミリの厚《あつ》さに伸《の》ばし、10 × 12センチ程度《ていど》の長方形に切る。
生地《きじ》を筒状《つつじょう》に丸める。直径《ちょっけい》25ミリ。
180度の油できつね色になるまで揚《あ》げ、油を切って、冷《さ》ましておく。

［フィリング］

泡立《あわだ》て器《き》でリコッタチーズをやわらかくし、
バニラと砂糖《さとう》を加《くわ》えて、なめらかになるまで混《ま》ぜる。
ナッツとチョコレートチップとシトロンを加《くわ》えて、冷《ひ》やす。
筒状《つつじょう》の皮の両側《りょうがわ》からフィリングを詰《つ》める。

訳者《やくしゃ》あとがき

この物語の主人公はケリー・クイン、十二歳《さい》。彼女《かのじょ》が住んでいるのは、アメリカの東海岸にあるデラウェア州のウィルミントンといって、ニューヨーク州より少し南にあるそこそこの大きさの街《まち》です。彼女《かのじょ》の自宅《じたく》は、その街《まち》のたぶん郊外《こうがい》にあるコヨーテ通りというところにあります。営業《えいぎょう》の仕事をしているお父さんと、片付《かたづ》け魔《ま》で料理《りょうり》が大好《だいす》きなお母さん、うっとうしいさかりの五歳《さい》の弟バディ（あんまり悪さばかりするので、〝バッド（「悪い」の意味）〟と呼《よ》ばれています）の四人家族。そうそう、ケリーと同じベッドで寝《ね》ているビーグル犬のロージーも忘《わす》れちゃいけませんね。

ケリーには、ハンナとダービーという、幼稚園《ようちえん》のときからの親友がいます。三人は見た目も性格もぜんぜんちがうけれど、なぜか気が合って、スクールバスでもならんで座《すわ》るし、学校の食堂《しょくどう》でお昼を食べるときもいっしょです。

さて、そんなケリーの趣味《しゅみ》は料理《りょうり》。テレビ番組で有名なフェリス・フーディーニというあこがれのシェフがいて、そのシェフの番組のスタジオ見学に行ったのがきっかけでした。六巻《かん》からなる料理本《りょうりぼん》だって持っている本格派《ほんかくは》。そこへさらにもう一冊《さつ》、あるきっかけで料理《りょうり》の本が加《くわ》わりました。お母さんから言われて屋根《やね》裏《うら》の掃除《そうじ》をしていたとき見つけたその本は、ぱっと見たところ、世界百科事典《じてん》のTの巻《かん》です。ところが開いて見ると――黄ばんだ便《びん》せんが貼《は》ってあり、そこに料《りょう》理《り》のレシピが書いてあるんです。しかもそのレシピには、〝お黙《だま》りコブラー〟とか〝呪《のろ》いのベリーパイ〟とか〝愛《あい》のバグジュース〟とか、おかしな名前がついていて、余白にも、〝眠《ねむ》りを誘《さそ》う〟とか〝黙《だま》らせる〟とか〝本物の愛《あい》を引きよせる〟とか、謎《なぞ》めいた書きこみがいっぱい。

なんで百科事典《じてん》にレシピが隠《かく》してあるの？

どうしてその本がうちの屋根裏《やねうら》に？

ケリーはこの謎《なぞ》めいた本を手に入れたのをきっかけに、前からやりたいと思っていた料理《りょうり》クラブを結成《けっせい》することにしました。メンバーは仲良《なかよ》し三人組、場所はクイン家のキッチン。そして、謎《なぞ》めいたレシピ本のなかにのっている料理《りょうり》をひと

つずつ試《ため》してみることに。まずは、うるさい弟を少し静《しず》かにさせたい——この本を読んでくださったみなさんなら、その結果《けっか》、なにが起きたか、ご存《ぞん》じですね。

そして秘密《ひみつ》のレシピをひとつずつ再現《さいげん》していくケリーとハンナとダービーの身にも、つぎつぎと不思議《ふしぎ》なことが起こります。学校の友だちや、家族まで巻《ま》きこみ、はては三人そろって窮地《きゅうち》に立たされることに！

仲良《なかよ》しの友だちや、どうしても仲良《なかよ》くできない子、魔女《まじょ》のようなご近所のおばあちゃんに、謎《なぞ》めいたハーブやスパイスを売るメキシコ食材店《しょくざいてん》の店主。それに、ちょっと気になる男の子たち。

この本には血湧《ちわ》き肉躍《にくおど》るような大冒険《だいぼうけん》は出てきません。謎《なぞ》めいたレシピ本と、そのレシピ本にふりまわされるコヨーテ通りに住む女の子たちのお話です。レシピ本がなぜどんな経緯《けいい》で作られたのか、どうして魔術的《まじゅってき》な力を持つようになったのか。その謎解《なぞと》きはもちろん、この物語の大いなる魅力《みりょく》です。ですが、ときには意見が一致《いっち》しなくても、相手のことを思いやったり、相手を傷《きず》つけたくなくて、口をつぐんだり、困《こま》ったときは助けたりするケリーたちを見ていると、まほうってなんだろうという思いが浮《う》かんできます。呪文《じゅもん》を唱《とな》えたり、魔術的《まじゅってき》な料理《りょうり》を食べさせて、人やものごとを自分の思いどおりにすることだけがまほうでしょうか？　ひょっとすると、まほうって、わたしたちが思っているより、ずっといろんなところで起きているのかも？

さて、ご存《ぞん》じの方もいるかもしれませんが、本の通販《つうはん》サイトａｍａｚｏｎ（アマゾン）に行くと、この本をもとにしたドラマが見られます。登場人物のキャラクターも物語の内容《ないよう》も、ドラマ用に作られていて、この本とは異《こと》なりますが、まほうのレシピ本が出てくるのは同じだし、主人公の名前もケリー・クインです。日本語がついていますので、よかったら観《み》てみてくださいね。

最後《さいご》に。この本『まほうのレシピ（原題 *Just Add Magic*）』には続《つづ》きがあり、本国アメリカではすでに出版《しゅっぱん》されています。じつはその本も翻訳《ほんやく》が決まっているんですよ。二冊《さつ》目はケリーの天敵《てんてき》シャーロットのせいで、秘密《ひみつ》のレシピ本がなく

なるところからはじまります。さらに学校の予算の関係《かんけい》で家庭科が存続《そんぞく》の危機《きき》に！　三人は賞金《しょうきん》を獲得《かくとく》するため、フェリス・フーディーニ主催《しゅさい》のレシピコンテストにチャレンジすることを決めますが……。つぎつぎに難題《なんだい》が降《ふ》りかかる次作もはらはらどきどきの展開《てんかい》です。なるべく早くお届《とど》けしたいと思っていますので、どうぞお楽しみに！

二〇二〇年冬のはじめ　林啓恵《はやしひろえ》

まほうのレシピ

2020年12月3日　初版第一刷発行

著　シンディ・キャラハン
訳　林啓恵
イラスト　またよし

［デザイン］
百足屋ユウコ
（ムシカゴグラフィクス　こどもの本デザイン室）

［発行人］
後藤明信
［発行所］
株式会社竹書房
〒102-0072　東京都千代田区飯田橋2-7-3
電話：03-3264-1576（代表）
03-3234-6383（編集）
http://www.takeshobo.co.jp

［印刷所］
中央精版印刷株式会社

定価はカバーに表示してあります。
乱丁・落丁の場合には当社までお問い合わせください。
ISBN978-4-8019-2403-1　C8097
Printed in Japan